교보문고
스토리공모전

**단편 수상작품집 2018**

# 교보문고
# 스토리공모전

## 단편 수상작품집 2018

🍪 마카롱

차례

# 님아, 저 우주를

# 건너지 마오

이준영

영원인지 찰나인지 모를 시간이 흐르자, 온몸의 신경들이 짜릿한 신호를 보내기 시작했다. 가장 먼저 깨어난 것은 통각이었다. 얼굴에서 목, 몸통, 그리고 사지를 향해 고통이 내달렸다. 내 이성은 비명을 질렀지만 그 명령을 실행할 신경은 없었다. 없었던 팔, 없었던 손, 없었던 손가락으로부터 전해져온 아픔이 그것들이 있었던 자리를 상기시켰다. 마치 내 몸이 무로부터 돋아나는 것 같았다. 그 뒤를 이어 압각이 열기와 냉기에 뒤섞여 따라왔다.

희미한 신호음이 들려왔다. 너무 작고 아득해 처음에 인지하지 못했지만, 청각이 서서히 깨어나고 있었다. 곧이어 캄캄하기만 하던 시야에도 빛이 조금씩 들어왔다.

눈을 잔뜩 찌푸린 채 앞을 보려 안간힘을 썼다. 나를 둘러싼 흐릿한 형상들의 윤곽이 점차 뚜렷해졌다. 목의 근육을 억지로 쥐어짜 고개를 돌렸다. 회색빛 벽들에 둘러싸인 두 대의 거대한 기기가 눈에 들어왔다. 선명하진 않지만 기억났다. 우리 회사 기술력의 총집합체. 차기 로고에 그려질 예정이라는, 순간이동장치 '탈라리아'였다.

그래, 나는 연구소가 개발한 순간이동장치의 운행 시험에 지원했다. 그리고 오늘, 조금 전인지 몇 시간 전인지는 알 수 없지만, 나는 왼쪽 멀리 보이는 저 기계의 입구로 발을 들여놓았고 곧이어 동면 상태에 빠졌다.

"정신이 드나?"

목소리가 난 쪽을 돌아보았다. 작업복을 입은 중년 여성 한 명이 사람들 앞으로 한 걸음 나와 있었다. 눈가의 주름 위로 갈색 머리가 흘러내리는 모습이 낯익었다.

누구더라. 저 근심스러운 표정… 아, 맞아. 연구소의 소장 줄리아 스코필드다.

"아… 에…."

어색하게 움직이는 근육 때문에 발음이 되지 않았다.

"금방 괜찮아질 거예요."

다른 누군가의 목소리에 고개를 끄덕였다. 천천히 심호흡하고 주변을 둘러보았다. 연단은 구석으로 치워져 있고, 높으신 분들을 위해 뒤쪽에 준비된 빨간색 의자들은 대부분 텅 비었다. 연구소장 곁에 남은 이들은 주로 흰 실험복을 입은 연구원들이었다.

뭔가 이상했다. 예상하지 못했던 적막이 감돌고 있었다. 내가 여기 무사히 나타난 것은 분명 순간이동 시운전의 성공을 의미할 텐데도, 사람들의 표정은 그다지 기뻐 보이지 않았다. 오히려 미묘한 그늘이 얼굴에 드리워져 있었다.

"어… 잘, 됐죠?"

간신히 묻자 사람들이 비로소 미소 지었다. 줄리아 스코필드가 고개를 끄덕이며 대답했다.

"물론."

고통의 잔상이 아른거리는 얼굴을 손으로 쓸어내렸다. 동면이 평범한 잠과 비슷할 거라고 했던 엔지니어의 말이 떠올랐다. 나는 신음 소리를 기지개처럼 흘리며 상체를 일으켰다.

"씬 씨는 어디 있죠? 아프지 않을 거라더니, 더럽게 아픈데요."

"아픈 건 동면 때문일 거야. 씬은 몸이 좀 안 좋아서 먼저 퇴근했어."

설비팀 팀장이 내 몸을 부축하며 말을 받았다. 그의 도움을 받아 나는 완전히 설 수 있었다. 현기증을 느끼며 이마를 짚었다.

"피험자는 나인데 왜 자기가 아프답니까?"

뒤에서 자기들끼리 속삭이는 사람들이 보였다. 그러고 보니 실험 현장에 참석했던 루시우스 벤자민 언더우드 회장도 보이지 않았다. 이상했다. 콕 짚어 말할 수는 없지만 이 상황은 분명 어딘가 어색했다. 하지만 지금은 속이 울렁거려 빨리 쉬고 싶기에, 나는 로봇이 가져온 휠체어에 앉아 실험실을 벗어났다.

나는 곧 회사 내의 보건실로 옮겨졌다. 휴식도 휴식이지만 몸 상태를 확인하기 위한 절차였다. 생체 스캐너가 검사한 결과 다행히 내 몸에는 별다른 이상이 없었다. 설비팀 팀장이 의사의 소견서를 만족스러운 표정으로 받아가고 나서, 훈련소에 있는 아내로부터 전화가 걸려 왔다.

"탈라리아는 어땠어? 아프진 않았어?"

걱정이 매달렸는지, 가느다란 눈썹의 양쪽 끝이 아래로 기울었다. 동그란 눈동자는 아이처럼 투명하게 빛났다. 손을 뻗어 홀로그램 속 아내의 볼을 어루만졌다. 발그레한 뺨이 따뜻했다. 애정 어린 웃음과 함께 대답했다.

"응, 전혀. 순간이동 자체는 동면 상태에서 이뤄지니까 아플 것도 없었어. 동면에서 깨어나는 건 술 진탕 먹고 필름 끊긴 날보다 힘들었지만."

"그래? 많이 아파?"

"이젠 괜찮아. 아, 방금 소지품을 돌려받았어."

손가락에 낀 결혼반지를 그녀에게 보여주자, 아내는 안심한 듯 미소를 지으며 고개를 끄덕였다. 그녀에게 물었다.

"훈련은 잘돼?"

"응. 오늘 건설로봇 실기 시험을 쳤는데, 그럭저럭 잘 본 것 같아."

"잘됐다. 제일 어려워하더니 큰 고비 넘겼네."

고개를 끄덕이며 갈색 눈동자를 바라보다가 나는 짐짓 목소리를 낮추며 물었다.

"사람들이 뭐래?"

내 시운전 참여는 극비 사항이었기에, 나는 잠시 휴가를 떠난 것으로 되어 있었다. 그녀는 눈썹을 한번 으쓱하더니 과장된 몸짓으로 대답했다.

"다들 유럽 어디 어디 갔냐고 난리야. 둘러대느라 힘들었어. 덕분에 팔자에도 없던 유럽 지리 공부만 실컷 했네."

나는 소리 내 웃었다. 아내도 같이 웃다가 물었다.

"그래서, 언제 와?"

"곧 갈게. 몸에는 별다른 이상이 없다니까, 절차는 금방 끝날 거야."

"다행이다. 얼른 와. 사랑해, 자기."

그녀의 포근한 미소가 나를 감싸 안았다. 입꼬리가 절로 올라갔다.


다음 날이었다. 회사 보건실의 내 이름 앞으로 왔다며 연구원이 소포 하나를 놓고 갔다. 발신지는 수신지와 똑같이, 회사 연구소 주소로 되어 있었다. 포장을 뜯자 손바닥 크기의 단말기가 스티로폼에 담겨 있었다. 손을 뻗어 그것을 꺼내는데 화면이 갑자기 켜졌다. 나는 깜짝 놀라 그것을 떨어뜨릴 뻔했다.

단말기 화면에는 한 쌍의 탈라리아가 설치된 실험실의 CCTV 영상이 떠 있었다. 실험이 성공하면 하나는 지구에 남고 하나는 화성으로 옮겨져, 우주를 뛰어넘어 연결된 관문 역할을 수행할 예정이다. 사람들을 향해 손을 흔들고 나서, 푸른색 실린더처럼 생긴 동면장치 안에 들어가 눕는 내 모습이 보였다. 기억과 동일한 광경이었다.

뚜껑이 닫히자, '지구'라고 적힌 왼쪽 탈라리아 안으로 동면장치가 미끄러져 들어갔다. 나는 침대를 둘러싼 커튼을 살짝 걷어 바깥의 기척을 살폈다. 보건실에는 나뿐이었다. 다시 화면을 바라보았다.

100톤짜리 거대한 장비는 마치 흔들리지 않는 태산처럼 가만히 서 있었지만, 반짝이는 빛과 분주한 연구원들로 그것이 작동 중임을 알 수 있었다. 잠시 후 '화성'이라고 적힌 오른쪽 기기가 빛을 내며 돌아가더니 마침내 푸른색 실린더를 토해냈다. 환호하는 연구원들이 보였다. 내가 보게 될 것이라고 기대했지만, 실제로는 보지 못했던 바로 그 광경이었다. 그들은 실험의 성공을 자축하며 서로 끌어안고 있었다.

단 한 사람만 제외하고.

화면 한 귀퉁이에서 벌레라도 씹은 듯한 얼굴로 탈라리아를 바라보는 한 사람이 있었다. 몸이 아파 조퇴했다던 탈라리아 엔지니어 씬이었다. 환호성 속에서 홀로 우두커니 서 있던 그는, 다음 순간 갑자기 몸을 돌리더니 뭔가에 쫓기듯 급히 화면 밖으로 사라졌다.

"뭐야?"

어이없어 혼잣말을 흘렸다. 시선을 다시 탈라리아로 돌린 나는 이어지는 장면에 몸이 굳어버렸다.

탈라리아에서 동면장치 실린더가 하나 더 나오고 있었다.


"대체 어떻게 된 겁니까?"

내 질문에 줄리아 스코필드 소장은 시선을 단말기에 고정한 채 애꿎은 안경다리만 씹고 있었다. 굳은 표정으로 대답을 기다렸다. 숨소리조차 내지 않던 그녀는 한참 후에야 시선을 내 쪽으로 돌렸다.

"어디서 얻은 거야?"

나는 주머니 속에 넣어두었던 포장지를 내밀었다. 소장은 그것을 받아들고 천천히 발신지를 살폈다.

"대체 이게 무슨 일이죠? 왜 이런 사고를 제게 말해주지 않은 거죠?"

내 질문에 그녀는 고개를 가로저었다. 포장을 책상 위에 올려놓고 이마를 짚었다.

"이건 사고가 아니라 범죄야. 엔지니어 씬이 기기를 무단으로 조작했어. 건물 밖으로 도주하는 걸 우리 쪽 보안요원이 붙잡았지. 지금은 그 배후라고 생각되는 변오식 팀장을 추적하고 있어."

"변오식?"

어디선가 들어본 적이 있는 이름이었다.

"탈라리아를 만든 테스크포스팀의 리더야. 시운전 전에 퇴사

한…."

"그 사람이 왜요?"

"회사에서 잘린 데 앙심이라도 품었나 보지."

"앙심이 있으면 회사에 풀어야지 왜 저한테 풀죠?"

줄리아는 대답 없이 어깨만 으쓱했다. 나는 화면 속 씬의 우울한 얼굴을 바라보았다. 잠시 정적이 흐른 후, 내 시선은 새로 나오는 동면장치로 옮겨갔다.

"제 분신들은 어디 있죠?"

"그건 기밀 사항이야."

날 선 고슴도치 같은 반응이었다. 날카롭게 쏘아오는 눈빛을 잠시 맞받다가 눈을 돌렸다. 줄리아는 몸을 의자로 묻으며 말을 이었다.

"회사에서 알아서 해결할 거야. 자네는 그냥 아무것도 못 본 셈 치고 훈련소로 돌아가. 다음 시연회 일정이 잡히면 알려줄 테니까."

"씬을 만나봐야겠습니다."

"별로 좋은 생각 같지 않은데."

"대체 왜 제게 그런 짓을 했는지 알아야겠어요."

"말해줬잖아. 변오식 팀장의 해고에 대한 복수라니까."

"상사가 잘렸다고 회사에 복수를 해요?"

"뭐, 친했나 보지."

무표정한 그녀의 눈동자는 무언가를 철저히 은폐한 베일 같았다.

"그럼 사건의 피해자로서, 담당 검사를 만나볼 수는 없습니까?"

"웬 검사? 이건 회사 내부 일이야. 밖으로 새면 절대 안 돼."

나는 할 말을 잃었다. 이런 범죄를 당했는데 가해자는 법의 처벌을 받지 않는다고? 부들부들 떨리는 손을 움켜쥐었다.

"…지금 내부 직원을 감싸주려는 거라면, 그냥 앉아서 보고만 있지는 않을 겁니다."

"감싸긴 누굴 감싸! 그 자식 때문에 지금 내 머리가 터질 지경이라고! 그러니까 더 묻지 말고 돌아가!"

"씬을 만나겠어요!"

줄리아 소장은 나를 노려보았고, 나도 그녀를 마주 쏘아보았다. 눈빛이 부딪치는 채로 잠시 시간이 흘렀다. 이윽고 그녀가 한숨을 내쉬었다.

"좋아. 정 그러면 만나봐."

그녀는 밖에서 대기하던 경호팀장을 불러 귓속말로 지시를 내렸다. 단말기를 집어 들고 자리에서 일어나는데 줄리아가 막았다.

"그 단말기는 두고 가. 어디서 온 건지 추적해봐야겠어."

태국 출신의 엔지니어 씬은 연구소 구석에 위치한 창고에 갇혀 있었다. 나는 경호팀장 우에스기 시키와 함께 창고로 들어섰다. 탈출이 꽤나 극적이었는지, 씬의 진회색 셔츠와 청바지에 온통 검은 먼지가 묻어 있었다. 의자 위에 웅크려 있던 그는 천천히 고개를 들었다. 이마 아래로 푹 꺼진 눈동자가 나를 알아보았다.

"워필드 씨?"

"씬, 대체 나에게 무슨 짓을 한 거지?"

팔짱을 끼고 그를 내려다보았다. 초라한 연구원은 담담한 눈빛으로 내 시선을 받아내다가 이윽고 천천히 입을 열었다.

"…'무슨 짓'이라뇨? 제가 당신에게 무슨 짓이라고 불릴 만한 일을 했던가요."

"웃기지 마! 대체 내 분신들은 왜 만든 거야!"

"하하…."

씬은 작게 웃음을 흘린 뒤 말을 이었다.

"탈라리아에 들어간 워필드 씨는 한 명이었지만, 반대편에서 나온 건 여섯 명이었습니다. 동일한 기억과 동일한 인격, 동일한 육체를 가진 여섯 명이죠. 그럼 그들 중 누가 진짜 다니엘 워필드입니까?"

"진짜라니? 내가 바로 다니엘 워필드다. 당연히 내가 진짜야."

"정말 그렇게 생각하세요? 두 번째 동면장치의 다니엘 워필드 씨도 깨어나면 그렇게 말할 겁니다. 세 번째, 네 번째도 마찬가지예요. 무슨 근거로 당신이 그들과 다른, 진짜 다니엘 워필드라고 할 수 있죠?"

나는 말문이 막혔다. 흔들리는 내 눈을 바라보며 씬은 한마디를 더했다.

"그리고 그들 중에 진짜가 없다면, 진짜 다니엘 워필드 씨는 어디로 간 거죠?"

"대체 그게 무슨 소리지?"

"잘 생각해보세요. 무슨 소리인지."

"그 따위 수수께끼를 내려고 이런 짓을 저질렀나?"

"그럴 리가요. 저는 저 살인 기계를 막아야 한다고 생각했을 뿐입니다."

씬의 말에 우에스기가 옆에서 고개를 절레절레 저었다.

"자기가 만든 기계를 살인 기계라고 하다니."

나는 눈살을 찌푸렸다.

"살인 기계라고?"

"…."

씬은 입을 다물고 고개를 숙였다. 우에스기가 내게 나가자는 눈짓을 보냈다. 밖으로 나온 후 창고 문을 닫으며 우에스기가 말했다.

"씬의 소지품들을 다 뒤졌지만 그다지 도움이 될 만한 건 없었어요. 변오식 전 팀장의 행방에 대해서도 입을 열지 않고."

그러면서 씬의 정신이 이상해 보인다는 둥, 변오식을 찾기 위해 최선을 다해 수색하고 있다는 둥의 말을 늘어놓았다. 나는 건성으로 고개를 끄덕이다가 보건실로 돌아왔다. 침대에 누워 하얀 천장을 올려다보았다.

하나의 질문이 머릿속을 잠식했다. 연구소 어딘가 다섯 명의 다니엘 워필드들이 잠들어 있다. 그들이 모두 깨어났을 때 다가올 혼란에 대해서는 상상조차 못한 상태였다. 다른 다니엘 워필드들은 자기가 진짜라며 내 재산을 빼앗으려 할 것이다. 아마 그 때문에 회사에서도 그들을 깨우지 못한 것이겠지.

그들 중 하나가 내 지문을 이용해서 내 계좌에서 돈을 모조리 인출해 가면 그것이 내가 한 짓이 아니라는 걸 어떻게 증명할 수 있을까? 입술을 한참 씹은 끝에, 아무래도 돈을 모조리 꺼내서 현금으로 보관하는 편이 안전하겠다는 결론을 내렸다. 가상화폐나 부동산도 그들이 선수 치기 전에 정리해야 했다. 홍채 인식으로 열리는 집의 문도 구식인 비밀번호 방식으로 바꾸겠다고 결심했다.

재산 목록을 체크하며 만일의 사태에 대비하던 나는 문득 가장 소중한 보물을 떠올리고 소름이 돋았다. 나의 아내, 세라 워필드는 어떻게 하지? '또 다른 나' 자식이 치밀한 계획을 세워 그녀를 납치한다면, 아내는 그 사람이 내가 아닐 거라고는 상상도 못할 것이다.

나의 도플갱어들에게 갑작스러운 적대심이 치밀었다. 그들은 다니엘 워필드라는 사람이 소유한 모든 것을 두고 경쟁해야 할 잠재적 라이벌이었다. 내가 지금까지 이루어온 모든 것을 아무 노력 없이 나눠 가지려는 도둑놈들이었다. 다니엘 워필드 여섯 명을 세워놓고는 아내에게 "자, 이제 골라보세요"라고 말하는 씬의 모습이 머릿속에 떠올랐다. 이런 개자식!

다음 날, 나는 동면장치들을 찾아 회사 내부를 이리저리 돌아다녔다. 산책을 핑계 삼으니 의사도 별말 없이 보내주었다. 연구소와 구내식당 쪽은 동면장치가 보관될 만한 공간이 없었다. 다음으로 연구소와 연결된 물류동을 샅샅이 뒤졌지만, 별다른 성과는 없었다.

해가 진 후 보건실로 돌아온 나는 건물의 구조를 떠올리며 낮의 탐색을 되새겼다. 내가 가보지 못한 곳은 물류팀장의 허가 없이는 출입이 금지된 냉동실뿐이었다. 만약 여기에 보관했다면 꽤나 신선한 생각이었다. 내부를 냉동 상태로 유지하는 동면장치를 더 큰 냉동고 안에 넣는다니.

다음 날 다시 물류동을 찾은 나는 담당 직원에게 양해를 구하고 냉동고의 사용 기록을 확인했다. 내 직원 태그를 본 담당자는 의심 없이 로그를 보여주었다. 태블릿의 스크롤을 내리며 기록을 훑어보던 내 눈에 한 줄의 기록이 터억 걸렸다. 숨이 막혀왔다. 내가 탈라리아에 탑승했던 바로 그날, 500리터 크기의 컨테이너가 입고된 기록이 있었다.

이 정도면 물증은 충분했다. 나의 도플갱어들은 안전했고, 나는 그들에게 어떠한 해코지도 할 수 없었다. 내가 할 수 있는 것은 회사에서 그들을 영원히 깨우지 않기를 기도하는 것뿐이었다. 속으로 욕을 삼키며 고개를 세차게 가로저었다.


"다니엘 워필드 씨, 쾌유를 축하드립니다. 이젠 훈련소로 돌아가도 좋아요."

의사가 전자차트에 서명하고는 내게 악수를 청했다. 지난 사흘간 이 녀석은 나를 치료한 걸까, 아니면 감시한 걸까. 나는 절도 있게 악수하고는 보건실을 나섰다. 우에스기 팀장이 나를 헬기 탑승장까지 배웅해 주었다. 변오식을 찾았는지 내가 묻자 그는 고개를 저었다. 훈련소로 돌아가는 전기 헬리콥터에 뒤숭숭한 기분으로 올랐다. 치과용 드릴 같은 모터 소리와 함께, 찜찜한 보라색으로 채색된 연구소가 발아래로 멀어져갔다.

붉은빛이 감도는 사막 위에 오아시스처럼 솟아난 하늘색 건물이 헬기의 유리창 아래로 내려다보였다. 우주복을 입은 훈련병들이 열을 맞춰 사막을 가로지르고, 그 너머의 C동 마당에서는 수십 명이 모듈을 설치하기 위해 땅에 지지대를 박고 있었다. 반대편에서는 지평선까지 이어진 길을 따라서 트럭들이 분주히 달렸다. 화성개척단을 키워내는 훈련 단지였다.

헬기에서 내린 후 내 방이 위치한 C동으로 향했다. 훈련이 한창일 시간이라 건물은 텅 비어 있었다. 숙소에 들러 짐을 내려놓고 아내를 만나기 위해 곧장 E동으로 갔다. 강의가 있는 날이니, 중간의 쉬는 시간을 이용해 잠깐 볼 수 있을 것이다.

"다니엘!"

강의실에서 나온 아내가 미소를 지으며 다가왔다. 가벼운 입

맞춤 후, 그녀는 나를 안아주었다. 지쳐 있던 몸에 온기가 감돌았다. 심란한 마음을 애써 숨기며 물었다.

"세라, 난 당신 남편이 맞지?"

"탈라리아가 당신 머리를 이상하게 한 거 아냐?"

그녀가 미소 지었다.

"물론 자기는 내 남편이지. 이리 와."

세라는 여린 팔을 들어 올려 나를 품에 안고 토닥였다.

"함께 화성에 갈 날이 머지않았어. 조금만 더 힘내자, 여보."

"…응."

아내의 말에 나는 새로운 사실을 떠올렸다. 화성에 가려면 탈라리아를 타야 한다. 시운전에서 내 분신들을 뱉어낸, 도무지 신뢰가 가지 않는 그 기계를. 나도 모르게 한숨을 내쉬었다.

"왜 그래?"

내 표정을 읽었는지 아내가 조심스레 물었다. 나는 동그랗고 맑은 눈동자를 정면으로 바라보았다.

"우리, 그냥 포기할까?"

세라는 눈썹을 추켜세웠다. 나는 급히 덧붙였다.

"뭐랄까, 탈라리아가 왠지 믿음이 안 가서…. 우주선만 이용하는 다른 개척 회사들도 있잖아."

내 말에 세라는 팔짱을 꼈다.

"여기 훈련을 포기하고 그만두면, 다른 회사들에선 우리를 받아준대?"

나는 입을 다물어버렸다. 세라는 잠시 나를 바라보다가 한숨을 내쉬며 말을 이었다.

"회사 기술력을 믿는다고 한 건 자기잖아. 그렇게 말려도 굳이 시운전에 지원할 땐 언제고. 무슨 일 있었어?"

마음이 쿵 내려앉았다. 그녀에게 모든 것을 털어놓을 수는 없었다. 아무렇지도 않은 척 웃으며, 나는 적당한 말을 찾아 얼버무렸다.

"그런 건 아냐. 그냥 동면 때문에…."

세라가 나를 빤히 바라보았다. 아내의 눈에도 내 웃음이 어색했겠지. 찬 공기가 그녀와 나 사이를 훑고 지나갔다. 세라의 눈을 피해 시선을 복도 쪽으로 돌렸다. 잠시 뒤에 그녀가 인상을 풀고 웃었다. 주삿바늘 앞에서 주저하던 나를 보았을 때와 비슷한 웃음이었다.

"동면이 그렇게 아팠어?"

내가 대답이 없자 세라는 그것을 동의의 뜻으로 받아들인 모양이다. 그녀는 달래듯이 말했다.

"용기를 내, 여보. 지금까지 잘해왔잖아. 괜찮을 거야."

"…그래, 고마워."

아내의 따뜻한 말에 마음을 다잡았다. 그녀의 말이 옳았다. 이제는 끝까지 갈 수밖에 없었다.


귀환을 보고하자 팀장은 훈련 복귀까지 사흘의 휴가를 주었다. 나는 쇼핑을 하려고 시가지로 내려갔다. 꿈을 위해 훈련에 매진하고 있는 아내에게 뭐라도 선물하고 싶었다.

따뜻한 햇살이 들어찬 맑은 하늘 아래, 시원한 바람이 빌딩 사이를 가로질렀다. 청바지에 후드티를 걸친 대학생 무리 옆으로 정장을 입은 사람들이 세그웨이를 타고 지나갔다. 차도에는 돌고래를 닮은 유선형의 전기차들이 홀로그램 신호를 기다리며 늘어서 있었다.

사거리의 가판대에 줄을 한참 서서 핫도그를 샀다. 한 입 베어 물었다. 마늘 향이 밴 핫소스에 몸을 비비며 으깨지는 따뜻한 소시지가 일품이었다. 입가에 묻은 소스를 혀로 날름 닦아내고, 내리쬐는 햇살을 받으며 콧노래를 불렀다. 기분이 좋았다. 코너를 돌다가 이상한 사내와 마주치기 전까지는.

"다니엘 씨?"

날씨에 어울리지 않는 챙 모자 아래로 짙은 선글라스를 쓴 사내가 나를 가로막았다. 나도 모르게 몸이 굳었다. 미간을 찌푸리며 물었다.

"누구시죠?"

"검사입니다. 파이어스타 사의 범죄를 입증하기 위한 참고인으로서 비공식적으로 물어볼 게 있습니다."

"네? 범죄라고요? 대체 어떤 범죄를 말씀하시는 거죠?"

"살인 혐의입니다."

나는 기절할 것 같았다. 어째서 이렇게 무서운 단어를 다들 아무렇지도 않게 내뱉을까?

"누가 누굴 죽였는데요?"

"자세한 건 자리를 옮겨서 이야기하면 좋겠군요."

그가 먼저 어딘가로 앞장섰다. 나는 굳은 표정으로 따라갔다.


챙 모자의 사내는 조용한 카페로 나를 안내했다. 일하는 종업원이 한 명뿐인 작은 카페였다. 의자부터 선반까지 떡갈나무 재질로 꾸민 인테리어가 꽤 고풍스러웠지만, 카페는 비어 있는 세 테이블이 장식처럼 느껴질 정도로 한적했다. 창밖에서 햇살이 따스하게 비춰오자 화분에서 피어난 분홍빛 꽃들이 달콤한 향을 드러냈다. 그가 테이블 중 하나에 먼저 자리를 잡았고, 나도 맞은편 의자에 앉았다.

"다니엘 워필드 씨, 솔직하게 이야기해주세요. 탈라리아 시운전에서 무슨 일이 있었죠?"

이런 제기랄. 나는 퉁명스럽게 대답했다.

"그건 회사 기밀입니다."

"걱정 마세요. 정보 제공자의 신분은 철저히 비밀로 하겠습니다."

"정 듣고 싶으시다면, 회사에 공식으로 요청하세요."

내 대답이 생각보다 단호했는지, 그는 잠시 나를 바라보다 모자의 챙을 살짝 매만졌다.

"…저도 당신을 참고인 자격으로 공식 소환하고 싶었지만, 그랬다가는 파이어스타 사에서 눈치를 챌 겁니다."

사내의 선글라스를 가만히 바라보았다. 그가 기다리는 대답이 무엇인지 도무지 알 수 없었다. 탁자 위에 하얀 김을 피워내는 에스프레소 두 잔이 놓였지만 나는 그것을 본체만체했다. 손가락으로 탁자를 툭툭 치고는 물었다.

"이렇게 조사하는 거, 합법적인 겁니까?"

"…"

"더 드릴 말씀이 없으니 이만 가보겠습니다."

나는 자리에서 일어났다. 문을 향해 걸어가는데 뒤통수에 그의 말이 날아와 부딪혔다.

"당신은 스스로 다니엘 워필드 씨 본인이라고 믿고 있겠지만, 탈라리아를 개발한 변오식 씨에 따르면 사실 당신은 다니엘 씨의 분신에 불과합니다. 변오식 씨는 이를 입증하기 위해 시운전에 약간의 조작을 가했다고 증언했습니다."

"조작?"

"피험자가 여섯 명으로 복제되도록이요. 사실입니까?"

말을 잃고 멈춰 섰다. 이자는 이미 다 알고 있었다. 그렇다면 나에게 이런 질문을 던지는 이유가 대체 뭐지? 나를 떠보는 건가? 무엇 때문에?

나는 일단 긍정도 부정도 하지 않았다. 천천히 뒤로 돌아 그를 마주 바라보았다. 잠시 후, 검사가 선글라스를 벗었다. 동양인 특유의 검은 눈이 나를 향해 반짝였다.

"대답하고 싶지 않다면, 좋습니다. 제가 먼저 말하죠. 우선 당신이 받아들여야 할 것이 있습니다. 진짜 다니엘 워필드 씨는 탈라리아에 들어가 원자 단위로 분해되는 순간 사망했습니다. 그리고 그 전자 정보를 통해 복원된 당신은 그 희생자의 '사본'에 불과합니다."

응? 이건 또 뭐야. 그의 말에 내 생각의 가닥들이 일시에 뒤엉켜버렸다. 나는 고개를 흔들었다.

"그게 무슨 소리죠?"

사내가 일어나 내게 다가왔다. 발걸음 소리가 울렸다.

"흥미로운 이야기를 하나 해줄게요. 예전에 우리 집에 놀러 온 조카가 레고로 건물을 만들었어요. 경찰서와 공항과 소방서가 뒤섞인 기상천외한 건물이었죠. 근데 녀석이 돌아가는 날, 그 큰 걸 가져가겠다고 울고불고 난리가 났습니다. 어떻게든 조카를 달래 비행기에 태워 보낸 뒤, 나는 고민 끝에 건물의 설계도를 만들었어요. 그 건물을 한 조각 한 조각 분해하면서요. 그 설계도를 전달받은 형은 레고 블록을 사다가 원본과 똑같은 건물을 만들었죠. 집에 도착한 조카는 자기가 삼촌 집에서 만든 건물이 어느새 자기 방에 와 있는 걸 보고 기뻐했다고 합니다. 여기서 문제입니다. 형이 새로 만든 건물은, 우리 집에서 조카가 만들었던 건물과 같은 건물입니까, 다른 건물입니까?"

"…"

나는 대답할 수 없었다. 문제를 이해하지 못해서가 아니었다.

내 이성이 내리는 대답이 나의 존재를 부정하는 모순 앞에서, 그 결론을 세상 밖으로 토해낼 수가 없었다. 나는 현기증을 느끼며 옆의 의자를 붙잡았다. 비틀거리며 숨이 가빠지는 내게, 그는 인정사정없이 다음 질문을 날렸다.

"문제가 어려우신가 보군요. 그럼, 다음 질문입니다. 조카가 만든 원래 건물은 지금 어디에 있죠?"

"…씨발."

그야 이 우주에서 사라지고 없겠지. 진짜 다니엘 워필드가 지금 그 꼴이라는 거잖아.

나는 쓰러지듯 의자에 주저앉았다. 다니엘 워필드로서 살아왔던 기억의 조각들이 내 머릿속을 질주해 지나갔다. 하나둘 스쳐지나가던 그것들은 어느새 지금껏 누적된 수많은 기억으로 불어났고, 이윽고 삶 자체가 되어 거대한 바다처럼 흘렀다.

하지만 그 기억의 바다는 내 것이 아니었다. 원래 주인인 다니엘 워필드가 분해되기 직전에 두고 간 정보들에 불과했다. 검사의 말을 이해한 나는 바다에서 튕겨져 나왔고, 그 낯설어진 기억을 방관자처럼 바라보았다. 허무함에 몸이 부르르 떨렸다. 내가 옛 기억들을 떠올릴 때마다 느꼈던 아련함, 그리움, 따뜻함 따위의 감정은 결국 잘 만든 영화를 보고 느끼는 것과 다를 바 없었다는 말인가.

그뿐만이 아니었다. 내가 진짜가 아니라면, 다니엘 워필드가 모아 온 재산을 내가 소유하는 것은 결국 절도 행각이다. 그 재산을 모으느라 실제로 고생했던 사람은 내가 아니다. 하지만 내 머릿속에 자리 잡은 기억들은 그 소유권을 주장하는 데 아무런 죄책감이 없었다. 방금 검사가 나를 다니엘 워필드로부터 강제로 뜯어내기 전까지는 그것이 당연히 내 것이라고 믿었으니까.

나는 다니엘 워필드의 '사본' 1번. 나이는 일주일. 출생지는 파이어스타 연구소의 탈라리아 기계 안.

머릿속에서 자조적으로 되뇌었다. 푸른색 동면장치에 들어가던 나의, 아니 다니엘 워필드의 CCTV 영상을 떠올렸다. 동면장치는 관이었다. 본래의 다니엘 워필드에게 차가운 죽음을 선사한 관.

내 표정을 살피던 검사는 조심스럽게 입을 열었다.

"탈라리아는 살인 기계입니다. 그리고 당신이 동의한다면, 그것을 막는 일을 도와주면 좋겠군요."

나는 천천히 고개를 돌렸다. 씁쓸하게 느껴지는 커피 향을 맡으며 대답 없이 공허한 눈으로 그를 바라보았다. 혼란스러운 머릿속을 정리해야 했다. 다섯 명의 도플갱어들과 나, 씬, 줄리아 소장, 얼굴도 모르는 변오식… 머릿속에서 관련자들이 정신없이 춤을 추었다.

다섯 분신들에게 재산을 분할해줘야 한다면, 그 손해 배상은 씬과 변오식에게 청구해야 마땅했다. 멋대로 내 분신들을 만든 건 그들이니까. 하지만 그들이 아니었다면 나는 다음 시운전 때도 아무것도 모른 채 탈라리아에 들어가서 죽었을 것이다. 그 관점에서 보면 그들은 오히려 내 목숨을 구해준 은인이었다. 나는 그들에게 화를 내야 할지 고마워해야 할지 도무지 갈피를 잡을 수 없었다.

나의 침묵을 동의로 받아들였는지, 검사는 설명을 계속했다.

"변오식 씨는 탈라리아 시운전을 어떻게든 막아보려 했지만 상관들에 의해 의견이 묵살되었다고 합니다. 하긴, 우주 개발 경험은 전혀 없으면서 그 순간이동 기술만으로 화성 개척권을 따낸 회사였으니 탈라리아를 포기할 수야 없었겠죠. 어쨌든 그는 더 이상의 희생을 막기 위해 이런 사실들을 검찰에 알렸고, 검찰에서는 기소를 위해 증거를 수집하는 상황입니다."

"그래서요?"

"가장 명백한 증거가 될, 당신의 분신 다섯 명을 구해내야 합니다. 영상 자료 정도로는 부족해요. 회사 측에서는 합성이라고 몰아붙일 테니. 하지만 탈라리아에 의해 복제된 다니엘 워필드 여섯 명이 법정에 서는 건 더할 나위 없이 확실한 증거가 될 겁니다. 법정에서뿐만 아니라, 사회적으로도 그 살인 기계에 대한 논란을 일으킬 훌륭한 기폭제가 되겠지요."

사내는 상기된 표정으로 말하고 있었다. 그를 바라보던 나는 시큰둥하게 말했다.

"그럼 구하면 되잖아요."

내 말에 사내의 얼굴이 그림자 속으로 숨어들었다. 그는 낮아진 목소리로 말했다.

"곧 수색 영장이 나오겠지만, 그 넓은 연구소를 다 뒤질 수는 없어요. 동면장치가 어디에 있는지 정보가 필요합니다."

"…저도 잘 모릅니다."

"…그렇다면 연구소에는 있을까요?"

"글쎄요."

"사소한 정보라도 없습니까? 검찰이 움직이고 있다는 걸 알면 줄리아 소장은 당장 동면장치들을 파괴해버릴 거예요. 그렇게 되면 혐의 입증이 어려워집니다."

멍하니 듣고 있던 나는 정신이 번쩍 들었다. 파괴해버린다고? 내 도플갱어들을?

"제 분신들을 다 죽인다고요?"

"그게 증거를 인멸하는 확실한 방법이니까요."

나와 똑같은 모습을 한 시체가 떠올라 목을 움츠렸다. 그러나 그와 동시에 찾아온 것은 아이러니하게도 안도감이었다. 사내는 진지한 표정으로 말을 이었다.

"다니엘 워필드 씨. 탈라리아가 이대로 가동되면 안 됩니다. 지구와 화성을 오가는 수많은 사람들이 계속 죽어 나가고 복사본으로 대체된다고 생각해보세요. 수만 명의 사람들이 영문도 모른 채 희생당하게 될 겁니다. 그건 재앙이에요."

이 사람은 왜 이렇게까지 의무감을 느끼는 걸까? 검사라는 건 원래 이런 사람들인가? 나는 고개를 천천히 가로저었다. 변오식은 얼굴도 모르는 사람들을 구하기 위해 직장까지 버릴 수 있었는지 몰라도, 나는 그런 종류의 사람이 못 된다. 사내는 입술을 한 차례 깨물더니 천천히 입을 열었다.

"당신의 아내도 화성 개척단에 포함되어 있는 걸로 압니다. 그녀가 탈라리아로 우주를 건너도록 내버려 둘 건가요?"

애써 무시하고 싶었던 사실이 고개를 들고 나를 노려보았다. 나는 한숨과 함께 깍지를 끼고 그 위에 이마를 받쳤다. 그의 말이 맞다. 탈라리아를 막지 않는다면 결국 세라도 화성 개척단원으로서 그 기계에 타게 될 것이다. 생각이 얽혀들어 머리가 아팠다. 애꿎은 발등만 바라보다 입을 열었다.

"당신은 정의를 말하고 있지만, 나는 당신처럼 쉽게 그런 말을 할 수 있는 입장이 아닙니다. 다른 다니엘 워필드들이 깨어나는 것이 당신에게는 효과적인 증거가 되겠지만 나에게는 달라요. 나는 내가 소유한 것들에 대해 배타적인 소유권을 주장할 수 없게 될 거요."

사내는 말이 없었다. 나는 고개를 들고 말을 이었다.

"내가 가진 집이나 차를 비롯한 모든 재산에 대해, 그것을 모으기 위해 고생했던 기억을 똑같이 갖고 있는 다섯 명의 사람들이 소유권을 요구하겠죠. 뭐 금전적으로 해결할 수 있는 건 나눠 준다고 쳐요. 그럼, 하나뿐인 제 아내는 어떡하죠?"

나는 오른손으로 결혼반지를 쓰다듬었다. 검사는 조용히 나를 바라보았다.

"여섯 사람이 모두 그녀와 함께했던 아름다운 기억을 갖고 있겠지만, 진짜 결혼반지는 단 하나뿐입니다."

꽃 모양으로 섬세하게 박힌 다이아몬드가 링 위에서 반짝거렸다. 반지에 대한 심미안이 전혀 없는 나 대신 그녀가 고른 디자인이다. 반지를 바라보기만 했을 뿐인데 어쩐지 가슴이 아려왔다. 한숨을 내쉬며 시선을 먼 곳으로 돌렸다.

"하지만 당신 말도 맞아요. 내 아내는 1차 개척단에 포함되어 있어요. 이미 반년 넘게 훈련 중이죠. 당신이 살인 기계라고 주장하는 저 탈라리아를 타고, 삭막한 붉은 사막으로 가기 위해서. 그렇다고 아내를 설득해 자발적으로 개척단을 그만두게 하면, 어느 개척단에서도 훈련을 중도 포기한 우릴 다시 받아주지 않을 거예요. 함께 화성에 가자던 꿈을 그런 식으로 접을 수는 없어요. 그녀가 얼마나 화성에 가고 싶어 했는지 나는 아주 잘 알고 있으니까요."

"……"

"결국 유일한 방법은 탈라리아를 막는 것이겠죠. 내가 가진 모든 것을 나눠 갖고 싶어 하는 다섯 명의 다니엘 워필드를 구하면서 말입니다. 하지만 그 길을 선택한다면, 모든 것이 해결된 뒤 제가 그녀를 빼앗기지 않을 거란 보장이 없어요. 그런 위험을 제가 무릅써야 하는 이유가 있습니까?"

말을 빠르게 쏟아내고 나니 속이 조금 가벼워졌다. 심호흡과 함께 눈을 감았다. 빨라졌던 심장의 두근거림이 천천히 잦아들었다. 파르르 떨리는 손으로 식어가는 에스프레소 잔을 들어 입에 댔다. 진한 쓴맛이 입안에 퍼졌다가, 이윽고 식도로 미끄러져 넘어갔다.

내가 그렇게 이기적인 건 아닐 것이다. 인류 역사를 통틀어 이런 선택의 기로에 놓인 사람이 나 말고 또 있었을까. 내가 어떤 선택을 하더라도, 누구도 함부로 나에게 돌을 던질 수 없다.

잠시 정적이 흐르고 나서, 검사는 조심스럽게 입을 열었다.

"…그녀를 구하는 것과 그녀를 소유하는 것, 당신에겐 어떤 것이 더 중요한가요?"

나는 천천히 눈을 뜨고 사내를 바라보았다.


집으로 돌아온 나는 아내의 품에 안겼다. 그녀는 행복한 얼굴로 내가 사 온 안개꽃을 우아한 진주색 꽃병에 꽂았다.

새근거리며 잠든 그녀 옆에서 나는 생각했다. 내가 진짜 다니엘 워필드가 아니라면, 나는 가짜인가. 진짜와 가짜를 구분하는 기준은 무엇일까. 나는 진짜 다니엘 워필드와 무엇이 다를까. 진짜 다니엘 워필드가, 나와 세라가 함께 누워 있는 이 광경을 보았다면 어떤 반응을 보였을까. 그리고 진짜 다니엘 워필드라면, 이런 상황에서 사랑하는 아내를 위해 어떤 결정을 했을까.

며칠 후, 줄리아 소장이 갑자기 나를 연구소로 불렀다. 소장실에 들어선 내게 그녀는 말없이 사진부터 내밀었다. 그 검사와 내가 카페에서 이야기를 나누는 모습이 찍혀 있었다.

"이 사진 뭐야?"

"시운전에 대한 중요한 일이라고 부르시더니, 제 스토커라도 되십니까?"

"이 사람을 왜 만났지? 무슨 말을 했나?"

"개인적인 이야기를 했을 뿐입니다. 사생활 침해하지 마시죠."

"웃기는 소리 하네. 변오식이 너한테 개인적인 이야기를 했다고?"

놀란 눈으로 그녀를 바라보았다. 내가 만난 게 검사가 아니라 변오식 본인이었다고?

"그 표정은 뭐야? 변오식인 줄 몰랐어?"

나는 대답하지 못했다. 그녀는 안경다리를 물고 눈살을 찌푸린 채 나를 바라보았다.

"무슨 이야길 했냐고 물었어."

"별다른 이야기는 안 했습니다. 더 드릴 말씀이 없으니 가보겠습니다."

낮게 대답하고 일어서자, 경호팀장 우에스기가 덩치 큰 몸으로 입구를 막아섰다. 줄리아 쪽을 돌아보았다. 그녀는 불타는 눈으로 나를 노려보고 있었다.

"대체 그자가 뭐라고 했기에 이렇게 비협조적이 된 거지?"

"별말 안 했다니까요! 사생활 감시에 강압적인 조사에, 직원한테 이래도 되는 겁니까?"

소장은 잠시 나를 바라보더니 우에스기를 향해 고개를 까닥했다. 경호팀장은 문 옆으로 비켜섰다. 열린 공간으로 나가려는데 줄리아가 우에스기에게 지시했다.

"어쩔 수 없군. 나머지 동면장치들을 파쇄해."

나는 소장을 돌아보았다.

"뭐라고요?"

"이 세상에 다니엘 워필드는 오직 한 사람이어야 해. 문제가 생기기 전에 없애야겠어. 자네도 도플갱어가 세상 어딘가 남아 있으면 찝찝하잖아?"

"그게 무슨…."

눈살을 찌푸렸지만, 등에서는 식은땀이 흘렀다. 우에스기가 고개를 끄덕이고는 홀로그램폰을 꺼내 들며 내 옆을 지나쳐 나갔다. 나는 줄리아에게 일갈했다.

"그렇다고 사람이 들어 있는 장치를 그냥 파쇄한다고요?"

"아, 그건 걱정하지 마. 뭐 피가 튀고 이러는 건 아니라고. 탈라리아 안에 도로 넣을 거야. 나왔던 곳으로 들어가는 것뿐이야."

순간이동의 첫 단계인 '분해'까지만 진행해서 이 우주에서 완전히 지우겠다는 뜻이다. 이런 망할 년. 그녀의 의기양양한 표정을 보며, 나는 더 이상의 대화가 무의미하다는 것을 깨달았다. 밖으로 뛰어나와 물류동을 향해 달리기 시작했다.

물류동은 넓었고, 냉동실은 제일 구석진 곳에 있었다. 내가 도착했을 때 냉동실의 문은 이미 활짝 열린 채였다. 블루투스 이어폰으로 통화하면서 손으로 정신없이 태블릿을 두드리는 물류팀장, 냉동실 안에서 뭔가를 꺼내는 로봇들, 그리고 그들을 조종하느라 바쁜 물류팀 팀원들의 모습이 눈에 들어왔다. 나는 마치 악마에게 십자가를 쳐드는 것처럼, 홀로그램폰을 앞으로 내밀며 외쳤다.

"지금 뭐 하는 겁니까!"

물류팀 사람들이 놀란 얼굴로, 더러는 눈살을 찌푸리며 나를 바라보았다. 그때 뒤편에서 누군가의 목소리가 나를 불렀다.

"다니엘 워필드 씨, 이건 당신을 위한 일이기도 합니다. 자리에 앉아 가만히 기다리시죠."

뒤돌아보니 우에스기가 다가오고 있었다. 나는 떨리는 손가락으로 동면장치를 가리켰다.

"지금 뭐 하는 거야. 저 동면장치 안에 뭐가 있는지 알기나해?"

"네, 알고 있습니다. 우리 회사를 망하게 할 것이 들어 있죠."

우에스기의 목소리는 차가웠다. 나는 말을 빠르게 쏟아내었다.

"그래서 탈라리아로 가져가서 없애버리겠다고? 회사를 위해 살인을 한다는 거냐? 그까짓 회사가 뭐기에 사람 목숨보다 중요하단 거냐!"

"하, 살인이라뇨. 누가 들으면 오해하겠습니다. 깨어나지도 못한…"

여유롭게 웃으며 대답하던 우에스기의 표정이 문득 돌변했다.

그는 나에게 달려들어 홀로그램폰을 바닥에 내리꽂았다. 그 유연하고 튼튼한 장비가 부서져 내리는 것을 놀란 눈으로 쳐다보는 동안, 경호팀장의 튼실한 주먹이 날아들었다.

시야가 휙 돌아가는 와중에 별이 보인 것 같았다. 배와 얼굴에 주먹을 맞고 나니 정신을 차릴 수가 없었다. 허우적대며 경호팀장을 향해 휘두른 팔 사이를 뚫고 가슴팍에 몇 차례나 주먹이 날아들었다. 창자가 꼬이는 고통에 나는 허리를 굽혔다. 등에 팔꿈치로 내리찍는 듯한 강렬한 일격이 꽂혔다. 나는 중심을 잃고 무릎을 꿇었다. 귓가에 다가온 거친 숨소리와 함께 그가 말했다.

"이 새끼가…."

"회사에서 이게 무슨 짓입니까?"

어느새 달려온 물류팀장이 우에스기를 말리는 소리가 들리면서 경호팀장의 숨소리가 귓가에서 멀어졌다. 긴장이 풀린 나는 옆으로 쓰러졌다. 경호팀장의 위압적인 목소리가 들렸다.

"소장님 지시사항입니다. 이 손 놓으시오."

어색한 공기가 흘렀다. 거칠게 몰아쉬던 숨소리가 조금 진정되고 나서, 우에스기의 우락부락한 손이 내 옷의 목덜미를 쥐고 들어 올렸다. 나는 비틀거리며 끌려갔다.

"끈 있습니까? 튼튼한 걸로."

우에스기의 요청에 물류팀 직원이 끈을 가져다주었다. 창고 구석의 철제 선반에 다다른 우에스기는 내 손목을 선반 기둥에 묶었다. 두개골이 흔들리고 입안에서 피 맛이 났다. 한쪽 눈이 부어

올랐는지 잘 보이지 않았다. 눈을 감기 직전, 간신히 고개를 들어 냉동고 쪽을 보았다. 냉동고에서 동면장치가 하나둘 실려 나가고 있었다.

"이 배신자 새끼."

줄리아 스코필드의 목소리에 눈을 떴다.

"홀로그램폰으로 뭘 했지?"

주변을 둘러보았다. 어느새 연구소의 탈라리아 실험실이었다. 서둘러 동면장치를 찾았다. 탈라리아를 둘러싼 예닐곱 명의 사람들 사이로 푸른 실린더 세 대가 보였다. 피비린내 나는 입으로 중얼거렸다.

"…두 명은 이미 늦었나."

"이제 와서 착한 척하는 거냐?"

줄리아 스코필드가 비웃었다.

"너도 솔직히 이들이 없어지길 바랐잖아?"

나는 대답 없이 고개를 돌려 탈라리아를 바라보았다. 탈라리아 두 기의 불빛이 맹렬하게 빛나고 있었다. 잔디 깎는 기계에서 나는 소음이 들려오는 것 같았다.

"다니엘 워필드."

줄리아가 뭔가를 꺼내 들었다. 나는 그 금속체가 무엇인지 금방 알아보지 못했다. 그 현실감 없어 보이는 물체는, 그러나 분명하게 나를 마주 보고 있었다.

"마지막 기회를 주겠어. 그 홀로그램폰으로 뭘 했는지 말해. 그러지 않겠다면, 널 죽이고 저 동면장치 중 하나를 깨워서 다니엘 워필드로 삼겠다."

"…그래 봤자 손바닥으로 하늘 가리기일 뿐이다. 새로운 다니엘 워필드가 진실을 눈치채지 못할 거라는 보장이 어디 있지?"

"진실? 이건 내부자 관리의 문제야. 네 녀석도 씬이나 변오식과 만나지 못했다면 이렇게까지 변절하지는 않았을 거야. 하지만 이왕 알게 된 거, 네가 우리 편이 되는 것도 우리 속이 편하긴 하지. 그래서 네게 기회를 주는 거다."

"…"

줄리아는 조용히 내 대답을 기다렸다. 나는 머릿속을 정리했다. 내게 물어보는 걸 보면, 홀로그램폰은 우에스기가 쳐냈을 때 완전히 박살 난 모양이다. 아무렇게나 둘러대더라도 알아낼 방법은 없을 것이다.

하지만 내가 뭘 했는지 말한다고 해서, 줄리아가 약속대로 날 살려줄 거라는 보장도 없었다. 날 죽이고 시체를 탈라리아 안에 넣으면 어차피 아무 흔적도 남지 않을 것이다. 보험이 필요했다. 천천히 입을 열었다.

"…카메라로 너희들의 모습을 찍었지."

"그건 나도 알아. 홀로그램 통화였겠지? 누구한테 보냈나?"

"…내 아내에게."

"우리를 바보로 보는군, 다니엘 워필드."

"그럴 리가. 내가 누구에게 홀로그램 통화를 했을 거라고 생각하는 거지? 숨어다니는 변오식이 나에게 연락처라도 줬을 것 같나?"

줄리아 스코필드는 우에스기 시키 쪽을 돌아보았다. 그가 어깨를 으쓱했다. 그녀는 내 머리를 향해 총구를 겨누었다.

"아내는 어디까지 알고 있지?"

"자세히는 몰라! 하지만 내가 돌아가서 그녀에게 암호를 말하지 않으면, 그 사람은 가짜니 믿지 말라고 해뒀어. 날 죽이고 다른 녀석을 보내면 틀림없이 후회할 거야."

줄리아가 들고 있는 총이 부들부들 떨렸다. 눈을 질끈 감고 그녀가 속아 넘어가길 간절히 기도했다. 총구가 머리 옆에 머물러 있는 시간이 실제보다 몇 배는 길게 느껴졌다. 긴장감에 머리가 터질 것 같았고 귓속에서는 이명이 울렸다.

퍽!

느닷없이 주먹이 날아왔다. 턱이 아찔해지는 가격이었다. 오른쪽으로 넘어가던 상체가 뒤로 묶인 손에 걸려 멈춰 섰다. 손목이 꺾여 아팠지만 몸을 바로 세울 수가 없었다.

"배신자 새끼. 일단은 살려둔다."

어이가 없었다. 이젠 사람 목숨을 마음대로 다뤄? 줄리아 스코필드가 내게서 물러나는 구둣발 소리가 또각또각 울렸다.

"다음 두 개 정리해."

천천히 고개를 들었다. 창고에서 보았던 로봇들이 달라붙어 동면장치를 들어 올리기 시작했다.

"그리고 저놈 아내도 데려와."

귀를 의심했다.

"…뭐? 그녀는 아무것도 모른다고!"

"그녀의 홀로그램폰에 영 좋지 않은 자료가 있을 거 같아서 말이야."

생각이 짧았다. 이렇게 바로 행동에 나설 거라고는 예상하지 못했다. 우에스기 놈이 누군가에게 전화하는 것이 보였다. 도저히 참을 수 없었다. 죽음에 대한 공포가 지나간 자리를 분노가 채웠다. 혀 아래 흥건히 고인 시큼한 피를 바닥에 뱉어낸 후, 나는 입을 열었다.

"생각해봤어."

"…"

줄리아가 나를 돌아보았다. 그녀의 뒤로 관을 닮은 푸른 실린더 두 개가 탈라리아로 각각 들어가는 것이 보였다.

"사람은 각자 주어진 목적이 있다지. 그런데 진짜 다니엘 워필드는 그걸 이뤄보지도 못하고 죽었어. 대신 그의 모든 기억을 이어받은 내가 새로 태어났지. 그럼 내 삶의 목적은 대체 뭘까? 그건 다니엘 워필드의 것과 같을까, 다를까?"

"무슨 헛소리야? 진짜 다니엘 워필드는 너야."

"오, 그래? 그럼 저 동면장치 안에 잠들어 있던 사람들은 대체 뭐지? 저들도 다 진짜라고 할 건가?"

아무도 대답하지 않았다. 줄리아 스코필드가 입술을 씰룩거렸다.

"하고 싶은 말이 뭐냐?"

나는 숨을 몰아쉬었다.

"거짓은 백번을 이겨도 한 번 지면 그걸로 끝이다."

피가 빠르게 흐르고 숨이 거칠어졌다. 연구소 전체에 들리도록 온 힘을 다해 외쳤다.

"언제까지 숨길 수 있을 거라고 생각해? 어디 한번 대답해봐! 다니엘 워필드를 다섯 번이나 죽인, 이 살인마 새끼들아!"

줄리아 스코필드가 한숨을 쉬며 머리를 가로저었다. 그녀의 모습에 우에스기는 경호원 몇 명을 데리고 남아 있는 한 대의 동면 장치로 다가갔다. 활성화시켜 그 안의 피험자를 깨우려는 거겠지. 줄리아 스코필드는 잔뜩 일그러진 얼굴로 다시 총을 꺼내 나를 겨누었다.

탕!

총성이 울렸다.

익숙하지 않은 살 타는 냄새가 피 냄새와 뒤섞여 코를 찔렀다. 질끈 감았던 눈을 천천히 떴다. 실험실 안에 한 사내가 있었다. 영 고급스럽지 못한 잠바와 진회색 청바지를 입고서. 변오식이 총구가 빨갛게 달궈진 레일건 소총으로 줄리아 스코필드를 겨누고 있었다. 그가 외쳤다.

"다니엘, 괜찮아요?"

피가 철철 흘러나오는 오른손을 부여잡은 채, 줄리아는 눈동자에 선명한 당혹감을 띄웠다. 바닥에 내팽개쳐진 그녀의 총이 보였다. 총에는 줄리아의 오른손처럼 시뻘건 피가 묻어 있었다. 곧이어 검은 옷의 사내들이 들이닥쳤다.

"영상 제보로 상황 파악은 끝났습니다. 증거 인멸의 위험성이 입증되어, 영장 없이 강제 수색을 시작합니다. 수사에 협조해주시기 바랍니다."

검사가 힘이 실린 낮은 목소리로 말했다. 경호원들이 어쩔 줄 모르고 서 있는 동안 수사관들이 로봇을 정지시키고 동면장치를 끌어냈다. 줄리아 스코필드의 얼굴이 고통과 분노로 일그러졌다. 함께 온 경찰이 수갑을 들고 그녀에게 다가갔다.

"줄리아 스코필드 소장, 당신을 다니엘 워필드 씨의 살인 교사 및 살인 미수 혐의로 현장 체포합니다."

손목에 수갑이 거칠게 채워지는 내내 줄리아는 나를 노려보았다. 미소로 그녀의 눈빛에 화답했다. 긴장이 풀리면서 온몸에서 힘이 빠지기 시작했다. 나를 향해 다가오는 사내들의 모습을 마지막으로, 나는 정신을 놓아버렸다.

카페 밖 시가지를 지나가는 사람들의 얼굴에 미소가 가득하다. 은은히 들어오는 햇살에 미소를 지었다. 한쪽 벽에 쪼인 스크린 화면에서 파이어스타 사의 루시우스 벤자민 언더우드 회장이 수개월의 도피 생활 끝에 변사체로 발견되었다는 기사가 나오고 있었다.

말끔한 옷을 입은 씬이 카운터에서 받은 커피 세 잔을 쟁반 위에 들고 다가왔다. 감사의 표시로 고개를 끄덕하고는, 진한 탄내가 풍기는 커피 한 잔을 받아들고 입을 열었다.

"그 사람에게 조금은 미안하네요."

"뭐, 자신이 스스로 선택했는걸요."

맞은편에 앉은 변오식이 말했다.

"그리고 사실 미안해야 할 사람은 저죠. 그걸 막기 위해서라지만, 어쨌든 그에게 큰 고통을 준 장본인은 바로 저니까요."

"그럼 이제 그는 어떻게 되는 거죠?"

"안정된 직업을 찾을 때까지 지원을 받으면서 애리조나주에서 새 이름과 신원을 받아 살아갈 거예요. 그랜드 캐니언을 가까이 두고 살고 싶다더라고요."

말없이 커피를 홀짝였다. 그는 곧 나였기에, 그 사람이 무슨 생각이었을지 나는 짐작할 수 있었다. 화성의 분위기와 비슷한 곳에서 그녀를 그리워하며 살아갈 생각이겠지. 물론 조작된 기억 탓에 그 애틋함도 흐릿하겠지만, 함께 화성에 가려고 노력했던 사랑하는 사람의 흔적을 그렇게라도 담아두고 싶었으리라. 그의 마음을 이해하자 그에게 연민을 느꼈다.

"…기억 조작은 끝났나요?"

"그럴 겁니다."

변오식은 내 눈치를 살피더니, 단호한 어조로 덧붙였다.

"이제 두 분은 영원히 만나서는 안 됩니다. 기껏 기억 조작을 마무리했는데, 자신과 똑같은 모습의 당신을 보면 어떤 반응을 보일지 알 수 없어요. 최악의 경우 지운 기억들이 되살아날지도 몰라요."

"…알고 있어요."

이곳의 에스프레소는 쓴맛이 유독 강하다. 미간을 살짝 찌푸리는데, 창밖을 내다보고 있던 씬이 탄성을 질렀다.

"오, 이제 발사하나 봐요!"

그를 뒤따라 창밖 먼 하늘로 시선을 던졌다. 푸른 지평선 위에 꼿꼿하게 선 궤도 엘리베이터를 따라, 발사체 한 대가 빠르게 올라가고 있었다. 화성 개척단의 선발대를 실은 우주선이었다. 변오식은 그 모습을 물끄러미 바라보다 입을 열었다.

"…참 고전적이군요."

"그러네요. 전 클래식을 좋아합니다."

"화성으로 가는 게 내년 겨울이라고 했죠? 기대되겠네요."

"네, 일이 잘 풀려서 다행이에요. 화성에 가게 되면 다시는 지구에 오지 못하겠지만."

내 말에 변오식이 미소 지었다.

"당신이 보고 싶을 겁니다, 다니엘 워필드 씨."

"…그럴 땐, 애리조나의 다니엘 워필드를 찾아주면 고맙겠군요."

변오식은 웃었다. 나도 웃으며 자리에서 일어났다. 마음이 그

어느 때보다 가벼웠다. 성긴 구름층을 꿰뚫은 발사체는 어느새 시야 밖으로 사라지고 있었다.

# 임수 씨, 맛있습니까?

조연

고기를 올리자 하얗고 조밀하게 퍼진 기름이 불판에서 경쾌한 소리를 냈다. 그 소리에 맛이라도 배었는지 듣다 보면 입속이 보들보들해졌다. 육즙과 기름이 섞인 냄새까지 더해지니 빈 입에도 침이 고였다.

한 번 뒤집은 고기를 혀 위에 올렸다. 고소함과 감칠맛이 진득하게 배어 나와 입안은 순식간에 촉촉해졌다. 웃음이 절로 나왔다. 씹는 듯, 녹이는 듯 고기 조각을 삼킨 후에도 부드럽고 탱글탱글한 감촉이 긴 여운을 만들었다.

한우 산지가 가까운 덕분에 이 식당은 저렴한 가격에도 고기의 질이 좋았다. 김 사장은 서울에서는 이런 고기를 먹기 힘들다며 연신 침 고인 칭찬을 했다. 클라이언트인 윤 회장은 그게 마치 자신에 대한 칭찬인 듯 기분이 좋아져 소주잔을 들이켰다.

"김 사장님, CN소프트 덕분에 일하기가 편해졌습니다. 직원들하고 점주들도 고맙다고 난리예요."

"감사합니다, 회장님. 저희가 회사는 작지만 대기업에서 온 친구들이 많아서 기술은 자신 있습니다. 주변에 소개 좀 잘 부탁드립니다." 그러면서 김 사장은 옆에 앉은 임수의 어깨를 두드렸다. "이번에 저희 지 팀장 역할이 컸습니다."

"맞아요. 지 팀장님, 정말 고생 많았습니다. 한 잔 받으세요." 윤 회장은 평소의 넉넉한 웃음을 보여주며 임수에게 술을 따라주었다. "그리고 김 사장님. 제가 우리 팀장님 보고 깜짝 놀랐습니다. 일도 일이지만 사람이 너무 좋아요. 우리 직원들이 프로젝트 끝나고 지 팀장 간다니까 진심으로 서운해하더라고요. 나중에라도 이쪽에 오실 일 있으면 꼭 연락 주세요."

윤 회장을 시작으로 클라이언트 쪽 직원들이 너도나도 임수에게 술을 권했다. 임수는 얼굴색 하나 변하지 않은 채, 받는 즉시 소주를 한 모금에 털어 넣고 그들의 잔에 술을 채워주었다. 사람들은 임수의 주변에 모여 서로 자기 차례라며 술잔을 내밀었고 각자의 이야기로 떠들기 시작했다. 몇 달을 함께 지낸 탓에 할 말도 많고 아쉬움도 많았다.

사람들에게 둘러싸여 떠들기는 하지만 막상 임수는 다른 고민으로 머릿속이 복잡했다. 멍하니 있다가 자신을 부르는 소리에 자꾸 타이밍을 놓쳤다. 하지만 그냥 지나칠 수는 있는 문제가 아니었다.

임수는 결심했다. 주위의 눈치를 보다가 젓가락 하나를 떨어트렸다. 그걸 줍는 척하며 몸을 숙였다. 몇 달간의 지방 생활에 살이 빠졌는지 발끝이 간신히 잡혔다. 하지만 그뿐, 풍선 같은 배가 가슴까지 차올라 숨을 쉬기 어려웠다. 호흡 곤란에 얼굴이 새빨개졌다.

"지 팀장, 왜? 젓가락 새로 달라고 해. 너 그러다가 넘어지면 누가 일으켜주지도 못한다."

김 사장의 이야기에 테이블 주위의 사람들이 불쾌하지 않게 웃었다. 임수는 붉어진 얼굴에 겸연쩍은 웃음을 지으면서 140킬로그램의 몸을 세워 앉았다.

"그렇죠? 저도 한번 집어보려고 했는데 배가 딱 걸리네요, 하하하."

웃으면서도 임수는 혼란스러웠다. 술김에 혹은 잠결에 그랬다는 것도 말이 안 된다. 물리적으로 불가능한 일이다. 그렇다면, 대체….

누가 그의 발톱을 잘라갔을까?


임수는 지난 넉 달 동안 몇 번의 주말을 제외하고는 W시에 머무르며 쇼핑몰 통합 관리 시스템을 개발했다. 오랜만에 본사로 돌아온 후에도 결과 보고서와 영업팀 지원으로 늦은 야근을 반복했고 일, 밥, 잠을 제외하고는 무엇에도 신경 쓸 여유가 없었다.

오늘도 별다를 것 없는 날이었다. 김 사장과 함께 W시에 내려와 마지막 점검을 하고 윤 회장과 저녁 식사를 하면서 프로젝트를 종결하는 일정이었다. 오랜만에 정장을 꺼내 입고 양말을 신으려다가 임수는 그 기이한 모양을 발견했다.

왼발은 몇 달간 깎지 못한 발톱이 누렇게 뻗어 있는데 오른발은 네 개의 발톱이 가지런히 잘려 있었다. 남아 있는 새끼발톱 덕분에 네 발가락의 단정함은 더 도드라졌다.

'내가 깎았던가?'

도무지 믿기지가 않았지만 기차 시간이 가까워 발가락만 계속 쳐다볼 수는 없었다. 임수는 양말을 급하게 끌어당기고 집을 나섰다. 시스템 점검 과정에서는 사소하게 챙겨야 할 것들이 계속 늘어났다. 정신이 없었다. 하지만 그 바쁜 와중에서도 목에 걸린 가시처럼, 잊을 만하면 자꾸 발톱 생각이 났다.

살이 찌고 나서 임수의 발톱은 언제나 구로동 네일숍의 정 실장이 잘라주었다. 자신만큼이나 후덕한 모습에 신뢰감이 생겨 단골로 정했던 곳인데, 생각해보니 최근에 정 실장을 찾아간 적이 없었다. 계속되는 출장과 주말 근무에 "더 길어지면 심부름센터라도 불러야죠" 하며 전화로 농담을 주고받았던 것도 한참 전 같은데.

자신의 재주로는 불가능하다는 사실을 알고 나니 임수는 갑자기 불안해졌다. 자신이 잠든 동안 누군가 몰래 들어온 것일까? 스타킹을 뒤집어쓴 채 뒤춤에는 식칼을 꽂고 주머니에서 손톱깎이를 꺼내 마치 금고를 열 듯 자신의 발톱을 자르는 괴한. 멍하니

공상에 빠졌다가 누군가가 술을 권하자 임수는 다시 웃으면서 단숨에 술잔을 비웠다.

회식은 일찍 끝났지만 기차와 택시를 번갈아 타고 집에 돌아오니 벌써 자정이 넘어 있었다. 임수는 넥타이도 풀지 않고 쭈그려 앉아 현관과 창문의 잠금장치를 유심히 노려보았다. 드라마에서 보면 지문이나 무슨 흠집이 남아 있던데…. 술이 올라 깜빡 잠이 들 정도로 집중해서 쳐다봤지만 아무런 흔적도 찾을 수 없었다. 장식장 서랍 속 어머니가 주신 손톱깎이 세트는 그대로였고 싱크대 아래의 식칼과 과도도 평소에 꽂아두는 방향대로 가지런했다.

증거를 찾지 못하고 주방을 서성이다 보니 배가 고팠다. 먼 길을 오느라 저녁을 먹은 것이 한참 옛날 같았다. 임수는 냉장고 문을 열었다. 주말에 주문했던 치킨이 밀폐용기에 담겨 있었다. 친구들이 불러내는 바람에 몇 조각 먹지도 못한 채, 저 귀한 것이 그대로 남아버렸다.

뚜껑을 열자 치킨에서 고소한 향기가 났다. 기름의 향은 빨리 퍼지면서 사람을 성급하게 만든다. 튀김옷이 눅눅해져 볼품없는데도 냄새 하나로 당장 베어 물고 싶었다.

임수는 눅눅해진 치킨의 튀김옷을 벗기고 나서 기름이 번들거리는 살코기에 식용유와 섞은 튀김가루를 새로 묻혔다. 중국식 팬에 기름을 붓고 살짝 연기가 솟기를 기다리다가 조심스럽게 치킨 조각을 넣었다. 기름에 들어간 튀김옷은 악기처럼 균일하고 매력적인 소리를 냈다. 뜨거운 기름에서, 치킨 안에 밴 오래된 기름이 빠지고 바삭하게 튀겨지는 상상을 하니 군침이 돌았다. 신선한 튀김옷이 부서지는 소리가 벌써부터 들리는 것 같았다.

치킨이 튀겨지는 동안 임수는 익숙한 칼 놀림으로 양파를 자르고 마늘을 다듬었다. 그의 묵직한 손에서도 칼은 가볍게 움직이며 경쾌한 소리를 냈다. 다듬은 재료를 커다란 그릇에 담고 소스를 한 가지씩 섞어 넣자 특유의 향기가 올라왔다. 식초의 상큼함, 굴소스의 짭조름함, 간장 특유의 짠 내와 레몬즙의 향긋함. 설탕을 넉넉하게 붓자 하얗고 미세한 가루가 코 근처까지 날아왔다. 달콤한 향기에 임수는 두툼한 볼살이 접히도록 웃고 소매로 코 근방을 문질렀다.

거름망으로 치킨을 건져 접시에 올리자 하얀 김이 아지랑이처럼 올라왔다. 준비해둔 양념을 새로 튀겨진 치킨 위에 부으니 따뜻하게 데워진 양념의 향이 고소한 튀김 냄새와 섞여 주방을 채웠다.

식탁 위에 식기를 놓고 음식을 차리다가 임수는 잠깐 옛날 생각을 했다. 음식을 마구잡이로 먹으면서도 아무 맛을 느끼지 못하던 시절… 단맛도, 짠맛도, 매운맛도. 입안에서 퍽퍽하게 엉겨붙는 감촉 외에는 아무런 감흥도 없던 때를 떠올렸다. 그런 시절이 모두 지나갔다는 사실이 놀라웠다. 시간의 흐름에 감사했다.

깐풍치킨 한 조각을 집어 입안에 넣었다. 서로 잘 섞여 균형 잡힌 양념이 혀 위에서 한 번 돌더니 치킨이 바삭, 하고 소리를 냈다. 임수는 눈을 감고 즐거운 미소를 지었다.


　휴대폰의 기본 자명종 소리는 마치 청양고추의 매운맛처럼 귓속을 쿡쿡 찔렀다. 임수는 놀라 허겁지겁 일어났다. 갑작스런 움직임에 침대의 나무 프레임이 삐걱거리며 크게 흔들렸다.

　무거운 몸을 일으켜 세수를 하고 거울에 물이 가득한 얼굴을 비춰보았다. 안 그래도 커다란 얼굴이 퉁퉁 부어 있었다. 매일 이런 식이다. 새벽에 요리를 해 먹고 잠드니 얼굴은 붓고 잠은 모자라다. 그래도 어젯밤에 먹은 깐풍치킨을 떠올리니 입안에 군침이 돌았다. 자연스럽게 오늘 아침의 메뉴를 고민하게 되었다.


　출근하자 일찌감치 나와 있던 김 사장의 얼굴이 좋아 보였다. 종종걸음으로 사무실을 오가는 모습을 보니 뭔가를 말하고 싶어 안달이 난 모양이다. 그는 임수를 보자마자 뛰어왔다.

　"임수야! 너 최 이사 알지? 서일유통의 최 이사. 어제 집에 가다 연락받았는데 그 친구가 이번에 F마트 전산팀장으로 간단다. 잘하면 우리도 드디어 대기업 프로젝트를 하는 거라고."

　"진정하세요. 최 이사가 형 좋아하기는 하지만 그런다고 갑자기 우리한테 일을 맡기란 법도 없고. 원래 일하던 업체 있을 거 아니에요."

　"아니야, 아니야. 어제 서일유통에 있는 친구한테 들었는데, 새로 자기 기반 잡느라고 외주업체 바꿔서 큰 프로젝트 시작할 거래."

임수는 김 사장의 설레발이 조금 걱정됐지만 큰 우려는 하지 않았다. 금세 흥분했다가도 또 언제든 돌처럼 냉정해질 수 있는 사람이다. 잘되면 좋은 거고 안 되면 같이 술 한번 먹으면 괜찮아졌다.

임수와 사장이 이야기를 나누는 중에 최근 경력직으로 합류한 천 과장이 사무실에 들어왔다. 프로젝트가 없는 기간이라 출근 시간이 자유로운데도 아직 익숙해지지 않았는지, 큰 소리로 두 사람에게 인사를 하고 컴퓨터 앞에 앉았다. 송 대리와 정 과장이 두어 시간 늦게 출근하고 마지막으로 배 대리가 점심 가까워질 무렵 사무실에 들어왔다.

여유 있는 출근 덕분인지 배 대리는 오랜만에 정성 들여 화장하고 분홍색 원피스를 입었다. 덕분에 항상 냉소적이고 표정 없는 얼굴에도 환한 생기가 돌았다. 찰랑이는 짧은 원피스 아래로 걸음도 가벼워 보였다.

"오, 배 대리! 이렇게 차려입은 거 보니까 배 대리도 여자네, 여자야."

배 대리를 보자마자 천 과장은 짓궂은 표정으로 농담을 던졌다. 그의 농담에 사무실 분위기가 굳었지만 눈치 없는 천 과장은 수다스러운 이야기를 쏟아냈다.

"근데 아쉽다. 날씬해서 좋은데 볼륨이 없네. 잘못하면 뒤로 걸어오는 줄 알겠어, 하하하."

갑자기 벼락같은 소리가 사무실에 울렸다. 임수의 프라이팬만한 손바닥이 책상 위에 넓게 펼쳐져 있었다. 다들 컴퓨터 화면만 조용히 들여다보는데 영문을 모르는 천 과장만 주위를 두리번거렸다. 임수는 심호흡을 하고 거대한 몸을 일으켰다.

"천 과장님, 오늘은 나하고 점심 먹읍시다. 우리 먼저 먹을 테니 다들 식사하세요."

임수가 나가자 천 과장은 어리둥절한 표정으로 따라나섰다. 말없이 심각한 얼굴로 걷기만 하는 임수의 뒷모습은 마치 성난 코뿔소 같았다. 건너편 빌딩 지하의 분식집에서 된장찌개 2인분에 공깃밥 두 개를 추가 주문하고 나서야 임수가 굳은 얼굴로 이야기를 시작했다.

"회사에서 직원들끼리 외모를 평가하는 건 무례한 일입니다. 당연히 법적으로 성희롱에 해당하고요. 무엇보다 회사라는 곳이 일하려고 모인 곳이지 평가를 당하려고 온 곳도 아니고…"

천 과장의 얼굴에 긴장이 풀어지며 웃음이 나왔다. 임수의 말을 끊으며 별것 아니라는 투로 이야기했다.

"아까 배 대리한테 이야기한 것 때문에 그러세요? 난 또 뭐라고. 그냥 농담이죠. 제가 배 대리하고 얼마나 친한데. 그냥 우리끼리…"

"과장님!"

임수가 목소리를 높이자 쩌렁쩌렁한 울림이 작은 식당을 꽉 채웠다. 식사하던 사람들이 그들을 돌아봤고, 천 과장은 임수의 코

위에 거대한 뿔이 달린 것처럼 위압감을 느꼈다. 임수는 깊게 숨을 들이마시고 다시 평소의 목소리를 찾았다.

"저와 사장님은 평가라는 게 독이라고 생각합니다. 타인의 기준에 얽매여 자신의 가치를 죽이는 독. 그래서 회사 세울 때 직원 평가도 없었고 인센티브도 모두 동일하게 지급하기로 했습니다. 과장님도 그 부분이 마음에 든다고 하셨죠? 그런데 오늘 뭡니까. 외모야말로 제일 저열한 평가가 아닙니까. 그건 농담이 아니라, 불쾌하고 끔찍한 폭력입니다."

누군가 다른 사람이, 즉 평범한 풍채에 평범한 외모를 가진 사람이 그런 이야기를 했다면 천 과장은 그저 그런, 잘난 척하는 사람들의 가식으로 여겼을 것이다. 하지만 벨트 위로 넘친 뱃살 때문에 걸어 다니기만 해도 사람들의 시선을 끄는 남자가 하는 이야기에는 엄숙한 무게가 느껴졌다. 게다가 그에게서는 일말의 망설임이나 부끄러움, 또는 스스로에 대한 연민조차 보이지 않았다. 천 과장은 그런 임수에게 위압과 존경심을 동시에 느꼈다.

천 과장은 사과를 했다. 이런저런 속마음을 털어놓고 자신의 생각 없는 과오를 인정했다. 임수는 그 이야기를 묵묵히 듣다가 숟가락을 들고 조용히 자신 앞에 놓인 공깃밥 세 그릇을 비웠다. 사무실에 들어가면 배 대리에게 꼭 사과를 하라는 이야기를 하며 자리에서 일어났다.

"가면서 앞에 스타벅스에 들릅시다."

"저는 커피 별로 안 좋아하는데요."

"사과는 맨손으로 하려고요? 사는 김에 사무실에 싹 돌리세요. 저는 캐러멜마키아토, 벤티로 할게요."

임수의 얼굴은 어느새 코뿔소에서 인상 좋은 하마로 변해 있었다.

오후 사무실에서는 천 과장이 사 온 커피로 티타임이 열렸다. 천 과장은 넉살 좋은 성격을 살려 사람들 앞에서 큰 소리로 배 대리에게 사과했다. 배 대리는 자신은 뒤로도 잘 걷는다는 농담으로 받아쳤고, 티타임은 커피만으로 술자리보다 흥겨운 시간이 되었다. 도중에 사장의 호출로 임수가 자리를 비우자 천 과장이 낮은 목소리로 사람들에게 이야기했다.

"팀장님 아까 식사할 때는 진짜 무서웠어요. 그런 모습은 상상도 못 했는데."

"천 과장님, 운 좋은 줄 아세요." 배 대리가 특유의 시큰둥한 표정으로 이야기하자 다른 사람들도 고개를 끄덕였다. "우리 팀장님 예전에 조정 선수였대요. 팔 힘이 장난 아니어서, 뺨 한 대로 사람 기절시킨 적도 있다던데요."

"아까 생각하면 그럴 수도 있을 것 같고…. 그런데 아무리 인상이 좋아도 저런 거구한테 시비 거는 사람이 있었을까?"

"글쎄요. 저희도 듣기만 했으니까. 아무튼 시비 붙은 남자들에게 이렇게 휭—" 배 대리는 팔을 크게 휘두르며 누군가의 뺨을 때리는 시늉을 했다. "남자 세 명이 나가떨어졌대요. 그중 한 명은 기절하고. 그러니까 천 과장님도 오늘 날아갈 뻔한 거라고요. 운 좋은 줄 아세요."

다들 웃는 가운데 천 과장은 지 팀장이 조정 선수였다는 사실이 잘 상상되지 않았다. 저 거대한 몸이 조정용 가느다란 배에 올라탈 수나 있을까. 조정 선수였든 아니든 전봇대 굵기만 한 팔뚝에 솥뚜껑만 한 손바닥을 생각하면 장난으로라도 그에게 맞고 싶지 않았다. 상상만 해도 소름이 돋았다.

사장실에 불려간 임수는 F마트 제안서를 위해 그동안의 프로젝트 실적을 정리해두라는 지시를 받았다. 자료를 그러모아 배 대리와 함께 회의실로 들어갔다. 나머지 팀원들은 상대적으로 관리나 전략에는 약해서 이런 작업을 할 때는 항상 배 대리가 필요했다. 함께 프로젝트의 실적을 나타낼 지표를 의논하고 차별화시킬 부분을 정리했다.

잠깐 휴식을 가지는 동안 배 대리는 커피를 가지러 갔다. 임수는 멍하니 창밖을 보다가 힘들게 허리를 숙여 양말을 벗어보았다. 역시나. 왼발 가운뎃발가락부터 새끼발가락까지 세 개의 발가락에만 발톱이 남았다. 임수는 곤란한 표정을 지었다. 분명히 어제는 네 개였는데, 오늘은 일곱 개다.

배 대리가 회의실에 들어왔다가 그 모습을 보고 임수에게 핀잔을 주었다.

"팀장님 뭐 하세요! 더우면 창문을 열지, 영감님들처럼 양말을 벗고."

"배 대리 이리 와봐라. 이거 이상하지 않냐?"

"이상하네, 사람 발이 코끼리 발 같네요."

배 대리는 평소처럼 무표정한 얼굴로 농담을 했다.

"야, 그거 말고. 잘 봐봐."

"뭘요. 그리고 왜 발톱은 깎다가 마셨어요?"

"그래, 그거. 이상하지 않냐? 내가 발톱을 깎을 수 있을 것 같아? 양말 두 짝 벗는데도 이렇게 숨이 차는데."

배 대리는 임수 앞에 쪼그려 앉아 그의 발을 유심히 들여다봤다. 커다란 발이 낡고 늘어나 냉면 그릇만 해진 갈색 신발 위에 놓여 있었다. 신발은 눌린 모양대로 바닥에 들러붙었다. 그녀는 거리낌 없이 임수의 발가락을 하나씩 잡아가며 유심히 살펴보았다.

"매끄럽게 잘 깎았네요. 발톱 잘 깎기 어려운데."

"근데 그거 내가 한 게 아니야."

"그럼 누가요, 애인?"

"야, 내가 애인이 어딨냐? 그리고 애인한테 발톱 부탁할 정도로 몰상식하지 않아."

"애인 사이에 그게 뭐가 몰상식이에요? 연애도 못 하는 사람이 뭘 안다고."

"너, 나 무시하지 말랬지. 내 전 애인이 얼마나 끝내줬는데. 그래서 내가 아직까지 딴 여자를 못 만나잖아."

"또 그 이야기. 그게 대체 몇 년 전인데요."

"한 9년 됐나? 아무튼, 그게 중요한 게 아니라, 자고 일어나니까 이렇게 깎여 있더라니까. 어제만 해도 오른쪽 네 개만 깎여 있었는데…."

"오늘 보니까 세 개가 더 깎여 있다는 거죠?"

임수는 고개를 끄덕이고 진지한 얼굴로 자신의 발가락을 조물거리는 배 대리를 쳐다봤다. 그 모습을 보니 벌써 웃음이 나오려고 했다. 저 무표정한 얼굴로 이번에는 무슨 엉뚱한 소리를 할까. 침대 밑에 숨어 있다 나오는 연쇄 발톱 살해범 이야기라도 할까? 마침내 배 대리가 뭔가를 알겠다는 듯이 입을 열었다.

"사슴이 뜯어 먹은 거네."

임수의 입이 벌어졌다.

"무슨 사슴이 발톱을 먹어. 초식동물이잖아. 아니 그것보다 우리 집에 사슴이 어디 있어?"

"모르죠. 팀장님 집에 가본 적도 없는데. 뭐 옷장 위나 책상 밑에. 아니면 냉장고 뒤에 틈새도 있고."

아무렇지 않은 표정으로 이야기하는 배 대리를 보며 임수는 웃음을 터트렸다.

"사슴이라니. 뭐야. 하하. 어떻게 그런 생각을 할 수 있어?"

"보는 순간 느낌이 왔어요. 이건 사슴이다."

"그러면 왜 열 개 다 안 먹고 매일 몇 개씩만 뜯어 먹는데?"

"동작이 느리고 게으른가 보죠."

임수는 느릿느릿하게 침대 발치에서 자기의 발톱을 먹고 있는 사슴을 상상해보았다. 나뭇가지처럼 거대한 뿔이 딱딱한 발톱을 끊을 때마다 바람을 맞듯 흔들리는 광경을.

"일이나 계속하자. 가서 손 씻고 와."

배 대리는 손가락을 모아 꽃처럼 만들어 냄새를 맡았다.

"냄새도 별로 안 나는데요."

"야! 너 진짜."

"왜요, 커피라도 저어 드릴까요?"

배 대리는 종이컵에 손가락을 넣는 시늉을 하다가 손을 씻으러 나갔고 임수는 힘겹게 양말을 다시 신었다. 도중에 들어온 배 대리가 "신겨드릴까요?" 하고 묻자 임수는 성희롱이라면서 비닐봉지만 한 자신의 양말에 손도 못 대게 했다.

프로젝트를 정리하는 작업은 생각보다 오래 걸려 퇴근 시간이 되어서도 끝나지 않았다. 급하지는 않았지만 임수는 시작된 일을 마무리하고 싶었다. 배 대리에게 먼저 들어가라고 하니 저녁만 같이 먹어주겠다며 근처 식당까지 임수를 따라왔다.

김치찌개와 생선구이로 시작된 저녁 밥상은 사장이 합류하며 제육볶음과 계란말이로 판이 커졌고, 소주 없이는 돼지고기를 삼킬 수 없다는 배 대리의 주장에 술자리로 바뀌었다. 사무실로 돌아가야 한다는 임수를 개의치 않고 사장과 배 대리는 얼굴이 붉어지도록 소주잔을 부딪쳤다.

"진경아."

사장은 취기가 오르자 배 대리의 이름을 불렀다. 신입사원으로 들어와 창업 시절부터 동고동락해 입에 붙은 이름이, 술만 마시면 튀어나왔다. 이를 놓치지 않고 임수가 받아쳤다.

"형님, 배 대리라고 불러요. 여직원 이름 함부로 부르는 것도 성희롱이에요."

"이 새끼는 뭐 말만 하면 성희롱이래. 진경아, 기분 나쁘냐? 막 성적 수치심을 느끼고 그래?"

혼자서 소주잔을 들이키던 배 대리가 배시시 웃으면서 대답했다.

"맘대로 부르세요. 월급만 대리 월급 받으면 대리죠. 그리고 계란말이 하나 더 시켜주시면 안 돼요? 그럼 계속 이름 부르게 해드릴게요."

"얘 웃는 거 보니까 취했네. 그래 맘대로 시켜라. 회사 밖에서 이렇게 이름으로 부르니까 얼마나 좋냐. 진경이 너 지 팀장 이름 알지? 임수, 지임수. 얘 이름이 왜 지임수인지…"

아, 형님, 하면서 임수가 사장의 입을 프라이팬만 한 손으로 가렸다. 배 대리는 계란말이를 주문하다가 두 사람의 실랑이에 신경 쓰지도 않고 말했다.

"그러게요. 우리 팀장님 이름이 좀 특이하긴 하죠. 배산임수, 뭐 그런 거예요?"

"임수 얘가 7남매 막내야. 완전 신여성 어머님이 시골로 시집가셔서 임수 형, 누나 여섯 명 다 키우시느라 고생 엄청 하셨지. 그래서 늦둥이 막내 낳고 이름은 원하는 대로 짓겠다고 얘네 아버지하고 담판을 지으셨다는 거 아니냐. 시부모님도 다 돌아가신 후

66

니까. 그래서 10대 때부터 좋아했던 영화배우 이름을 딱 고르신 거야."

사장은 말을 멈추고 배 대리를 쳐다봤다. 이리저리 빠져나가는 사장을 막다가 지친 임수는 숨을 헐떡거리며 물을 마시는 중이었다.

"영화배우?"

"제임스 딘. 진경이 너 제임스 딘이 누군지 알아? 1950년대 완전 날리던 배우가 있어."

"저도 알아요. 그런데 그게 무슨 임수랑…."

"그치, 말해보니 알겠지! 어머니가 생각해보니 도무지 제임스가 한자로 없는 거지. 그래서 고민하다가 성하고 맞춰서 지임수라고 지으신 거야. 제임스, 지임수. 제임스, 지임수. 게다가 임수 한자도 임할 임, 아름다울 수. 아름다움이 임한다는 의미야. 제임스 딘처럼 잘생겨지라고."

이야기하면서도 사장은 계속 껄껄거리며 웃음을 그칠 줄 몰랐고 배 대리도 입을 크게 벌리고 웃었다. 간간이 노란 계란조각이 사방으로 튀었지만 셋 중 누구도 신경 쓰지 않았다. 임수는 술도 마시지 않았는데 부끄러움 때문에 얼굴이 제육볶음 양념만큼이나 빨개졌다.

"우리 어머니는 내가 이렇게 뚱뚱해질지 모르셨겠지."

"왜요, 그래도 팀장님 얼굴은 잘생겼잖아요. 이 속에 파묻혀서 그렇지."

배 대리는 손을 뻗어 임수의 볼살을 잡아당겼다. 그게 재밌어 보였는지 사장도 팔을 뻗어 반대편 볼을 잡아당겼다.

"우리 진경이가 사람 볼 줄 아네. 이렇게 파묻히기 전에 얼마나 잘생겼는데. 운동해서 몸도 이렇게 건장한 게, 인기도 엄청 많았다고. 야 임수야, 너 그 사진 있잖아. 옛날에 수아랑 찍은 거. 그것 좀 보여줘 봐. 괜찮지? 그거 꺼내다가 울 거 아니지? 히히."

임수는 싫다고 하다가 배 대리가 조르자 못 이기는 척 지갑을 꺼냈다. 안쪽에서 모서리가 낡아 헤진 사진 한 장이 나왔다. 진경이 사진을 받아 뚫어지게 쳐다보자 사장이 한마디 거들었다.

"모르겠지. 못 알아보겠지? 전 회사 다닐 때만 해도 엄청났다니까."

사진 속 남자의 눈매와 입 모양으로 그가 임수라는 사실을 알 수 있었다. 하지만 갸름하고 턱선이 살아 있는 얼굴에 근육 잡힌 날렵한 팔뚝, 무엇보다 군살 없는 허리는 벌어진 어깨부터 역삼각형의 꼭지가 되듯 날카로운 선으로 이어져 있었다. 오리털 점퍼 서너 개를 덧입어도 지금의 거대한 임수가 되지는 못할 것 같았다.

하지만 정작 배 대리의 눈에 들어온 것은 잘생기고 늘씬한 임수가 아니었다. 그 옆에 임수의 팔짱을 끼고 있는 여자였다. 볼살이 부풀어 눈, 코, 입을 파묻고 정면 사진인데도 턱 아래로 늘어진 살들이 목도리처럼 보였다. 반팔 티셔츠는 한눈에 보기에도 커다란 사이즈였는데 그마저 몸에 붙어 하마, 아니 곰 같은 몸매를

탱탱하게 드러냈다. 사진을 뚫어지게 쳐다보던 배 대리가 갑자기 웃음을 터트렸다.

"하하하, 이게 팀장님 전 애인이에요? 우와 완전 뚱뚱해. 이건 뭐…."

갑작스러운 웃음에 사장과 임수의 눈이 동그래졌다. 취했는데도 사장은 본능적으로 불안함을 느꼈는지 엉덩이를 들썩거리며 배 대리 쪽으로 몸을 기울였다. 하지만 그녀의 혀 짧은 목소리가 먼저 터졌다.

"완전 토토로 같아. 어쩌면 이렇게 귀엽게 생겼어요? 웃는 것 봐. 완전 매력 뿅뿅이야. 가슴도 빵빵하고. 이래서 팀장님이 딴 여자를 못 만나는구나, 하하하."

엉거주춤 있던 사장도 배 대리의 이야기에 덩달아 웃음을 터트렸다.

"수아 씨가 얼굴만 귀여운 게 아니야. 성격이 얼마나 좋은지 같이 만나면 너무 웃어서 광대뼈가 아팠다니까. 야, 임수야. 너 이제 안 우냐? 몇 년 전만 해도 수아 이야기 나오면 자전거, 자전거 하면서 울었잖아."

임수는 언제 적 이야긴데, 하며 혼자 술을 따라 마셨다. 표정은 화가 나거나 우울해 보이지 않았다. 그냥 가볍게 웃으며 사장의 이야기에 한마디 한마디 대꾸해주기만 할 뿐이었다. 배 대리는 두 사람의 이야기에 신경도 쓰지 않고 혼자 토토로, 토토로 하며 노래를 부르기 시작했다. 가사는 이어지지 않고 후렴 부분만 반복됐지만 노래는 한참을 끊어지지 않았다. 결국 임수는 10시가 넘어 사무실로 돌아왔고, 일을 끝내고는 막차를 타고 집에 돌아가야 했다.

집은 아침에 나설 때와 다르지 않았다. 그 중복은 동전의 양면 같아서 어떤 날은 편안하고 어떤 날은 쓸쓸했다. 오늘은 어떤 느낌일까. 오늘은 무엇이 먹고 싶을까. 임수는 외투만 소파 위에 걸쳐놓고 주방으로 들어갔다.

냉장고와 찬장을 들여다보며 고민하다가 냄비에 물을 올렸다. 짜파게티와 불닭볶음면을 하나씩 꺼내 서로 다른 두 개의 면을 삶았다. 면이 익자 물을 따라내고 각각의 라면에서 꺼낸 빨강과 검정의 소스를 붓고 다시 불을 켰다. 자작자작한 물과 기름에 면이 볶아지자 맵고 알알한 냄새와 짜장의 향이 섞이며 풍미가 점점 살아났다.

넓은 볼에 라면을 담아 가늘게 자른 김과 파를 뿌리고 커다란 잔에는 맥주를 가득 따랐다. 식탁에 앉아 숨을 들이쉬니 매운 냄새에 코끝이 아릿했다. 젓가락을 깊이 꽂아 면을 큰 덩어리로 입에 넣고 딸려온 면발들을 빨아들였다. 후루룩. 시원한 공기가 섞이며 입안에 화한 느낌이 들었다. 우물우물하는 동안 입안은 점점 뜨거워졌고, 삼킨 뒤에도 얼근함이 남아 혓바닥을 괴롭히고 어르기를 반복했다.

맥주를 한 모금 입에 머금었다. 알싸한 기포가 입안을 간질이더니 천국 같은 개운함이 가득 찼다가 목으로 넘어갔다. 격렬한 운동 뒤 땅바닥에 드러눕는 쾌감. 입안이 개운해지니 면발에서 풍기는 매운 향에 군침이 다시 고였다. 이런 반복이면 밤새도록 할 수 있을 것 같다고 임수는 생각했다.

천천히 먹고, 마시고 나니 배가 부르고 잠이 몰려왔다. 세수만 대충 한 뒤 옷을 갈아입고 침대에 누웠다. 어차피 아침에 씻을 건데. 하지만 눈을 감고 누웠던 임수는 불편한 마음에 쉽게 잠들지 못했다.

몸을 일으켜 욕실로 갔다. 긴 손잡이가 달린 목욕 솔을 꺼내 한참 동안 발을 닦은 뒤에야 침대로 돌아왔다. 고개를 숙여 냄새라도 맡아보고 싶었지만 어차피 불가능한 일이었다. 마음이 편해졌다. 토토로, 토토로 하고 노래를 흥얼거리다 금세 깊은 잠에 빠졌다.


다음 날은 CN소프트 전체 회식이 있는 날이었다. 메뉴가 회사 근처 정육식당의 소고기였던 덕분인지 영업팀까지 12명의 직원이 빠지지 않고 모두 모였다. 사장과 배 대리는 전날의 음주에도 불구하고 소주와 맥주를 섞어 마셨다. 두 사람을 따라 나머지 직원들도 연달아 "원 샷"을 외쳤다. 임수도 기분이 좋아져 발톱도 대기업도 모두 잊고 마음 편히 술을 마셨다.

화장실을 다녀와서 자리에 앉다가 임수가 뒷자리에 놓인 가방을 떨어트렸다. 사과를 하자 회색 양복의 남자가 불쾌해진 얼굴로 괜찮다며 웃었다. 40대로 보이는 남자 네 명은 임수 일행보다 먼저 와서 벌써 취한 것 같았다. 임수가 다시 한번 사과하고 돌아앉는데 검정색 양복의 남자가 회색 양복에게 말했다.

"우와, 진짜 뚱뚱하네. 뭘 먹고 저렇게 뒤룩뒤룩. 지래 가지고 돌아다니니까 막 부딪치고 그러지. 민폐야 민폐, 안 그냐?"

자기들끼리 쑥덕이듯 이야기하는 것 같았지만 취한 목소리가 제어되지 않아 임수네 테이블을 넘어 식당 전체에 들릴 정도였다. CN소프트 직원들은 못 들은 척 목소리를 높여 다른 이야기를 하려 했지만 검정 양복의 주정은 쉽게 멈추지 않았다.

"뭘 그만해? 들리면 뭐 어쩌라고. 돼지보고 돼지라고 하는데 내가 틀린 말 했냐? 안 그냐? 저런 새끼들은 집에 가만히 있어야지. 쟤들이 다니니까 지하철도 느리게 가고 거 뭐냐, 뭐냐, 보도블록도 빨리 망가지고 그러는 거 아냐. 안 그냐?"

"아이 씨, 정말."

천 과장이 자리에서 일어나며 거친 소리를 냈다. 분위기가 험악해지려 할 때 임수가 천 과장의 어깨를 눌러 앉혔다. 그러고는 소주병과 잔을 들더니 거대한 몸을 일으켜 빙하처럼 천천히 뒤쪽 테이블로 걸어갔다. 남자들은 임수를 올려다보며 조용해졌다.

임수가 의자를 끌어당겨 앉더니 몇 번의 목소리가 오가고 몇 개의 술잔이 채워졌다. 뭐라고 했는지 모르지만 테이블에서 너털웃음이 터졌다. 결국 임수는 처음 본 남자들과 한 시간 가까이 술잔을 주고받으며 형, 동생을 외치는 사이가 되었다. 임수가 일어나 원래 테이블로 돌아올 때, 처음 험담을 했던 검정 양복이 택시

비를 하라며 5만 원짜리를 쥐여주려 했고 임수는 그걸 거절하느라 한참 실랑이가 벌어졌다.

그 사이 CN소프트 테이블에서도 고기 접시가 드나들고 술병이 잔뜩 쌓였다. 전날 과음한 탓에 김 사장이 먼저 고꾸라졌다. 그때를 놓치지 않고 임수는 사장의 지갑에서 법인카드를 꺼내 고기 포장세트를 모두에게 하나씩 안겨주었다.

잠든 사장을 한쪽에 두고 술자리는 자정이 가까워서 끝났다. 임수는 김 사장을 차 뒷자리에 태우고 대리기사에게 주소와 전화번호를 적어주었다. 차가 떠나고 새벽 거리에 임수와 진경만 우두커니 남았다.

"배 대리, 배고프지 않나? 우리 뭐 더 먹을까?"

"미쳤어요? 진짜, 새벽에 그만 좀 드세요."

말은 그렇게 했지만 두 사람은 편의점에서 맥주 몇 캔과 삼각김밥, 과자를 사서 근처 건물 입구의 돌계단에 앉았다. 술이 거하게 들어가는 회식 후에는 항상 두 사람만 멀쩡했다. 아쉬움이 남아 둘이서 마지막으로 한잔하는 게 익숙한 코스였다. 언젠가 임수가 편의점 간이의자를 부서뜨린 후로는 자리도 이곳으로 고정되었다.

"배 대리, 너도 이제 적당히 마셔라. 좀 있으면 서른이면서."

"술은 자기가 먹자 해놓고서는. 그리고 저 아직 스물여덟이거든요. 마흔 가까운 팀장님이 할 소리는 아니죠."

술집에서의 활발함은 다 빠지고 진경은 평소의 엉뚱하고 무뚝

뚝한 모습으로 돌아왔다. 임수는 금세 맥주 캔을 비우고 두 번째 캔을 땄다. 조용한 거리에 신선한 기포 소리가 음악처럼 울렸다.

"하긴, 나 20대 때는 매일 이렇게 마셨지. 내 여자친구는 나보다 술이 더 셌거든. 우리 조정팀 애들하고 마시면 꼭 쫓아와서 같이 마셨는데, 애들 다 뻗고 나랑 수아랑 둘이 또 마시러 나갔다니까."

"그렇게 술도 잘 맞는 여자친구랑은 왜 헤어졌어요?"

"그러게. 어쩌다가 그랬나."

"자전거 타고 도망갔어요?"

"자전거. 그렇지, 자전거…"

임수가 잠깐 생각에 잠겨 멍하니 맥주캔을 들여다보았다. 진경도 자신의 맥주 캔을 쳐다보며 임수의 이야기를 기다렸다.

"둘이 자주 민박으로 여행을 다녔어. 그렇게 쳐다보지 마. 그냥 술 먹으러 다니는 거였으니까. 먹다가 취하면 그냥 쓰러져 자도 되잖아. 가평에 '별 헤는 밤'이라는 데 자주 갔는데, 거기 가면 둘이 박스째 쌓아놓고 마셨지."

허기가 졌는지 임수는 삼각김밥을 뜯어 한입에 넣고 입 끝에 남은 꼬리를 손가락으로 밀어 넣었다. 한참을 우물거리더니 맥주 한 모금으로 김밥을 삼키고 다시 한 모금으로 입안을 비웠다. 진경은 입에 맥주 캔을 물고 그런 임수의 모습을 조용히 쳐다봤다.

"언젠가, 둘 다 잔뜩 취해서 기분이 좋았어. 그런데 술이 떨어진 거야. 운전은 고사하고 난 제대로 걷지도 못하겠는데 수아가 더 먹어야겠다고 고집을 피웠어. 자전거를 타고 역 근처의 편의점에 다녀오겠다고. 그건 좀 아니다 싶어 말렸는데, 취해서 꺼낸 말이 '네가 타면 자전거 부서져'였어. 한 번도 그녀가 뚱뚱하다고 놀린 적이 없었는데 그날은 왜 그런 소리를 했는지…. 수아도 그날은 유난히 화를 냈어. 평소에 누가 놀려도 끄떡도 안 하던 애였는데. 그러더니 자전거를 타고 나가버렸어. 난 그걸 보고 낄낄거리다가 잠들었고."

"설마. 그대로 자전거 타고 가버렸어요? 그렇게 헤어진 거?"

"응. 그렇게 가버렸어. 내가 잠든 동안. 마지막으로 해준 이야기가 '자전거 부서져'라니. 미쳤던 거지."

목이 말랐는지 임수는 금세 캔을 비우고 새 맥주를 찾았다. 남은 맥주가 없었다. 진경은 당연히 맥주 심부름을 시킬 줄 알았는데 임수는 느릿한 동작으로 몸을 일으켰다.

"가자. 사람들 빠져서 이제 택시 잡기도 쉬울 텐데. 배 대리, 나 아이스크림 좀 사주라."

진경은 어설프게 끝난 이야기의 나머지가 궁금했지만 멀뚱하게 쳐다만 보다가 옷을 털며 함께 일어났다.

"맨날 저한테만 뭘 그렇게 사달라고 하세요? 자꾸 새벽에 먹고 그러니까 몸이 점점 더 커지잖아요."

투덜거리면서도 진경은 편의점에서 아이스크림 두 개를 들고 나왔다. 두 사람은 택시 정류장에서 어두워진 도로를 바라보며 말없이 각자의 아이스크림을 먹었다. 진경이 길고 동그란 하드를 입안에서 돌리자 달달하면서도 새콤한 맛이 혓바닥과 볼 안쪽, 입술 주변에 기분 좋게 달라붙었다. 임수는 무슨 생각을 하는지 하드를 돌리지도 않고 가만히 물고 있다가 녹아서 물이 생길 무렵, 크게 한입 깨물어 먹었다.

진경이 먼저 도로에 세워진 택시에 올라탔다. 창밖으로 임수를 향해 고개를 꾸벅하며 인사를 했다. 임수는 손을 흔들며 진경을 먼저 보내고 뒤에 선 택시를 탔다. 임수가 좌석에 앉자 택시가 한 뼘쯤 가라앉았다. 기사의 놀란 얼굴에 임수는 익숙한 웃음을 지으면서 목적지를 말했다.

택시 뒷자리에서 임수는 얕게 잠들었다. 지나치는 가로등 불빛처럼 짧은 꿈을 반복해서 꾸었다. 지금과 그때가 빠르게 교차되었다. 집 근처에 도착해 기사가 깨우자 임수는 깜짝 놀라 일어났다. 두려움이 몰려왔다. 나쁜 소식을 다시 듣게 될까 봐. 가슴이 뻐근해지도록 아픈 건 오랜만이었다. 벌써 9년이나 지났는데, 아직도….

그 새벽에도 민박집 아주머니가 임수를 흔들어 깨웠다. 같이 온 아가씨가 사고를 당했다고, 울먹이며 다급히 흔드는 아줌마를 보고 한참 동안 정신을 차리지 못했다. 술에 취해 정신이 몽롱한데도 '사고'라는 단어가 바늘처럼 머릿속을 찔렀다.

수아는 자전거를 타고 계곡 옆 도로를 달리다가 떨어졌다. 축대를 높이 쌓은 곳이라 목이 부러져 즉사했다는 이야기를 나중에 의사에게 들었다. 고통은 없었을 거라는 이야기에 어떤 감정을 가

저야 할지 고민했었다.

술과 슬픔과 통증을 그대로 품고 경찰서에도 가야만 했다. 동네 주민들에게 끌려온 남자 셋이 앉아 있었다. 고기를 굽던 공동 바비큐장에서 봤던 사람들. 전날 저녁 수아가 뚱뚱하다며 뒤에서 수군거리다가 임수와 시비가 붙고 임수의 손찌검에 바닥을 굴렀던 남자들이었다. 주민들은 그들이 수아의 자전거 뒤에서 경적을 울리며 위협 운전을 했고 그걸 피하다가 수아가 계곡으로 떨어졌다는 증언을 해주었다. 임수는 경찰서 바닥에 드러누웠다. 술 때문이라고, 충격 때문이라고 사람들이 수군거렸지만 임수는 그저 혼란스러웠을 뿐이었다. 어떻게 말하고 어떻게 행동해야 할지, 도무지 결정할 수가 없었다.

임수는 집으로 올라오며 오랜만에 그날의 감정들을 되짚어 보았다. 이제는 흔적만 남은 분노와 절망과 후회. 그러지 않았다면 지금은 그때와 달랐을지도 모른다. 오늘 밤은 허기도 식욕도 느껴지지 않았다. 오히려 모자란 술을 마시고 싶었다. 선물 받은 와인을 병째 마시자 술이 올랐다. 임수는 발을 닦고 침대에 누워 이불을 뒤집어썼다. 빨리 잠이 들기만 기다렸다.


몇 시지?

임수는 목이 말라 잠에서 깼다. 뒤집어쓴 이불을 내리자 달이 밝아 방이 훤했다. 커튼도 치지 않고 잠자리에 들었던 모양이다. 술과 잠으로 굳어진 몸을 힘들게 일으켜 세웠다. 그리고 발치에 있는 사슴을 보았다.

침대 앞에서 달빛에 몸을 훤히 드러낸 사슴은, 나뭇가지 같은 뿔을 웅장하게 드리운 모습이 아니라, 동그랗고 작은 민머리에 귀가 쫑긋 솟은 모양새였다. 길게 솟은 입을 임수의 발가락 끝에 댄 채 꼼짝 않고 멈춰 있었다. 숨을 억누르는지 신경 쓰지 않으면 알수 없을 정도의 느린 입김이 발끝에 따뜻하게 머물렀다. 멈춰 있는 사슴은 얼핏─임수의 침실에 그런 게 있을 리는 없지만─커다란 인형이나 박제 같아 보였다. 하지만 사슴의 눈동자가 끊임없이 움직이며 주변을 살피고 있었다. 눈치를 보는 것 같았다.

임수는 슬그머니 움직여 사슴의 입으로부터 발을 떼어냈다. 그의 움직임에 사슴이 움찔하며 미세하게 몸을 떨었다. 그러더니 천천히, 아주 천천히 머리를 움직였다. 나무늘보라도 된 것처럼 느릿느릿 침대 아래쪽으로 머리를 숨겼다. 빛이 들어와 훤히 보이는데도 마치 어둠 속에서 몰래 도망이라도 가는 것 같았다. 하지만 날씬한 몸은 여전히 침대 위로 멀뚱히 솟아 있었다.

─ 저기. 다 보이는데.

사슴의 몸이 움찔하며 조금 흔들리더니 스프링처럼 탄력 있게 고개를 들었다. 새벽의 적막함이 경쾌하게 깨졌다.

─ 보여?

─ 응. 달이 밝아서.

─ 아, 왜 갑자기 깨서. 평소에는 안 그러더니만.

임수는 생각이 많아졌는지 멍한 얼굴로 사슴을 바라보았다. 사슴은 멋쩍은 듯 좌우로 고개를 건들거리다가 다시 임수를 보았다.

— 신기하지? 사슴이 말하니까.

임수는 고개를 끄덕였다. 사슴은 웃는 듯하더니—사람이 사슴의 미소를 알아볼 수는 없겠지만—기다란 입을 임수의 왼발에 가져다 댔다. 임수가 발을 빼려고 했다.

— 아니 괜찮은데….

— 기다려봐, 하나 남았는데. 요새 하도 늦게 자니까 발톱 열 개 자르는 데 며칠이나 걸리잖아.

손톱깎이로 깎듯이 또깍, 하는 소리를 기대했는데 앞니로 조금씩 갉아내는지 부드러운 진동만 느껴졌다. 젓가락으로 두부를 자르는 듯한. 그 진동이 의외로 기분이 좋아서 임수는 몸이 나른해졌다.

— 너 수아니?

사슴이 움찔하며 몸을 떨더니 다시 움직임을 멈췄다. 인형 같은 모습이 되더니 동그랗게 커진 눈만 움직이며 임수를 쳐다봤다. 그 모습이 귀여워 임수는 미소를 지었다.

— 가만히 있어도 알아보겠는데.

— 들켰네. 아직도 그렇게 뚱뚱한가?

— 아니, 예뻐. 예전처럼.

사슴은 다리를 접어 바닥에 앉더니 침대 한쪽에 고개를 올리고 임수를 바라보았다.

— 넌 그대로네.

– 이게 그대로라고?

임수는 산만 하게 튀어나온 배를 두드렸다. 부드러운 공명이 울렸다.

– 왜? 살쪘어? 사슴 눈으로 사람은 구분이 잘 안 되거든. 그냥 보기 좋은데 뭐.

– 발톱은 네가 계속 깎아준 거야?

– 깎기 힘들어하기에. 여자친구 생길 때까지만 해주려고 했는데, 왜 이렇게 연애를 안 해.

– 그런데… 발톱만 깎았어?

사슴이 다시 움찔하더니 움직임을 멈추고 커다란 눈동자를 굴려서 다른 곳을 쳐다보았다. 임수가 흠, 하는 소리를 내고 손가락을 까딱거리자 사슴은 긴 목을 돌려 임수를 쳐다봤다.

– 그게, 가끔은, 아주 가끔은, 핥아봤어.

– 뭐를, 아니 어디를?

– 그 사이를. 거기, 엄지발가락하고 검지발가락 사이.

임수는 저절로 얼굴이 찡그려졌다.

– 거기를 왜?

– 거기에서… 그러니까 거기에서 맛이 나거든. 임수, 네 맛.

사슴은 이야기 내내 자꾸 고개를 침대에 파묻으며 눈을 맞추지 못했다. 임수가 할 말을 못 찾고 있자 사슴이 그게 어떤 맛이냐면, 하며 설명하려고 했다.

– 아니, 아니. 그런 거 설명 안 해도 돼. 궁금하지 않아.

두 사람은, 아니 한 사람과 한 사슴은 그 뒤로 한참 동안 말이 없었다. 사슴이 먼저 이야기를 했다. 마치 할 말이 없어진 연인이 일상의 소재를 꺼내듯이.

— 어제는 누구랑 마셨어?

— 회식이었어.

— 그러면 그 여자도 같이 있었어? 미어캣처럼 다크서클에 얼굴 뾰족하고, 긴팔원숭이처럼 바싹 마른 여자.

임수는 미어캣을 떠올려봤다. 듣고 보니 배 대리와 비슷한 점도 있는 것 같았다. 미어캣의 무표정한 얼굴도 꽤 귀엽다는 생각이 들었다.

— 아, 배 대리.

— 너 그 여자 좋아하지?

— 그렇기는 한데. 나이 차도 있고, 지금 이런 모습으로는 말도 안 되지.

— 그 여자도 너 좋아하는데.

— 그냥 친한 거야. 회사 선배로 좋아하는 그런 거.

— 아니야. 네 위에 올라타서 그 푹신한 배를 쓰다듬으면서 하고 싶어 해.

— 뭘 하고 싶어 하는데?

— 그거, 교미.

임수는 믿을 수 없다는 표정으로 사슴을 쳐다봤다.

— 네가 그걸 어떻게 아는데.

– 다 알아. 사슴이잖아. 사슴은 다 아는 거야.

임수는 낄낄거리면서 웃었다. 그러면서 진경이 자기 위에 올라타서 자신의 펑퍼짐한 배를 만지는 상상을 했다. 미어캣을 닮은 얼굴은 흥분하면 어떤 표정을 지을까. 임수의 상상이 얼굴에 그려졌는지 조용히 쳐다보던 사슴이 말을 붙였다.

– 왜, 그 여자 생각하니까 흥분돼? 흥분되면 내가 대줄까? 뒤에서 하면 어떻게 될 텐데.

– 안 해! 못 해! 흥분하지도 않았어!

임수는 사슴에게 베개를 던지며 침대에서 일어났다. 침대가 출렁거리자 거기에 머리를 올린 사슴도 함께 넘실거렸다. 사슴은 킥킥거리는 소리를 냈는데 그건 웃음 같기도 하고 놀이 같기도 했다. 임수는 목이 말랐다.

– 괜한 장난을 치고 그래. 나 물 좀 마시고 올게. 아까도 목말라서 깬 거였는데.

방을 나가려다 임수는 사슴을 돌아보았다. 달빛을 받은 털이 뽀얗게 빛을 냈다. 사슴의 눈동자는 달이 그대로 내려앉은 듯 반짝였다. 그 모습을 보며 임수가 말했다.

– 나, 너 엄청 좋아했는데.

사슴이 웃었다. 웃는 것처럼 보였다.

– 알아. 그때는 잘 안 믿어져서 불안했는데, 이렇게 되고 나니 알 것 같아.

– 이렇게라니?

－ 사슴의 심장을 가졌잖아.

－ 그게 무슨 상관이야?

－ 소심해졌는데 불안함은 줄었으니까. 발톱을 잘라주면서 그렇게 된 것 같기도 하고. 사랑의 실감(實感)은, 받을 때보다 무언가를 해줄 때 느껴지나 봐.

－ 너 그런 이야기하는 거 되게 오글거린다, 히히.

임수는 주방으로 와서 물을 마셨다. 마른 입안에서 물은 차갑고 달았다. 밝은 달빛에 불을 켜지 않아도 거실은 선명했다. 다른 때 같았으면 허기를 느끼고 뭔가를 만들어 먹었을 텐데, 이상하게 배가 고프지도 식욕이 당기지도 않았다. 임수는 방으로 돌아왔다.

바닥에 떨어진 베개를 줍고 침대에 누운 임수는 이불을 가슴까지 끌어올렸다. 눈을 감고 누워 있는데 기분이 이상했다. 따뜻하고 편안하면서도 무척이나 서운하고 아쉬운 느낌. 상실감과 포근함이 동시에 느껴졌다. 누군가가 건드리면 금세 눈물이 날 것 같았다. 갑자기 찾아온 복잡한 감정에 당황스러워하다가 간신히 마음을 진정시켰다. 새벽에 깼더니 괜한 감수성이 생긴 것 같다는 생각을 하며 임수는 다시 잠을 청했다.


오랜만에 숙면을 취했는지 몸이 가뿐했다. 숙취도 없었고 기분도 상쾌했다. 사무실에 들어서자 오늘은 무엇을 하든지 모든 일이 잘 풀릴 것 같았다. 느낌이라기보다는 확신이었다. 그런 확신이 이상하게 느껴졌지만 유쾌한 이상함이라 조심할 필요는 없었다.

이상한 감정은 또 있었다. 10시쯤 배 대리가 출근하자 가슴이 뛰기 시작했다. 그녀의 미어캣을 닮은 얼굴이 유난히 귀엽게 보이고 긴팔원숭이처럼 마른 몸매가 세련되게 느껴졌다. 배 대리에게 느껴지는 설렘은 이상한 자신감과 합쳐져 오전 내내 임수를 들뜬 상태로 유지시켜 주었다.

마지막으로 무엇보다 이상한 것은 맥락 없이 떠오른 야릇한 상상이었다. 숙취 해소 음료를 사 오겠다는 배 대리를 따라나섰다가 그녀의 뒷모습을 보며 떠오른 상상에 임수는 당황했다. 평소에도 호감은 느끼고 있었지만 이렇게 대놓고 야한 생각을 하다니, 죄책감까지 생겼다. 하지만 이상한 자신감과 설렘이 요리의 양념처럼 한데 섞이면서 야릇한 상상이 현실에 가깝게 느껴졌다. 무엇이든 될 것 같았다.

"팀장님."

"어, 뭐 있어? 내가 뭐라고 했나?"

"뭘 그렇게 놀라세요. 저 비싼 거 마셔도 되죠? 5,000원짜리."

"그래, 마시고 싶은 거 마셔."

"오늘 왜 그렇게 멍하세요? 무슨 일 있는 것처럼."

"아니, 무슨 일은…. 그런데 혹시." 임수는 배 대리를 바라보며 한참을 뜸 들이다가 물었다. 망설였지만, 오늘의 확신에 믿음을 가졌다. "혹시 배 대리는 하고 싶은 거 있어?"

"하고 싶은 거라니요? 뜬금없이." 진경은 잠깐 임수를 봤다가 문자가 왔는지 휴대폰을 꺼내 화면을 들여다봤다.

"그냥 개인적인 소망이나 취향 같은 거 물어본 거야. 예를 들어서." 임수는 고개를 숙인 진경의 정수리를 보았다. 흐트러진 머리카락들이 봄바람을 따라 호수 위에 치는 잔물결 같았다. "내 위에 올라타서 하다가 내 배를 만져보고 싶다거나."

하다가, 라고 이야기했을 때 진경의 움직임이 멈췄고 만져보고, 라고 이야기하는 순간 진경은 고개를 들어 임수를 쳐다봤다. 하던 말을 끝내기도 전에 모든 것이 잘못되었음을 깨달았다. 근거 없는 확신과 상상은 모두 허구였다. 아침부터 이어지던 설렘이 순식간에 흩어졌다.

"지금, 뭐라고 하셨어요."

얼음같이 서늘해진 목소리에 임수는 소름이 돋았다. 모든 것이 선명하게 느껴졌다. 거리의 담배 냄새와 왁자지껄한 소음, 조금 더워 축축해진 목 주변과 겨드랑이, 그리고 굳어버린 진경의 표정. 임수는 성급해졌다.

"아니, 내 말은, 그게 아니라. 미안해. 잘못했어. 난 정말 그런 생각이…"

"저 먼저 들어갈게요."

진경은 소리가 나도록 몸을 돌려 걸어갔다. 걷다가 보도블록에 걸려 잠깐 휘청했지만 도와줄 새도 없이 다시 몸을 추슬러 빠르게 사라졌다. 임수는 온몸의 기운이 모조리 빠져나가는 것 같았다. 정체를 알 수 없는 자신 안의 충동이 원망스럽고 그걸 말로 뱉어낸 자기 자신이 혐오스러웠다. 진경이 사라진 거리를 우두커니 보다가 편의점에 들어가 숙취 음료를 잔뜩 샀다.

사무실로 돌아왔을 때 임수는 마치 먼 거리를 걸어온 듯 지쳐 있었다. 기운 빠진 다리는 거대한 몸을 버티기 어려워 휘청거렸다. 어떻게 할지 머릿속이 복잡했지만 아무것도 안 할 수는 없었다. 하지만 진경은 자리에 없고 책상은 비어 있었다.

"배 대리, 몸 안 좋다고 조퇴했습니다."

한 손에 5,000원짜리 숙취 해소 음료를 들고 멍하니 빈자리를 보는 임수에게 천 과장이 말했다. 실낱같은 기대는 무너졌다. 분명히 성희롱이었다. 그동안 관계가 좋았으니 그냥 넘어가 줄지도 모른다는 기대를 했던 것이 부끄러웠다. 경찰 조사를 받고 회사는 그만두어야 할 것이다. 그렇게라도 책임을 지고 용서받을 수 있다면.

대기업과 일할 수 있게 되었다며 기뻐하던 사장의 얼굴이 떠올랐다. 자신이 그만두고 나면 어떻게 될까. F마트 프로젝트는커녕 당장에 회사 자체가 흔들릴지도 모른다. 사무실을 둘러보는데 마음이 돌덩이처럼 무거웠다.


– 팀장님, 우리 이야기 좀 해요.

그날 저녁, 하루 종일 연락이 닿지 않던 진경으로부터 먼저 연락이 왔다. 임수는 택시를 타고 진경의 동네로 갔다. 품에 담긴 봉투에는 통장 잔액을 다 털어 92만 4,000원을 담았다. 놀이터 그네에 앉은 그녀를 발견하고 걸어가는데 뻔히 보이는 거리가 좀처럼 가까워지지 않았다. 다리가 휘청거리지 않도록 애써야만 했다.

그네 주변에는 모래 대신 푹신한 우레탄 바닥이 깔려 있었다. 발을 딛는 순간 땅속으로 빠져드는 기분이 들었다. 현기증이 났다. 진경에게 가까이 갔지만 도무지 얼굴을 쳐다볼 수가 없었다. 임수는 무릎을 꿇었다. 무거운 몸은 저절로 앞으로 숙여져 양팔로 바닥까지 짚어야 했다. 푹신한 바닥은 그의 손까지 잡아먹는 것 같았다.

"팀장님."

조금 놀란 듯했지만 목소리는 여전히 건조하고 차가웠다. 임수는 급하게 준비한 말을 꺼냈다.

"배 대리, 정말 미안해. 내가 잘못했고 무슨 처벌이든지 다 받을게. 그런데 지금 내가 빠지면 우리 회사 F마트 프로젝트 수주는 불가능해서…. 딱 그거 수주하고 프로젝트 시작할 때까지만 시간을 주면 안 될까? 그렇게만 해주면 내가 회사 그만두고 경찰에 자수할게. 성희롱 교육도 받고 발에 전자발찌도 차고. 시키는 대로 뭐든지 다 할 테니까 조금만 시간을 주면…."

진경이 임수의 이야기를 끊고 무슨 말을 하려고 했다. 그녀의 단호한 성격에 무엇이든 한번 이야기하면 끝이었다. 틈을 주지 말고 준비한 모든 것을 해야만 했다. 임수는 품안에서 봉투를 꺼냈다. 한 손이 빠진 몸은 무너질 듯 위태해 오른손으로 봉투를 쥐고 팔꿈치로 바닥을 짚었다. 죄인의 상납과도 같은 자세는 우습고 비참했다.

"저기 이거…. 얼마 안 되는데, 합의금으로 생각해주면 안 될까? 내일 은행 열면 담보 대출받아서 더 준비할 수 있는데. 물론 돈으로 무마하려는 건 아니고…."

"뭘 합의해요?"

"그러니까 회사에 조금만 더 있게 해줘서 프로젝트 시작할 때까지만 좀 미뤄주면…."

"그러니까 뭘 미루냐고요."

화가 난 걸까, 증오하는 걸까, 냉정해진 걸까. 진경의 짧은 목소리로는 그 속마음을 도무지 알 수 없었다. 그녀의 얼굴을 보고 싶었다. 하지만 팔꿈치로 엎드린 자세에서는 고개를 드는 것조차 어려웠다.

"그러니까. 고소라든가, 노동부 신고라든가, 여성부 제보라든가 뭐 그런 것들."

"아, 정말. 좀 일어나보세요 팀장님."

진경은 임수의 손에 들린 봉투를 뺏어갔다. 임수는 몸을 일으키려다가 다리가 저려 바닥에 주저앉았다. 진경이 괜찮으냐며 임수의 한쪽 팔을 잡아주었다. 그녀의 가느다란 팔과 작은 손. 그의 거대한 몸에 비해 한 줌도 안 되는 작은 것들이 그에게 달빛과 같은 위로를 주었다. 불안함에 요동치던 가슴이 처음으로 잠잠해졌다. 임수는 몸을 일으키고 진경을 따라 놀이터 벤치에 앉았다. 진경이 한숨을 쉬고 입을 열었다.

"무릎은 괜찮아요?"

"아파. 무릎이랑 팔꿈치랑. 그래도 놀이터 바닥이라 다행이다."

임수는 풀린 마음에 웃음을 지었다가 뭐가 웃기냐는 진경의 핀 잔에 다시 입술을 오므려 표정을 지웠다. 진경은 임수에게서 뺏은 봉투를 들여다봤다.

"겨우 이거 가져왔어요? 연봉도 많이 받으면서."

"집 대출금 갚느라…. 내일 은행 가서 추가 대출 가능한지 알아보고…."

쩔쩔매는 임수의 모습에 진경이 피식 웃었다. 그걸 보고 임수도 조금 편하게 미소를 지었다. 진경은 봉투를 돌려주고 별 상관 없는 이야기들을 했다. 날씨 이야기를 하더니 가끔씩 놀이터에 몰려와 담배를 피우는 여자아이들 이야기, 요새 코딩을 안 했더니 시력이 좋아진 것 같다는 이야기를 하다가 잠깐 사이를 두고는 부모님의 이혼 이야기를 꺼냈다.

"어릴 때는 부모님이 싸우시던 모습밖에 기억이 안 나요. 그럴 거면 차라리 이혼이나 해버리지, 라고 생각했는데 진짜 그렇게 되었어요. 4학년 때였는데, 두 분이 마지막으로 뭔가 정리하는 날이었어요. 소파에서 TV를 보다가 잠든 척했어요. 잠이 들었다가 깼던 것 같기도 하고. 진경이는 어쩌냐 하는 이야기를 하고 두 분 다 침묵하는데, 느낌 같은 게 있잖아요. 두 사람 다 날 원하지 않는구나."

임수는 진경의 옆얼굴을 보았다. 밋밋한 말투처럼 표정에도 별 변화가 없었다. 그게 오히려 안심이 되어 조용히 그녀의 목소리에 귀를 기울였다.

"아빠가 선수를 쳤어요. 애가 엄마 없이 어떻게 사느냐고. 그런데 아빠에 대한 원망보다 엄마마저 날 버리면 어쩌나 하는 생각이 먼저 드는 거 있죠? 당장 일어나 매달리고 싶은데 냉정한 엄마한테 그런 모습 보이면 더 버림받을 것 같고. 덜덜 떨면서도 소파에 꼼짝 않고 달라붙어 있었어요. 그걸 본 건지 결국 엄마가 저를 맡기로 하셨죠."

부모님은 일찍 이혼하셨다고 지나가듯 이야기하던 진경의 모습이 떠올랐다. 이혼이 흔한 시절이지만 어떤 헤어짐도 아프지 않은 것이 없을 텐데. 지나가듯 들었던 것이 미안해졌다. 한편으로는 속 깊은 이야기를 하는 진경을 보며 안심도 되었다. 다시 오늘이 아닌, 예전의 관계로 돌아간 것 같았다. 서로에 대한 호감을 느끼면서도 선을 넘지는 못하고 한 뼘 정도 떨어져 있던.

"저 팀장님 좋아했는데, 그거 잘 모르겠어요. 아니 몰랐어요. 친구들이 아빠 없이 지내서 나이 많은 남자에게 끌리는 거라고, 쓸데없이 헷갈리지 말라고 하도 이야기를 해서. 그런데 오늘 갑자기 그런 이야기를 하셔서 너무 놀랐어요. 불쾌하기도 하고 어떻게 반응해야 할지 모르겠고… 게다가…"

진경이 노려보자 임수는 어깨를 움츠렸다.

"좋아한다, 사귀자, 뭐 그런 이야기도 아니고, 대뜸 올라타고 싶지 않냐니, 그게 뭐예요? 내가 미쳤지, 이런 변태를 뭐가 좋다고."

임수의 어깨는 더 움츠러져 살찐 거북이처럼 되었다. 뭔가 이야기를 해야 할 것 같은데 머릿속이 하얘져 아무것도 떠오르지 않았다. 그저 조용히 그녀의 이야기를 듣고만 있었다.

"그래서 오늘, 뭐라고 막 해주려고 했어요. 욕이라도 하고 등짝이라도 때리고. 그동안의 정이 있으니, 그리고 내가 헷갈리게 만든 것도 있으니, 쓸데없는 생각 말고 그냥 예전처럼 지내자고."

"배 대리 고마워. 그렇게 용서해줘서 정말 고마워. 나는…"

"제 이야기 안 끝났어요." 진경은 임수를 바라보며 조금 더 단단한 표정을 지었다. 웃지는 않았지만 평소의 무표정과 달리 생기가 있었다. "그런데 말이에요. 지금 팀장님 보니까 조금 불쌍해 보이는 거 있죠. 약해 보이고, 덜 떨어져 보이고. 항상 존경하는 분이었는데. 오늘 같은 모습 보니까 제가 뭔가 해줄 게 있다는 생각도 들었어요."

"내가 좀 모자라지. 어설프고." 임수는 땀이 찬 손바닥을 바지에 문질렀다.

"저 이제 확실해졌어요. 아빠를 대신해줄 사람을 찾았던 게 아니라, 정말 팀장님을 좋아한다는 사실요."

임수는 진경을 돌아보았다. 시선을 피하는 진경의 옆얼굴은 노란 가로등 탓인지 조금 붉어진 것 같기도 했다. 임수는 갑작스런 이야기에 대답을 찾지 못하고 당황했다. 하지만 허허벌판 같은 침묵에 그녀를 그냥 놓아둘 수는 없었다.

"배 대리, 내가 이렇게 뚱뚱하고 모아놓은 돈도 없고 어머니만 시골에 계시는데 그래도…"

"네, 좋아요."

두 사람의 시선이 맞닿았다. 생략된 단어와 문장들 사이에서도 선명하게 서로가 바라는 것과 해주고 싶은 것들을 알 수 있었다. 임수는 마른입에 침을 묻히며 할 말을 찾았다.

"그러면 우리, 그러니까, 오늘부터 1일이니까…"

당황해서 말을 더듬는 모습을 보며 진경은 미소를 지었다. 그러다가 갑자기 정색하는 표정으로 말했다.

"그렇다고 오늘 같이 자겠다는 건 아니에요. 올라타거나 그러는 거 절대 아니에요."

"어 그래, 물론이야. 그거는 그냥…"

"그리고 당분간도 아니에요. 조금 더 알고, 조금 더 익숙해진 다음에."

"응, 응. 당연하지. 내가 나이도 많고 그렇게 밝히는 사람도 아니고…"

당황해서 이야기하는 임수의 손위로 진경이 자기 손을 올렸다. 조그만 손이 임수의 토실토실한 손을 쓰다듬다가 두툼한 엄지손가락을 쥐었다. 임수가 바라보자 진경의 얼굴에 활짝 핀 웃음이 채워졌다.

평일의 동물원은 사람이 많지 않았다. 그런 한가함 때문인지 관람객들의 걸음도 여유롭고 느긋했다. 진경과 임수도 사람들에 맞춰 천천히 동물 우리 사이를 산책했다. 서로의 마음을 받아들인 지 며칠 사이에 두 사람은 서로의 공통점을 더 많이 알게 되었다. 그중 한 가지가 이곳, 동물원이었다.

프로젝트가 본격적으로 시작되기 전에 둘이 휴가를 쓰겠다고 하자 사장은 데이트 비용 지원이라며 법인카드를 임수에게 쥐어주었다. 직원들의 원성에 회사 커플을 위한 복지정책이라 둘러댔고, 헤어지면 연 3퍼센트 복리로 모두 반납해야 한다는 세부조항도 존재한다고 했다.

하마 우리를 지나가다가 진경은 임수를 붙잡았다. 하마가 자신을 보고 웃었다고 주장했다. 두 사람은 거대한 해자 건너편에 있는 하마를 바라보며 그 녀석이 다시 웃기를 기다렸다. 지나가던 중년의 커플이 임수를 두고 뒤에서 수군거렸다. 딴에는 몰래 했겠지만 조용한 동물원, 비밀은 생각처럼 지켜지지 못했다. 임수는 진경을 돌아봤다.

"창피하지 않아? 나랑 다니는 거."

"왜요? 한 번도 안 그러더니 갑자기 없던 부끄러움을 다 타고."

"배 대리가 걱정돼서."

"내가 팀장님 좋은 사람이라는 거 아는데, 남들이 뭐라든."

"멋진 말이다. 남들이 뭐라든."

진경은 임수를 쳐다보다가 조금 심각한 표정을 지었다. 양미간에 주름이 잡혔다.

"저, 사장님한테 팀장님 옛날 애인 이야기 들었어요. 사고 이야기."

"그렇게 비극적인 표정 안 지어도 돼. 이제 별 느낌 없어. 벌써 9년이나 지난 일인데."

"그래도 사랑했던 사람인데, 한 10년은 채워야 하는 거 아니에요?"

말은 그렇게 했지만 임수의 태도에 안심이 되었는지 진경은 가벼운 미소를 지었다. 손을 뻗어 임수의 팔을 천천히 쓰다듬었다.

"배 대리 말대로 10년은 채워야 하나? 그런데 실은, 그때도 별 느낌 없었던 것 같아. 나 장례식 끝날 때까지 한 번도 안 울었어."

"진짜요? 슬프지 않았어요?"

임수는 가볍게 고개를 끄덕였다.

"그냥 멍하기만 했어. 아무 생각도, 아무 느낌도 없이. 매정한 놈이다, 독한 놈이다, 진짜 욕 많이 먹었지. 뭐 어쩔 수 없잖아. 억지로 울 수도 없고. 그러고는 그냥 일상으로 돌아왔어. 그런데 이상한 게. 그날부터 배가 너무너무 고픈 거야."

다시 떠올려도 이상했는지 임수는 히죽 웃으며 예전을 생각했다.

"설마 그래서 살이 쪘다는 거예요? 핑계도 좋네." 진경이 웃으며 임수의 배를 두드렸다.

"진짜야. 아무리 먹어도 배가 고팠어. 저녁 먹고, 야식 먹고, 집에 들어가면 또 뭔가 만들어 먹고. 맛은 하나도 못 느끼겠는데 먹는 걸 멈출 수가 없더라고. 85킬로그램이던 체중이 1년 만에 140킬로그램이 됐지."

"팀장님 배에는 슬픈 사연이 들어 있네요. 어? 그런데 팀장님 옛날 애인 이야기 꺼내면 한동안 엄청 울었다고 들었는데."

"맞아. 140킬로그램이 되고 나니까 막 슬퍼서 눈물이 나더라고. 음식도 맛있어지고, 헤헤."

"그게 뭐예요? 진짜 말도 안 되게."

실눈으로 쳐다보는 진경의 손을 잡고 임수는 반걸음쯤 앞서 걸었다. 걸으면서 속으로는 그날의 눈물을 떠올렸다. 말로는 설명하기 어려운 그날의 모습과 그날의 감정들.

수아가 죽고 1년쯤 지났을 때, 욕실 거울 앞에서 산처럼 쌓아 올린 배를 보다가 임수는 눈물을 흘렸다. 어딘가 익숙한 모습이라고 생각했을 뿐인데, 눈물이 쏟아지더니 1시간 동안 그치지를 않았다. 무언가 꽉 막힌 것이 뚫리고 응어리진 것들이 다 쏟아지는 기분. 그렇게 쏟아내고 나서야 임수는 잃어버린 것들을 되찾았던 것 같다. 그리움과 슬픔, 그리고 맛의 음미까지.

임수는 아침에 지갑 속 사진을 빼놓으면서 오늘은 꼭 이 이야기를 들려주어야겠다는 결심을 했다. 하지만 막상 꺼내려니 말로는 도무지 설명하기 힘든 무엇이었다. 이렇게 함께 시간을 보내다 보면 말이 아닌 다른 것으로라도 언젠가 설명해줄 수 있지 않을까.

임수는 진경을 돌아보며 그런 생각을 했고, 알 수 없는 그의 표정에 진경은 혓바닥을 살짝 내밀었다가 종종걸음으로 다가와 임수와 나란히 걸었다. 임수가 잡은 손에 살짝 힘을 주었다.

"미안해. 옛날 애인 이야기는 하는 거 아니랬는데."

"괜찮아요. 아직 10년이 안 돼서 좀 불안하기는 하지만, 히히." 진경은 장난스러운 표정을 지었다.

"고마워." 진경을 바라보는 임수의 얼굴이 밝았다. "그래도 살은 좀 빼야겠지?"

진경은 고개를 좌우로 흔들었다. 만족스러운 표정으로 다시 임수의 배를 쓰다듬었다. 두 사람은 코뿔소 우리를 지나고 미어캣을 거쳐 긴팔원숭이를 구경했다.

사슴 우리 앞을 지나가다 진경이 걸음을 멈췄다. 동그랗고 작은 민머리에 귀가 쫑긋 솟은 암컷 사슴은 길게 솟은 입으로 풀을 뜯고 있었다. 진경은 그 모습에서 눈을 떼지 못했다.

"오빠."

"응!" 오빠라는 소리에 임수의 입꼬리가 높이 올라갔다.

"살, 조금만 빼면 좋겠어요."

"역시 그렇지? 오늘부터 다이어트 열심히 해서…"

"아니, 막 빼라는 게 아니라 조금만, 아주 조금만."

"조금?"

"그러니까 혼자서 발톱을 깎을 수 있을 정도만."

진경은 갑자기 생겨난 질투심에 당황했다. 조금 전까지 옛 애인

이야기를 들으면서도 아무렇지 않았는데, 뜬금없이 발톱에 느껴지는 질투라니, 그리고 그게 왜 부끄러운지. 얼굴이 빨개져 임수의 눈을 제대로 쳐다보지도 못했다.

임수는 흔쾌히 승낙했다. 발톱이든 페디큐어든 뭐라도 할 수 있다며 큰소리쳤다. 그렇게 쳐대는 큰소리 덕분이었는지, 마음속에서 아쉬움과 공허가 작은 파문처럼 일었다가 사라지는 것을 눈치채지는 못했다.

얼굴이 빨개진 진경은 너무 사랑스러웠다. 임수는 팔을 뻗어 그녀를 품에 안았다. 구름 속으로 들어가듯 진경은 그의 품 안으로 파묻혔다. 임수는 그녀에게서 달보드레한 냄새를 맡았다. 셔츠 위를 가볍게 누르는 숨소리를 듣고 허리 뒤쪽의 볼록한 살을 덮혀주는 따뜻한 손을 느꼈다. 그 실감(實感)에 가슴이 벅찼다.

길고 무미건조했던 시간이 끝나면 어떤 말을 하고 어떤 행동을 하게 될까. 오래된 질문이었는데 답은 의외로 평범한 미소였다. 시시하지만 당연했다.

평범한 미소 덕분에 임수의 뺨은 풍선처럼 둥글게 부풀었다. 두 사람을 바라보는 사슴들의 시선이 조명처럼 그들을 비추고, 주변에서 수군거리는 사람들의 목소리가 로맨틱 영화의 배경음악처럼 날씨 좋은 동물원에 달콤하게 울렸다.

# 야광의 구두 수선 가게

이지현

빡! 하필 뺨이 아니라 턱 언저리와 목을 맞아버렸다.

'손찌검을 하려면 제대로 할 것이지.'

찰진 소리와 함께 우아하게 얼굴이 꺾이는 건 드라마에서나 가능한가 보다. 고보라는 얼얼해진 목을 바로잡으며 주변을 살폈다. 다행히 그녀가 사는 7층짜리 원룸의 건물은 대부분 불이 꺼져 있었다. 금요일 저녁이다 보니 죄다 어디론가 나가버린 듯했다. 뺨을 맞는 건 각오한 일이지만 그렇다고 같은 건물 사람들에게 좋은 구경을 시켜주고 싶지 않았다.

"내가 정말 여자는 때리고 싶지 않았다고. 진짜 인생 그따위로 살지 마라."

이제 전 남자친구가 된 그가 보라를 바라보며 매몰차게 말을 내뱉었다. 그러나 악에 받친 목소리와 달리 그의 눈은 거의 울 듯했다. 맞은 건 자신인데 눈물은 왜 그가 흘리는지 그녀는 알 수가 없었다. 피해자와 가해자가 바뀐 상황에 보라는 적응이 되지 않았다.

"고보라, 마지막으로 걱정돼서 하는 말이니까 잘 들어. 괜히 여러 사람 헷갈리게 하지 말고 똑바로 살아. 그러다 독한 사람한테 걸리면 한 방에 훅 가는 수가 있어."

그 말을 끝으로 전 남자친구는 보라에게서 돌아섰다.

"미안한데 내일 헤어지면 안 돼?"

전 남자친구는 다시 돌아서서 어이없는 눈빛으로 그녀를 쳐다봤다. 하지만 보라는 진심이었다.

"오늘까지는 같이 있어주라. 내일 바로 헤어져 줄게. 원한다면 뺨 한 번 더 때려도 좋아."

마치 일억 광년 떨어진 곳에 사는 외계 생물체가 하는 말 같았다. 보라에게 완전히 질린 듯 전 남자친구는 광속으로 사라졌다. 이로써 스물다섯의 보라는 남자들로부터 다섯 번의 뺨을 맞았고 다섯 번의 이별을 했다. 보라는 자신에게 가해진 손찌검들이 그녀의 몫임을 잘 알고 있었다. 그녀는 남자친구들에게 연애 양아치였고, 방금 헤어진 다섯 번째 그에게도 상처를 줬다. 하지만 그럼에도 불구하고 오늘은 헤어지기 싫었다.

7월 네 번째 날 밤이었고 그날처럼 비가 쏟아지려 했기 때문이었다.

혼자 있어서는 절대 안 되는 날이었다. 보라는 악몽에 먹히기 싫어 자기 집에서 멀어지기로 했다. 그리고 대낮처럼 밝은 곳으로 무작정 향했다. 밤하늘의 먹구름은 그녀를 뒤쫓아 비를 쏟아내려 했다.

정신없이 돌아다니다 보니 어느새 백화점 안이었다. 두 손은 쇼핑백으로 가득 차 있었다. 배가 잔뜩 부른 쇼핑백 안에 무엇이 들어 있는지 까마득했다.

'정말 이렇게 살면 안 되는데…'

보라는 2시간 전에 헤어진 전 남자친구의 말이 떠올랐다. 그 순간 백화점 폐점을 알리는 음악 소리가 경쾌하게 울려 퍼졌다. 보라는 허둥지둥 백화점 밖으로 걸음을 옮겼다. 그리고 그녀가 새로 사서 신은 메리제인 슈즈 위로 기다렸다는 듯 빗방울이 툭, 떨어졌다. 구두 상자에서 막 꺼내 신은 거라 검은 광택이 탐스러웠다. 하지만 정작 보라는 자신이 신고 있는 구두가 하이힐인지, 플랫슈즈인지도 몰랐다. 매장 직원은 보라가 정신이 반쯤 나가 있는 것을 알고 일부러 그녀에게 구두를 신겨서 보냈다. 그래야 환불하러 돌아오지 않을 테니까.

다섯 번 뺨을 맞아도, 쇼핑을 자기 치유의 과정이라 우기면서 신상품과 명품을 방 안에 쌓아두어도 나아지지 않았다. 새 구두 위로 떨어진 새끼손톱만 한 빗방울에 보라는 여지없이 무너졌다. 새 구두는 좋은 곳으로 데려다준다고 했지만 보라의 구두는 그럴 것 같지 않았다. 저벅저벅 악몽의 밤으로 그녀를 데려갈 것이다. 보라는 쇼핑백을 꽉 움켜쥐었다. 오늘은 절대 악몽에 먹히지 않을 테다. 하지만 미로를 나올 방법을 알았다면 13년을 그렇게 고통 속에 보내지 않았을 거다.

보라는 쇼핑백을 한가득 들고 정처 없이 거리를 걸었다. 그러다 마주 오던 손수레와 정면으로 부딪히고 말았다. 폐지며 각종 잡동사니가 보라 앞으로 와르르 떨어졌다.

"하이고, 이를 어쩌누. 좀 있으면 비가 떨어질 텐데."

수레 주인인 할머니가 허둥대며 떨어진 잡동사니들을 줍기 시작했다. 할머니의 구부러진 등을 보고서도 보라는 오도카니 서 있기만 했다.

"아가씨, 어디 다친 덴 없어요? 그러게 젊은 사람이 앞을 보고 다녀야지."

손찌검과 쇼핑으로 인해 기운이 다 빠진 보라는 그대로 할머니 곁을 지나쳤다. 그런데 그녀의 발에 콱직, 뭔가가 밟혔다. 휘청해서 내려다보니 붉은 하이힐이 뒹굴고 있었다.

"그걸 밟으면 어떡해! 그 구두가 얼마나 태가 좋은 건데!"

할머니는 보라를 거칠게 옆으로 밀어냈다. 그러고는 구두를 잽싸게 집어 들어 소맷부리로 닦기 시작했다.

그 순간 보라는 현기증이 일었다. 아랫배에서도 알싸한 고통이 느껴지더니 온몸으로 저릿저릿한 고통이 퍼져 나갔다. 악몽이 자신을 덮치기 전 시작되는 경고 신호였다.

'왜지? 사람들이 있는 곳에서는 이러지 않았는데.'

악몽은 언제나 보라가 혼자 있을 때 그녀를 습격했다. 이렇게 사람들이 주변에 있거나 밝은 곳에 있으면 나타나지 않았다.

"이봐요, 괜찮아요?"

보라의 상태가 심상치 않음을 느꼈는지 할머니가 물었다. 그 순간 단춧구멍만 한 할머니의 눈이 놀라서 마카롱처럼 부풀어졌다. 보라가 그대로 손수레 옆으로 쓰러졌다.

그녀가 쓰러지자마자 악몽이 그녀를 덮쳤다. 보라의 눈동자가 어지럽게 움직였다.

'악몽 속에서 엄마와 그놈이 기다리고 있겠지.'

그러나 13년 내내 꿈속에서 만났던 두 사람은 나타나지 않았다. 대신 본 적 없는 여자가 서 있었다.


어두운 골목길.

가로등도 없는 깊은 어둠의 그곳.

붉은 하이힐을 신은 여자가 걷고 있었다.

여자는 보라의 엄마처럼 몸집이 작았다.

술에 취했는지 살짝 비틀거렸다.

보라는 그녀를 잡아주고 싶었지만 몸이 말을 듣질 않았다.

하이힐의 여자는 그녀가 세워둔 차 앞에 도착했다.

골목길과 한 블록 떨어진 번화가 거리는 아직도 불빛이 환했다.

그곳에 차 댈 곳이 없어서 한적한 이곳으로 숨기듯 주차해놨다.

차 역시 여자처럼 자그마했고 보라 엄마의 차와 같은 색이었다.

여자는 손가방을 탈탈 털었다.

그리고 휴대폰과 차 열쇠를 번갈아 보다가….

결국 차 열쇠를 선택했다.

'안 돼!'

보라는 그녀를 막으려 했다.

여자가 운전석 문을 여는 순간, 검은 그림자가 전봇대 뒤에서 튀어나왔다.


7월에 산 구두는 저주받은 곳으로 데려다주나 보다.

번쩍, 눈을 떴을 때 보라의 눈앞은 온통 보라색으로 가득 차 있었다. 천장과 벽은 보라색으로 칠해 있었다. 바닥은 대리석으로 깔려 있었고, 고급스러운 문양의 카펫이 도어매트로 척 놓여 있었다. 축 늘어져 있던 고급 물소가죽 소파에서 몸을 일으켜 앉으니 입간판이 보였다. 영업이 끝났는지 입간판이 가게 안으로 들어와 있었다.

'세상의 모든 구두를 수선합니다.'

간판 문구는 스와로브스키 크리스털이 한 알, 한 알 수공으로 박혀 있었다.

'수선으로 돈을 얼마나 벌기에 스와로브스키를 간판에 깔 수가 있지?'

가로수길 명품 편집 숍처럼 호화롭게 꾸며진 곳이 구두 수선 가게라니….

보라는 방금 깬 악몽보다 이곳이 더 의뭉스러워 보였다. 이때 그녀 앞으로 남자의 얼굴이 불쑥 튀어나왔다.

"으악!"

보라는 놀라 몸을 뒤로 젖혔다. 매번 꿈속에서 자신을 쫓던 '그놈'인가? 간신히 정신을 차려보니 보드라운 얼굴빛을 한 사람이 그녀를 바라보고 있었다. 투명한 얼굴색 때문에 처음엔 여자인가 싶었다. 그러나 살짝 옆으로 휜 높고 단단한 콧대가 아니라고 말하고 있었다. 검은색의 짙은 눈동자가 보라와 마주치는 순간 살짝 파랗게 변했다.

'누, 눈동자가 파래졌어!'

보라는 놀라 그대로 얼어붙어 버렸다.

"이제 정신이 좀 드셨나요?"

남자의 눈동자는 다시 깊은 검정으로 빛나고 있었다. 잘못 본 거라고 생각했지만 보라는 어쩐지 그의 홍채가 또 변할 것만 같았다.

"아가씨, 괜찮아요? 아까 쓰러져서 얼마나 놀랐는지 몰라. 기억나지? 수레 옆으로 혼자서 고꾸라진 거 말이야."

손수레 할머니는 안절부절못하며 보라를 살폈다.

"그런데 여긴 어디예요?"

가게 사장은 자신이 구두 수선공이며, 이름은 한빛이라고 했다. 가끔씩 손수레 할머니로부터 버려진 구두를 사서 수선해 후원단체에 기부한단다.

마침 할머니가 수집한 구두를 팔러 이 가게로 오던 중이었다고 했다. 기절해버린 보라를 겨우 손수레에 싣고 이곳으로 데리고 온 것이었다. 경찰이나 응급차를 부르면 혹여나 보라가 손수레에 받혔다며 억지장을 놓고 합의금 운운할까 두려웠으리라.

한빛의 가게는 T시의 전통 재래시장 안에 만들어진 청년사업 특화 거리에 자리 잡고 있었다. 그러고 보니 이 거리와 수선 가게에 대한 기사를 본 기억이 났다. 이곳 청년사업 거리에 넘쳐나는 카페와 공방 대신 생활 밀착형 가게 한 곳이 문을 열어서 눈길을 끌고 있다고 했다. 수선 가게 사장이 호감형 외모로 SNS 스타가 되었다고 했는데…. 순간 잡지 기사 속 문구 하나가 번개처럼 보라의 머리를 스쳤다.

"혹시… 임시완 수선공?"

보라의 말에 한빛은 거북했는지 인상을 찌푸렸다. 한빛이 입을 꾹 다문 채 말이 없자 보라는 한 번 더 내질렀다.

"맞죠? 훈남 구두 수선공, 짝퉁 임시완!"

한빛은 한때 인터넷에서 임시완 구두 수선공으로 불렸다. 얼핏 핀트 나간 카메라로 찍힌 임시완 같은 외모로 유명세를 탔다. 하지만 말끝마다 내뱉는 직설적 어투, 요즘 말로 '팩트 폭력'으로 인해 인기는 금세 사그라졌다.

"훌륭한 구두를 이렇게 관리하실 거면 차라리 내다 버리시죠."

"이 구두는 고객님 발과 맞지 않습니다. 칼발에 베이는 구두의 고통이 들리지 않습니까? 제발 구두를 그만 괴롭히세요."

젊은 구두 수선공은 재수 없는 임시완 짝퉁으로 불렸고 팬들은 팬심을 꽃피우기 전에 짓밟혔다. 한빛의 가게에 진짜 수선이 필요한 손님들만 드나들기까지는 시간이 꽤 걸렸다. 한빛은 그때의 악몽이 떠올랐는지 이마를 더 깊게 찡그렸다. 그렇게 얼굴을 구겼는데도 보라는 그에게서 구김살이 느껴지지 않았다. 투명한 피부에 도는 화기가 발그레 고왔다.

"제 이름은 한빛입니다. 짝퉁이니, 임시완이니 불쾌합니다."

한빛의 서슬에 보라는 시선을 피했다. 그러다 가게 안에 들여놓은 할머니의 손수레에 고개가 멈췄다. 붉은 하이힐이 빠끔히 구두코를 내민 채 보라를 바라보고 있었다.

또다시 보라의 머리가 깨질 듯 아파왔다. 악몽이 스멀스멀 그녀의 몸을 옥죄기 시작했다. 이때 한빛의 눈동자가 다시 터키석처럼 새파랗게 변했다.

"저, 저는 이만 가볼게요! 몸이 가뿐해졌거든요."

보라는 수선 가게의 보랏빛 문을 열고 뛰듯이 나갔다.

한빛은 가게 창 너머 그런 그녀의 뒷모습을 걱정스레 바라보며 말했다.

"오늘 가지고 온 구두들, 보여주세요."

"우리 사장님은 부지런도 하지. 버려진 걸 고쳐서 기부까지 하고! 사장님은 3대가 대복 받을 거야."

할머니는 손수레에서 주워온 신발들을 풀어냈다. 보라에게 불길한 기운을 풍기던 붉은 하이힐이 단박에 한빛의 시선을 낚아챘다. 분명 조금 전 도망치듯 가게 밖으로 나간 그 여자가 이 하이힐에게서 '검은 기운'을 느꼈던 것 같았다. 검은 기운은 한빛처럼 이물이나 이물의 '관리자'들만이 느낄 수 있는 기운이었다.

어째서 평범한 인간인 그녀가 그것을 감지할 수 있었을까?

한빛은 못 견디게 궁금했다. 하지만 저 구두를 잡는 순간, 한빛의 소유가 되고 영원히 책임져야 한다. 야광족인 자신에게 천형이 될 것이 분명했다. 한빛은 그대로 구두를 두고 등을 돌리려는데 검은 악의가 튀어나와 한빛의 어깨를 물었다.

'사악한 것, 감히 내가 있는 곳에서 기운을 뿜어대다니.'

한빛은 하이힐의 도발에 참지 못하고 그만 구두 뒤축을 잡았다. 검은 기운을 막기 위해 두 손으로 붉은 하이힐을 짓눌렀다.

"역시 구둣가게 사장님이라 안목이 좋네. 내가 그 구두 고를 줄 알았다니까."

손수레 할멈의 말에 한빛은 퍼뜩 정신이 들었다. 하지만 때는 이미 늦었다. 한빛의 손에 하이힐이 들려 있었고 이제 그의 소유가 되었다. 한빛은 하이힐과 세트처럼 보라가 떠올랐다. 그 여자는 검은 기운을 느낄 뿐 아니라 자신의 파란 눈까지 본 듯했다.

오늘처럼 블루문이 뜨는 날에는 조심했어야 했다. 달을 피하려고 일찌감치 가게를 닫으려 했는데 생각해보니 손수레 할멈이 방문하는 날이었다. 헌 구두에서 인간의 운발을 흡수할 욕심에 블루문의 위험을 간과했다.

한빛은 밤의 기운을 받아서 활동하는 야광족이었다. 밤에 활동하는 이물들은 대개 보름달이 뜨는 기간에는 더욱더 강한 기운을 받았다. 기운이 강렬해지면 인간의 모습 뒤에 숨기고 있던 이물의 원래 모습이 삐죽 튀어나오곤 했다. 구미호가 아홉 개의 꼬리를 지니고 있듯 야광족들은 파란 눈을 가지고 있었다. 달의 기운 때문에 본래 눈동자가 튀어나왔지만 한빛은 재빨리 감췄다. 보통 인간이라면 느끼기 힘든 찰나의 순간이었다. 그런데 그 짧은 순간을 그 여자는 노련한 낚시꾼처럼 낚아채었다.

'야광의 눈빛을 알아채고, 구두의 검은 기운을 느끼는 여자라…'

우리가 사는 세상은 인간들이 사는 인간계, 우주를 다스리는 신들이 사는 천계, 그리고 흔히 괴물이나 이물로 불리는 존재들이 사는 이계로 나누어져 있다. 신과 인간은 각자의 세상에서 살지만 이물들은 다른 세상에 기생하며 살았다. 신들에게 기생하는 존재도 있지만 대부분 인간계에서 인간과 같은 모습으로 살면서 그들의 에너지를 훔쳐 영생을 누렸다.

한빛 역시 인간의 모습으로 사는 이물로 인간의 신발에 쌓인 운을 흡수해서 영생과 부를 누리는 야광족의 일원이다. 야광족은 음력설 밤에 인간들이 벗어둔 신발을 신어보고 그중 맞는 것을 훔쳐갔다. 그러면서 신발 주인의 한 해 운도 함께 빼앗아갔다. 그 운발로 야광들은 영생했고, 자신이 원하는 것을 이루며 살았다.

그러나 시대가 바뀌면서 젊은 야광족 사이에 다른 방식들이 유행하기 시작했다. 인터넷 중고마켓을 통해 신발을 매입하는가 하면, 한빛처럼 구두 수선 가게를 열었다. 새로운 시대에 완벽하게 적응한 이물들이 인간의 집 담장을 넘는 대신 그들이 직접 찾아와서 자신들의 운을 맡기게 한 것이다.

완벽주의 이물인 한빛이 구두 수선 가게를 택한 것은 뭐든 정확한 게 좋았기 때문이다. 인터넷 거래에서는 중고 신발 대신 벽돌이나 딱딱하게 굳은 고양이 똥이 배달되기도 했다. 그래서 대면의 불편함과 손이 많이 간다는 수고로움에도 불구하고 성공률이 높은 구두 수선 가게를 선택했다.

사실 한빛의 가게는 수선 가게가 아니라 '구두 바꿔치기 가게'라 불러 마땅할 것이다.

한빛은 의뢰인이 가져오는 신발과 완전히 똑같은 신발을 만들었다. 이로 인해 모아둔 운발이 다른 야광족보다 빨리 소진되기는 하지만 가장 뒤탈이 없었다.

새 신발은 의뢰인에게 주고 원래 받은 헌 신발은 가게 아래 마련된 비밀의 방에 차곡차곡 쌓아두었다. 의뢰인은 새로 만든 신발이 원래 자기 것인 줄 알고 감격에 겨워했고 한빛은 그들의 운을 부지런히 저축했다. 두 종족 모두에게 좋은 방식으로 보였다.

그러나 지금 한빛이 손에 들고 있는 하이힐은 두 종족 모두에게 좋지 않았다. 주인에게 버려진 물건에는 종종 나쁜 에너지가 쌓인다. 다른 주인을 만나거나 폐기 처분되지 않으면 그 에너지는 검은 기운과 악의로 똘똘 뭉쳐지게 된다.

구두끈처럼 최대한 가늘고, 길게, 누구와도 부딪히지 않고 사는 것이 한빛의 인생 좌우명이다. 그리고 달밤 아래 김추자의 레

조연 … 임수 씨, 맛있습니까? 73

"이제 정신이 들어요?"

한빛이 눈을 떴을 때, 모아이가 자신을 내려다보며 서 있었다.

서낭은 블라인드가 내려진 창 너머 두 남녀에게 무슨 일이 있을지 못 견디게 궁금했다. 창이 열리길 애타게 기다리고 있는데 붉은 하이힐이 가게 밖으로 던져지는 걸 봤다. 뒤이어 보라가 뛰어나왔고 무슨 일이 터진 것을 직감했다. 한빛에게 전화를 했지만 받지 않자 문을 억지로 열고 들어왔다고 했다.

"남의 작업장을 함부로 뒤지는 건 매너가 아니죠. 게다가 가게 뒷문으로 나갔을 수도 있는데 왜 가게 안을 뒤진 겁니까?"

"한빛 씨는 친구도 없고 단골집도 없잖아요? 갈 만한 다른 곳이 없으니 여길 뒤질 수밖에요."

끄응, 이번엔 한빛이 한 방 먹었다. 서낭의 말에는 반박할 곳이 없었다.

"그런데 이 녀석 때문에 검은 꿈이라도 꾼 겁니까?"

서낭은 손에 문제의 붉은 하이힐을 들고 있었다.

"그걸 왜 들고 들어온 겁니까?"

"이런 위험한 녀석을 내돌리면 다른 이물들이 다칩니다. 한번 소유하게 된 구두는 영원히 그 야광의 것이라는 걸 알지 않습니까."

한빛은 어쩔 수 없이 붉은 하이힐을 비밀의 방에 마련된 금고 속에 감금시켰다. 그리고 오지랖이 쓰나미급인 자신의 관리자를 밖으로 억지로 밀어냈다. 다시 혼자가 된 한빛은 보라의 구두에서 읽은 기억을 되짚었다.

십수 년 전 구두 수선공 한빛은 보라와 만난 적이 있었다. 그녀가 가지고 온 구두에서 운을 빼 쓰고 돌려보냈다. 왜 그 기억이 삭제되었을까? 뭔가를 어겼고 징계를 당한 거다. 한빛은 물소가죽 소파 위로 풀썩 주저앉았다.

'모아이는 관리자니까 뭔가 알고 있겠지. 하지만 묻지 않겠어. 그랬다가는 그걸 약점 삼아 평생 노예로 부릴 거야. 내가 직접 알아내야 해.'

한빛은 구두의 기억을 읽고 보라의 집을 알아냈다.


이틀 후, 보라의 원룸 도어스코프 앞에 한빛이 서 있었다.

공포에 질린 보라는 인터폰 스피커가 찢어져라 소리 질렀다.

"당신 스토커야, 뭐야? 경찰 부를 거예요! 가게 문 닫기 싫으면 사라져요!"

한빛은 도어스코프를 향해 엄마의 구두를 흔들었다.

"이거 돌려주려고 왔어요. 할 말이 있으니 잠깐 밖으로 나와요."

보라는 할 수 없이 문을 열고 복도로 나왔다. 한빛에게 엄마의 신발을 건네받은 보라는 한동안 가만히 구두를 바라보았다. 고개를 푹 숙인 채 말이 없는 보라의 모습에 한빛은 마음이 불편해졌다. 어깨가 가늘게 떨리는 걸 보니 우는 듯했다. 휴지라도 건네려고 가방을 뒤지는데 보라가 고개를 들었다. 그런데 예상과 달리 보라의 눈은 불길이 일고 있었다. 그것도 제철회사 용광로처럼 활활 타오르고 있었다.

"내 구두 돌려줘!"

"돌려달라니, 그게 무슨 소리예요? 지금 들고 있잖아요."

"이 사기꾼아! 누굴 속이려고 들어? 당장 구두 내놔! 우리 엄마 구두 내놓으라고!"

보라는 구두 밑창을 뒤집어 까서는 한빛의 눈앞에 들이댔다.

"엄마한테 쓴 글이 없잖아! 여기 밑창 써뒀었다고!"

젠장, 운도 없지. 단 한 번도 걸린 적이 없었는데…, 역시 이 여자, 만만치 않다.

한빛은 보라에게 엄마의 구두를 돌려주려고 했다. 그걸 빌미삼아 대화의 물꼬를 터 자신의 지워진 과거에 대해 알아보려고 했다. 그런데 야광족의 본능이 그의 발목을 잡아버렸다. 질 좋은 추억과 에너지가 담긴 구두를 놓치기 아까웠다. 한빛은 구두를 바꿔치기로 결심했다. 빨리 갖고 싶은 마음에 이틀 밤을 새워서 똑같은 구두를 만들어냈다. 원래 네댓 날 걸리던 수선 시간을 최대한 단축한 것이다.

완벽하게 만들었다고 여겼으나 어디선가 실수가 터졌나 보다. 이런 일은 거의 없던 터라 한빛은 크게 당황했다. 완벽한 장인의 솜씨를 가진 젊은 구두 수선공으로 잡지며 인터넷에도 실렸던 한빛이다.

'붉은 하이힐의 저주인가?'

한빛은 더듬대며 변명했다.

"그, 그건 밑창이 낡아 보여서 제가 새로 해서 넣은 겁니다."

"돌려줘요. 이 세상에 하나밖에 없는 거란 말이에요!"

보라는 성난 투견처럼 한빛에게 덤벼들었다.

"돌려드릴 테니 진정하세요. 아직 가게에 그대로 남아 있어요."

"앞장서요. 당장!"

10분 전까지만 해도 한빛을 스토커라 여기며 겁에 질려 있었다. 그런데 어디서 저런 에너지가 나오는지 알 수 없었다. 밑창을 찾아내지 못한다면 자신의 가게 앞에서 피를 토하며 쓰러져 죽을 것만 같았다. 토해놓은 피로 '날 죽인 건 짝퉁 임시완'이라는 다잉 메시지를 쓰고서 말이다.

한빛은 엄마에게 목덜미를 잡혀서 치과에 끌려가는 아이처럼 질질 끌려 수선 가게 앞에 도착했다. 위기의 수선공은 빛의 속도로 비밀의 방으로 들어가 문제의 구두를 끌어냈다. 한번 소유한 구두는 영원히 야광족의 것이 된다. 보라에게 원본 구두를 돌려주려 해도 줄 수 없었다. 할 수 없이 한빛은 구두의 피부를 뜯어내기로 했다. 수정을 가하면 구두의 에너지는 이지러지고 원래보다 못하게 된다. 자신의 새 주인이 된 야광에게 에너지를 빼앗는 복수를 할 게 분명했다.

'미안, 하지만 어쩔 수 없어. 욕심에 눈이 먼 내 잘못이니까 어떤 벌이든 달게 받을게.'

한빛은 눈물을 머금고 오른쪽 구두 밑창을 뜯어냈다.

아아악! 검정 단화가 소리 지르며 한빛의 턱을 걷어찼다. 기세에 지지 안고 나머지 구두의 밑창을 뜯어내리던 순간, 한빛의 눈앞이 캄캄해졌다. 그러고는 그대로 쿵! 일자로 바닥에 쓰러지고 말았다. 한빛은 구두의 과거로 휘감겨 들어갔다.


오래된 아파트의 뒷산.

소녀의 엄마가 발견된 곳이었다.

학습지 과외를 마치고 돌아오던 엄마는 자신의 차 안, 뒷자리에 잠들어 있었다.

늘 운전석에서 운전하던 그녀가 뒷자리에 앉아보는 건 처음이었으리라.

누군가에게 강간을 당한 엄마는 식물인간 상태로 발견되었다.

꼬박 두 달을 병실에서 보낸 뒤, 보라의 엄마는 먼 곳으로 쉬러 갔다.

범인은 주도면밀하게 모든 흔적을 닦아냈다.

CCTV가 없는 동선을 파악해서 차에 타던 엄마를 납치했다.

늦은 밤, 어린 딸이 혼자 기다리는 게 걱정돼서 바삐 서두르던 때였다.

차의 문을 열고 들어가려던 엄마를 등 뒤에서 그대로 밀쳐 넣고 범인은 운전해서 뒷산으로 향했다고 했다.

얼마나 아팠을까?

엄마의 등은 시퍼렇게 멍들어 있었다.

소녀는 병실에서 의식 잃은 엄마의 등을 하루에 몇 번이고 마사지했다.

그러다가 엄마가 가장 좋아하던 것을 떠올렸다.

엄마가 자기 선물을 다시 신으면 일어설까 싶어 수선공에게 신발을 고치러 갔었다.

그러다 소녀는 엄마의 임종을 놓치는 불운을 겪었다.

그리고 그 때문에 망상에 시달리게 되었다.


'엄마가 어딘가 살아 있을지도 몰라.'

망상은 이후 악몽이 되어서 소녀를 괴롭혔다.

'보라야, 달아나야 해. 그 남자가 널 찾고 있어.'

스물다섯 살이 된 지금도 소녀인 채 악몽에 시달렸다.


"사장님? 괜찮아요?"

한빛이 눈을 뜨자 이번에는 보라가 그 곁을 지키고 있었다. 그녀의 이마에는 꿈속에서 봤던 소녀와 같은 푸른 반점이 새겨져 있었다.

'이제야 기억이 났어. 왜 너와의 시간이 지워졌을까?'

한빛은 멍하니 보라를 바라봤다. 보라는 한빛이 뜯어낸 밑창을 든 채 비밀의 방을 둘러보고 있었다.

"구두 페티시즘 있어요? 헌 구두를 왜 이렇게 모아놓았어요?"

그제야 한빛은 자신과 보라가 어디에 있는지 깨달았다. 자기

외에 누구도 들어오지 않았던 곳, 야광족의 재산인 구두를 모아 놓은 식량창고, 비밀의 방이었다.

"여긴 왜 들어왔어요?"

"그야 사장님이 쿵 하고 쓰러지는 소리가 들려서…."

보라는 말을 멈췄다. 지금 자신의 집에 있는 엄마의 구두와 같은 것이 놓여 있었다. 뒤축에 댄 쿠션이며 자잘한 흠집까지 틀에 찍어낸 듯 똑같았다.

"엄마 구두랑 완전히 똑같잖아?"

원본 구두를 든 보라가 겁에 질린 채 되물었다.

"사장님 뭐 하는 사람이에요? 아니, 사람이 맞긴 맞아요?"

이때 반갑게도 가게 도어벨이 울렸고 서낭이 들어왔다. 한빛이 잡기도 전에 보라는 뜯어진 밑창을 가지고 바람처럼 사라져버렸다.

"오! 진도는 잘 나가고 있나요?"

얄밉게 헤죽거리며 서낭이 물었다. 그 멱살을 잡고 싶은 걸 참으며 한빛이 물었다.

"관리자님은 뭔가 알고 있었죠? 보라와 나의 일! 왜 기억이 지워진 겁니까?"

"징벌이죠. 이미 한빛 씨도 예측하고 있겠지만."

"말씀해주세요. 분명 내가 이곳에서 가게를 연 것도, 보라를 만난 것도 그때 기억과 관련이 있죠?"

"징벌로 사라진 기억을 되살리는 건 불법입니다."

"…."

"한번 지나간 인연을 이어붙였다가는 시스템이 흔들려요. 균형이 깨어지면 저도 무슨 벌을 받을지 모릅니다."

한빛도 무리한 부탁일 거라 생각했다. 하지만 서낭의 도움 없이는 기억을 되찾기 쉽지 않아 보였다. 보라 역시 자신과의 일을 전혀 기억하지 못했다. 검정 단화에서 기억을 뽑아내는 것도 한계다. 오래전에 주인이 죽은 구두는 주인과의 기억을 서서히 잃어간다. 지금도 검정 단화에서 뽑아낸 기억들은 조각나서 흩어져 있었다. 구멍이 군데군데 난 낡은 필름 영화처럼 상태가 좋지 않았다. 게다가 살인의 밤과 범인의 얼굴은 충격 때문인지 완전히 지워져 있었다.

한빛의 얼굴이 절망으로 어두워졌다.

'됐다. 이제 내 카드를 꺼낼 때군.'

서낭은 사실 한빛에게 부탁할 것이 있었다. 일단 한빛의 약점인 '소녀'와의 기억을 이용할 작정이었다. 그런데 한빛과의 협상 테이블에서 승기를 잡았다는 기쁨도 잠시, 야광족 녀석의 말갰던 얼굴빛이 우울해지자 서낭의 심장이 쿵 하고 내려앉았다.

'심장이 왜 이러는 거야? 저 녀석은 한낱 밤 귀신일 뿐이라고!'

당황한 서낭은 얼른 붉어진 얼굴을 손으로 가렸다. 그리고 뛰는 심장을 감추기 위해 빠르게 말을 이었다.

"당시 한빛 씨를 관리하던 관리자는 제가 아니었습니다. 그렇지만 제 일을 좀 도와주신다면 전임자의 서류를 몇 장 빼돌릴 수도 있습니다."

어쩔 수 없이 한빛은 서낭의 거래조건을 들어보기로 했다.

"사실 제가 우리 동네 귀가 도우미를 하고 있습니다. 물론 무급으로요."

천계 소속인 관리자들은 인간의 돈을 받는 노동이 금지되어 있었다. 통장으로 충분한 돈이 공급되므로 인간 사회의 물질을 탐하는 것은 위중한 죄였다.

서낭은 인간을 이해하고 싶어서 간혹 무급 인턴직이나 봉사 활동을 해왔다. 이 거구의 사내는 그저 자신의 노동으로 기뻐해주는 인간들의 모습에 선한 즐거움을 느꼈다.

"제가 사는 동네는 후미진 곳이라 아직도 가로등이나 CCTV가 없는 곳이 많답니다. 동네 청년회에서 돌아가며 여성들의 귀가를 돕고 있죠."

서낭의 말로는 몇 달 전부터 일명 '토끼'라 불리는 치한이 동네에 등장했다고 한다.

토끼는 늦게 귀가하는 여성들을 뒤에서 덮쳐서 엉덩이나 가슴을 만진 후 도망친다고 했다. 여성들이 대처하기도 전에 빛의 속도로 사라지는 게 토끼의 수법이었다. 피해자들은 놈이 얼마나 빠른지, 얼굴이며 모습을 제대로 볼 수도 없었다. 단지 몸이 마르고 중간 키 정도였다는 것이 진술의 전부였다. 며칠 전, 콜센터 직원의 귀가를 돕던 서낭은 토끼에게 당해서 소리를 지르는 여성을 발견했다. 토끼를 쫓았지만 무거운 몸집의 서낭에게 달리기는 무리였다.

"제 운동화에 한빛 씨의 힘을 좀 보태주세요."

서낭은 빨리 뛸 수 있도록 운동화에 그간 한빛이 모은 에너지 중 일부를 넣어달라고 했다. 망설이는 한빛에게 서낭은 흘리듯 말했다.

"삭제된 기억 속에는 보라 씨의 엄마를 살해했던 범인에 대한 단서가 있었던 것 같았는데…."

자신으로 인해 십수 년간 악몽에 시달렸던 여자다. 못 본 척할 수도 있겠지만 하이힐과 검정 단화를 가지게 된 이상, 해결하지 않으면 자신도 평생 고통에 시달릴 것이다. 잘못된 구두를 들이면 에너지를 야금야금 먹힐 수도 있고, 검은 꿈에 시달려 미라처럼 될 수도 있다.

한빛은 서낭의 거래를 즉각 받아들였다.


"꺄아악!"

목울대가 찢어질 듯한 여자의 비명 소리가 들렸다.

서낭은 귀가 도우미를 마친 후 커다란 랜턴을 비추며 야행 중이었다.

'얼씨구, 또 풀어졌네! 이 야광족 녀석, 운동화에 제대로 주술을 건 거 맞아?'

벌써 서너 번 풀어진 운동화 끈을 꽉 조이고 있던 참이었다. 서낭은 비명 소리를 향해 힘차게 도약했다. 그 순간 어둠 속에서 한 사내가 튀어나왔다. 마른 체구에 검정 모자를 눌러쓴 사내는 빠른 속도로 서낭을 지나쳐 달아났다. 우연의 일치인지 그의 모자엔 〈플레이보이〉 지의 상징인 보타이를 맨 토끼 얼굴이 박혀 있었다.

놈이다!

"이봐! 거기 서!"

서낭은 토끼의 뒤를 쫓았다. 그러나 빠른 토끼의 뒤를 쫓기에 거구의 서낭은 역부족이었다. 금세 힘이 달려 뒤처져 버렸고 토끼는 저만치 멀어졌다.

'으아아! 이 이기적이고 못돼처먹은 밤 귀신 놈!'

운동화는 전혀 힘쓰지 못했다. 서낭은 속으로 한빛에게 온갖 저주를 퍼부었다.

그 순간 서낭은 또다시 풀어진 운동화 끈을 밟았다. 그 바람에 서낭의 보폭이 꼬여서 비틀거렸다. 에구머니! 서낭은 넘어지지 않으려고 팔을 필사적으로 휘적거렸다. 허우적대던 손은 중심을 잡으려고 골목에 비스듬히 주차되어 있던 트럭에 포장된 천을 잡았다. 그대로 서낭은 보기 좋게 고꾸라졌다. 서낭의 몸무게 탓에 천은 그대로 벗겨지고 말았다. 휘익! 천이 벗겨지면서 그 안에 적재되어 있던 것들이 튕겨져 나왔다. 물건들은 우당탕탕, 온 바닥으로 구르며 토끼에게로 굴러갔다.

토끼 역시 발이 꼬여서 나자빠졌다.

서낭은 얼른 일어서서 토끼가 넘어진 쪽으로 향했다. 다시 일어나 달아나려던 토끼에게 서낭은 얼른 회심의 일격을 날렸다. 화물차에서 떨어진 비치발리볼 공이 토끼를 향해 돌진했다. 태앵!

분홍빛 공이 정확하게 서낭을 돌아보던 토끼의 얼굴을 강타했다. 공의 일격에 토끼는 분홍빛 공 더미 위로 뻗어버렸다.

저녁 구름 같은 분홍빛이 서낭을 감싸고 있었다.


'비치발리볼 히어로 탄생! 도심의 치한을 잡다.'

거구의 사내가 부끄럼을 타며 TV 인터뷰 중이었다. 자세히 보니 한빛의 가게에서 본 적 있던 사람이었다. TV를 보며 라면을 먹던 보라는 입이 떡 벌어졌다.

비치발리볼 히어로와 눈동자가 파랗게 변하는 구두 페티시즘 사장이 있는 구두 수선 가게라니, 게다가 그 사장은 남의 악몽 속으로 성큼성큼 걸어 들어오는 능력까지 있다.

한빛의 구두 수선 가게는 어떤 말로도 설명되지 않는 이상 구역이었다. 입맛이 떨어진 보라는 젓가락을 탁 놓고 싱크대에 라면을 쏟아부었다.

꾸역꾸역 대학을 졸업하고 붕 뜬 채 살았다. 매번 7월이 되면 발작처럼 밀고 들어오는 악몽 때문에 어떤 일도 길게 할 수 없었다. 단기 아르바이트만 전전하며 살았지만 불만은 없었다.

보라의 엄마를 죽인 남자는 엄마 외에 두 명의 여자를 더 죽였다. 그러고는 행적을 감췄다. 논과 밭이 띄엄띄엄 있는 지방 소도시는 그 사건으로 유명세를 탔다. 범죄 다큐멘터리나 미해결 사건을 쫓는 방송 프로그램 관계자들은 보라를 찾아오곤 했다.

보라가 다니던 대학교를 들쑤셔놓은 적도 있었다. 동기들은 학

비를 버느라 휴학했지만 보라는 소문 때문에 학교를 쉬었다. 어딘가 발붙이고 살 만하면 이번에는 돈 욕심이 난 친척들이 귀신같이 보라를 찾아냈다. 어딘가 마음을 두고 싶어서 연애를 했다. 상대가 다른 여자에게 호감을 갖고 있어도, 심지어 애인이 있어도 상관없었다. 보라는 저돌적으로 덤벼들어 사랑을 쟁취했다. 그러나 관계가 진지해지려고 하면 사랑을 망가뜨렸다. 상대방이 자신에게 질리도록 다른 남자와 키스하거나 침대 위에 있는 모습을 일부러 들켰다.

'언제까지 그렇게 살래?'

책상 위에 놓인 엄마의 구두가 보라에게 말하는 듯했다. 이틀 전, 수선 가게에 있던 비밀의 방에서 가져온 밑창을 구두에 넣어 두었다. 그날 이후 엄마의 구두가 더 소중하게 여겨져 보라는 책상 위에 두었다.

'정말 그 하이힐의 주인은 엄마를 죽인 범인에게 희생되었을까?'

머릿속이 복잡해진 보라는 머리를 툴툴 털며 일어섰다. 이런 날이면 뭔가를 실컷 사야 한다. 그러다 보면 다 잊을 수 있을 거야.

보라는 옷장 문을 열고 옷을 고르기 시작했다. 그런데 틀어놓은 TV에서 갑자기 뉴스 속보가 흘렀다. 보라는 들고 있던 옷을 떨어뜨렸다. 보라가 꿈속에서 봤던 여자의 모습이 뉴스에 나오고 있었다.

"자, 이제 제 차례입니다."

한빛은 비치발리볼 영웅이 된 서낭에게 자신의 권리를 요구했다.

"치한을 잡은 게 정말 한빛 씨 덕이라는 겁니까?"

"운동화 끈이 왜 하필 그 순간 풀어진 걸까요?"

서낭은 한빛의 말이 미심쩍었다. 정말 관리 대상 1호인 이 야광족의 운발 덕분인지, 우연히 풀린 건지 판단이 서지 않았다.

"약속을 지키시죠."

서낭은 어쩔 수 없이 가방에서 서류 하나를 끄집어냈다. 오래되어 표지가 여기저기 구겨져 있었다.

"저도 완벽하게는 잘 모릅니다. 아시다시피 그때는 다른 관리자가 한빛 씨를 관리하고 있었으니까요. 제가 구할 수 있는 정보는 이게 답니다."

한빛은 떨리는 손으로 서낭의 전임자가 남긴 기록지를 받아들었다. 혹시 자신으로 인해 보라가 더 불행한 일을 겪었다면 지금보다 마음이 훨씬 무거워질 것이다. 그럼에도 한빛은 기록지를 넘겼다. 범인을 잡아 붉은 하이힐의 검은 원한을 풀기 위해, 그리고 보라의 검은 악몽을 끊어내기 위해.


삼일장 마지막 날.

수선공은 장례식장을 찾아왔다.

소녀의 구두를 탐했던 수선공은 아이의 불운을 알게 되었다.

모든 것을 운명 탓으로 돌리며 소녀를 외면하려 했다.

그러나 수선공 옆에서 꾸벅꾸벅 졸던 파란 점의 이마가 자꾸 기억에 맴돌았다.

'잘 고쳐주셔서 감사합니다. 이거 드세요!'

친구에게 받은 요구르트를 가방에서 꺼내 수선공에게 건네고 사라졌다.

(꿀빛의 음료에 약해진 건 그때부터인가?)

맞는 크기가 없어 커다란 상복을 포대 자루처럼 입고 있던 소녀.

파란 점의 이마가 수선공의 가게에 있을 때처럼 꾸벅꾸벅 졸고 있었다.

수선공은 소녀가 줬던 엄마의 진짜 검정 단화를 신발장에 두고 사라졌다.

그날 밤, 진짜 구두에게 자리를 빼앗긴 가짜 구두가 자박자박 수선공을 찾아왔다.

야광족과 우주의 규칙을 깬 그를 깊고 검은 꿈속에 가뒀다.

시작과 끝을 알 수 없는 길고 긴 검은 미로 속에서 수선공은 가끔 자신에게 미소 짓던 소녀의 얼굴을 본 듯했다.

하지만 미로를 나온 후 모든 기억은 사라졌다.

수선공은 새로운 곳에 가게를 열었다.


한빛은 들고 있던 기록지를 떨어뜨렸다.

제일 마지막 한 줄, 범인에 대한 기록이 적혀 있다.

'그날 장례식장에 함께 있었어!'

이때 보라가 문을 부서져라 열고 가게로 뛰어 들어왔다. 가쁜 숨을 몰아쉬며 간신히 말했다.

"그 여자! 하이힐 주인이 뉴스에 나왔어요."

실종 일주일 만에 그녀가 발견되었다고 했다. 서울 근교의 작은 소도시 치과에 근무하던 여자는 빨간색 경차 뒷자리에 잠자듯 누워 있었다. 치과의 간호조무사인 그녀는 친구들과의 생일파티 후 실종되었다고 했다. 범인은 CCTV가 없는 동선으로 움직였다. 게다가 그녀의 흔적을 기민하게 쫓아서 사람이 없는 순간을 노린 듯했다. 조무사는 사라지기 며칠 전부터 미행하는 느낌을 받았다고 친구들에게 말했다고 했다. 도착했어야 할 고지서나 우편물도 없어지곤 했단다.

한빛과 뉴스를 보는 내내, 보라는 바들바들 떨었다.

"엄마 때와 똑같아."

보라는 입을 작게 달싹거렸다. 놈은 작은 체구의 여자를 선호했으며 흔적을 남기지 않았다. 그녀의 행적을 미리 조사해서 혼자 있을 때를 노렸다. 증거는 절대 남기지 않았으며 도시와 도시를 돌아다니는 것 같았다. 마치 숙련공처럼, 놈의 범죄는 무르익어 있었다.

끼이익, 이때 보라 맞은편 쪽에 있던 벽장문이 열렸다. 비밀의 방 입구였다. 어느새 문 앞에 붉은 하이힐이 서 있었다. 구두는 보라를 향해 또각또각 걸어왔다. 보라는 악몽 속으로 들어갔다.

어둠의 골목.

빨간색 자동사가 서 있는 그곳.

철컥! 남자가 차 문을 잠갔다.

순간 놈과 보라의 눈이 마주쳤다.

보라는 공포에 온몸이 덜덜 떨렸다.

'남자가 날 쫓아올 거야.'

공포에 질려 보라는 또다시 달아나려 했다.

하지만 달아나면 악몽이 되풀이되리라.

7월의 저주, 손찌검, 그리고 끝나지 않는 장례식장의 밤.

'진짜, 인생 그따위로 살지 마라.'

'언제까지 그렇게 살래?'

'어떻게 몸을 굴렸기에 그런 흉사를 당해?'

'그리 독하니 네 엄마를 죽인 범인이 안 잡히는 거야!'

수많은 비난 때문에 온종일 겪었던 두통의 날들.

달아나려던 보라는 그대로 멈춰 섰다.

'더 이상 도망치지 않겠어.'

또각또각, 그녀 앞에 붉은 구두가 나타났다.

'내 주인을 죽인 살인범을 잡아줘. 네 엄마도 같은 놈에게 당했잖아. 잡지 않으면 다른 사람이 또 죽을 거야.'

보라는 천천히 하이힐 앞으로 걸어갔다.

그리고 구두를 신고 악몽 속에서 빠져나왔다.

보라는 꼬박 사흘을 병원에 누워 있었다. 깨어났을 때, 보라의 눈빛은 그전과 많이 달라져 있었다.

"하이힐에게 잡혀서 무슨 일이 있었던 거예요?"

한빛은 보라를 구하기 위해 하이힐을 떼어내려고 했지만 힘을 쓸 수 없었다. 보라와 하이힐의 접속이 너무 강렬했다고 했다. 그녀가 무사히 깨어나길 기다리는 수밖에 할 수 있는 게 없었다고 했다.

"우리 언젠가 만난 적 있지 않아요?"

그녀의 말에 한빛은 아무 대답도 할 수 없었다. 아직도 졸리는지 보라는 눈을 느리게 끔벅댔다.

"엄마 장례식장에서 사장님을 본 거 같은데."

그 이야기는 시간이 조금 더 지난 후 해야 할 듯했다. 한빛은 보라가 자신의 존재와 힘을 완전히 믿을 수 있을 때 고백하기로 생각했다. 깜박 졸고 있는 보라의 얼굴 위로 머리카락이 흘러내렸다. 한빛은 그 머리카락을 쓸어올려 주었다. 고양이 발바닥처럼 작고 푸르스름한 반점이 보였다.

얼핏 대리석처럼 차가운 손가락이 이마에 닿은 듯했다. 손끝 냉기에 보라는 몸을 움찔했다. 그 손가락이 반점을 부드럽게 쓰다듬는 것 같았다. 하지만 이내 꿈이려니 싶어 얕은 잠을 계속 잤다.


"이렇게 하면 잘 보여요?"

보라는 끙끙거리며 붉은 하이힐을 가게 중앙에 진열하고 있었다.

퇴원 후 보라는 한빛의 수선 가게에 파트타이머로 일하기로 했다.

"이 구두를 본다면 범인이 가게 안으로 들어올지도 몰라요."

보라의 추리에 한빛은 동의했다. 목표인 여성의 행적을 치밀하게 조사하던 놈이었다. 언젠가 이 도시로 다시 돌아온다면, 이 진열장을 본다면 놈은 이곳으로 들어설 것이다.

한빛 역시 기록지에 적힌 단 한 줄의 힌트로 놈을 알아챌 수 있으리라. 그날이 오면 절대 그때처럼 놓치지 않을 것이다.

오랜 손님인 '그'를 기다리는 동안 보라와 한빛은 사연 많은 구두들을 수선해나갈 것이다.

딸랑, 도어벨이 울리고 보라색으로 덧칠된 가게 문이 열렸다.

# 팔랑귀의 시계

신두리

머리가 멍. 4시간 수면 97일째, 이제 83일 남은 건가?

이불을 걷어차고 침대에서 몸을 벌떡 일으켰어. 그대로 욕실로 달려가 찬물로 얼굴을 때렸지. 명상 전 냉수 목욕은 필수거든.

나는 방바닥에 매트를 깐 뒤 성스러운 마음으로 가부좌를 틀고 앉았어.

'걔도 할 수 있고, 쟤도 할 수 있는데 나라고 못 하겠어? 걔도 할 수 있고….'

너도 알지? 긍정적인 자기 암시가 성공하는 데 얼마나 큰 영향을 끼치는지. 특히 나 같은 소녀에게 새벽 명상을 통한 자기 암시는 말이야….

"…억!"

좋아, 인정하지. 내가 깜빡 졸았나 봐. 하마터면 그대로 넘어가 머리통이 깨질 뻔했어. 동물이 어떤 습관을 들이는 게 쉬운 일 같니? 습관을 체질로 굳히기 위해서는 최소 여섯 달이 필요해! 난 그 180일 중에 97일을 지켜왔고 이제….

"하악, 후!"

예상했겠지만 난 지각했어. 아이들은 누가 들어오든 관심도 없지. 책 속에 얼굴을 묻고 아침 자습을 하고 있어. 고등학교 2학년 교실의 아침 전경이 원래 다 이렇지 않으냐고? 꼭 그런 이유만은 아냐. 사실 난 이 교실에서 매우 투명한 존재거든. 촌스러운 옷 하며 터져버릴 것 같은 몸뚱이까지. 시골에서 전학 온 뚱뚱한 촌년을 누가 좋아하겠니.

많이 슬프지는 않아. 뭐랄까, 너무 익숙해서 말이야. 나에게 존재감'이라는 건 꿈이지 현실은 아니거든. 그리고 쓸데없이 많은 친구들은 개인의 성공에 있어 별 도움이 안 된다는 것도 어디서 본 것 같아. 존재감은 성공한 뒤에 사람들 앞에 내가 직접 보여주지 뭐.

그나저나 왜 이리 정신이 흐리멍덩할까. 4시간 수면이 만만한 일은 아니라니까. 아님 의지가 약해진 건가? 이럴 때는 방법이 있어.

《챌린지─세상 모든 성공에 관한 법칙》 챕터4! '논스톱 동기부여, 뇌에 끊임없는 자극 주기.'

책에서 읽었던 대로 뇌에 자극을 좀 줘야겠어. 어떤 식의 자극이 좋을까? 가방에서 스마트폰을 조심스레 빼 들었어. 다행히 아직 담임이 오지 않았거든. 나는 자주 접속하는 포털사이트 검색 창에 '성공 지극 명언'이라고 쳤어.

'세계를 흔든 7대 동물 명언 베스트 10.'

'유명한 자기계발 명언.'

'게으른 나를 위한 자극 글귀.'

찬찬히 스크롤바를 내리다 클릭해보고 싶은 제목을 만났지.

'행동, 공부 자극 명언. 성공 자극의 끝판왕!'

'끝판왕'이라니, 과연 얼마나 자극적인지 보자고. 나는 조금 설레는 마음으로 스마트폰에 손을 갖다 댔어.

'실천이 말보다 낫다.'

'지금 자면 꿈을 꾸지만 지금 공부하면 꿈을 이룬다.'

'지금 흘린 침은 내일 흘릴 눈물이 된다.'

이런, 선택 오류야. 구닥다리 글만 모아놓고 '끝판왕'이라는 단어를 붙이다니. 이딴 글로 내 뇌가 펄럭일 거 같아? 화가 난 채 스마트폰을 종료시켰어. 기분만 버렸지 뭐야. 이따 집에 가서 '시크릿 토크' 영상이나 봐야지. 시크릿 토크란 각종 분야에서 최고로 인정받는 동물들이 나와서 성공신화를 이야기하는 프로그램이야. 난 다시보기로 한 편도 빼놓지 않고 다 챙겨봤다고! 이번 주 출연자는 누구였을까?

한참 생각하고 있는데 앞문이 열렸어. 담임이 왔어. 오늘도 매를 말아 쥔 꼬리에 힘이 들어간 듯 보였지. 아이들이 작게 떠들 었어.

"자, 집중!"

담임이 이렇게 말하고는 칠판에 뭔가를 써 내려가기 시작했어.

'더 빨리 도달하고 싶다면 더 빨리 뛰어라.'

마지막 점을 찍고 난 뒤 딱 소리 나게 마카의 뚜껑을 닫았지. 자습 때마다 바나나나 까먹고 앉아 있던 담임이 오늘은 웬일이지?

나는 글귀를 보는 순간 가슴이 뛰기 시작했어. 조금 전 뇌에 담은 구닥다리 명언이 씻긴 기분이야! 오랜만에 귀가 팔랑거리고 있어. 퍼덕 퍼덕…. 손으로 붙잡아야 하나? 아, 이놈의 귀.


맙소사. 3분을 어디서 까먹은 거지? 학교에서 17번 버스로 늘 25분이면 충분했는데! 나는 '00:28:42'라고 찍힌 스마트폰의 타이머를 확인하고 종료를 눌렀어.

연습실엔 이미 좋은 자리를 차지한 녀석들이 바글바글했어. 모두 기술을 연습하느라 정신이 없었지. 다리를 얼굴까지 찢어보는 기린 차미, 사상 가장 큰 박수 소리에 도전하는 침팬지 모모, 뿔에 500그램의 추를 계속 걸고 있는 코뿔소 태리, 세상에 없는 고음에 도전한다는 수탉 헨…. 이미 거울 앞은 이 녀석들이 다 차지했어. 난 어쩔 수 없이 구석에 자리를 잡고 가방을 내려놨어. 거울에는 내 몸의 절반, 그러니까 왼쪽 몸뚱이만 간신히 보였지. 5년차 준비생 선배의 체면이 말이 아니야.

거울 속 내 모습은 오늘따라 더 못생겨 보였어. 토란잎처럼 큰 귀, 보는 사람까지 답답하게 만드는 작은 눈, 코끼리임에도 불구하고 짤막한 코, 셀룰라이트가 비쳐 보이는 팔뚝, 진공 상태로 포장된 것 같은 스키니진 핏.

'어제 옥수수를 먹고 자는 게 아니었는데.'

"악!"

다리를 올려 찢던 기린 차미가 다리를 내리면서 나를 차고 말았어. 거울에 절반이라도 보이던 내 몸뚱이가 완전히 거울 밖으로 밀려났어.

"어머, 놀라라."

차미는 이렇게 말하고 다시 다리를 찢었지, 이번에는 좀 더 넓게 자리를 잡고 말이야. 그러니까 내 말은, 어쩌면 고의일 가능성이 크다는 거지. 미안하단 말도 안 하냐고? 어떻게 내게 그럴 수 있냐고? 이봐, 아까 말했잖아. 내게 존재감은 꿈이지 현실은 아니라고.

"좀 비켜, 씨."

그런데 요즘은 다른 방향으로 이 존재감이라는 게 현실이 되어 가는 것 같아. 여기선 심심찮게 욕설도 듣고, 가벼운 터치도 당하거든.

"안 비켜?"

차미가 나를 노려보며 다시 발을 들어 올렸어. 나는 터치를 피하려고 자리를 옮겼지. 그리고 애들과 떨어진 곳에서 조심스레 귀를 움직여보았어. 그러다 날갯짓하듯 점점 펄럭이기 시작했어. 예상하겠지만 나는 좀 희한한 귀를 가졌어. 소리를 잘 듣는 귓구멍의 희한함 말고, 귀에 달린 근육으로 귀를 빨리 움직일 수 있는 그런 희한함. 다른 코끼리들이 귀를 1초에 '펄럭'할 수 있다면, 나는 '펄럭 펄럭 펄럭'할 수 있는 정도랄까? 또 혹하는 말을 들을 때도 이놈의 귀는 팔랑거려. 너도 혹시 그런 거 있어? 어떤 동물은 화가 날 때마다 주둥이로 뭔가를 뚫어버리고 싶대. 아, 걘 딱따구리야.

하여튼 귀 흔드는 기술 하나로 타임레스 소속사에 들어온 지 벌써 5년이 넘었지만 난 아직 정식 연습생이 아니야. 실력이 부족하다고만 해. 그래서 나 같은 애들을 '준비생'이라고 불러. 이미 데뷔할 그룹이 정해진 애들은 A연습실에서 트레이닝을 받아. 나도 어서 B연습실을 벗어나야 되는데.

몇 마디 한다는 게 벌써 4분이나 지났잖아!

《챌린지》챕터2 '성공의 가장 큰 원료 = 시간' 너도 이쯤은 알고 있겠지?

딸칵─.

쉿, 그놈이 왔어. B연습실 트레이너 홀트야. 늘 육상부 코치처럼 바람막이를 걸치고서 한 손엔 작은 체크리스트를 들고 다녀. 뱃속 깊숙한 곳에서부터 울렁거리기 시작했어. 저 쥐새끼가 오면 신경을 바짝 세우지 않을 수 없거든. 홀트는 준비생들의 모든 상태를 점검하고 사장님에게 보고하는 일을 해. 개인의 연습량, 실력 향상 정도, 비주얼의 변화… 혹 연습실 내에 반발심을 가진 준비생은 없는지도.

홀트가 들어오자마자 우리를 둘러보고 혼란스러운 표정을 지었어. 그리고 체크리스트에 무언가를 끄적였어. 글씨가 너무 작아서 뭐라고 끄적이는지 보이지도 않아. 쥐답게 눈도 점만 해서 눈빛을 읽을 수가 없어. 지난 5년 동안 도대체 난 어떻게 보고되었을까?

"라라, 요즘 편안한가 보구나."

방심한 사이 홀트가 자기 몸의 몇 배나 되는 기다란 펜으로 내 배를 찔렀어. 이런, 마시멜로 같은 내 살의 푹신함이 그대로 보고되겠어.

"넌 몸뚱이 먼저 해결하지 않으면 다른 건 볼 필요도 없어."

홀트가 냉기 서린 어투로 말했어.

"2주 뒤에도 똑같으면 바로 퇴출이다."

그래. 이런 곳이야, 여긴.


자취방의 문을 열자 후끈한 공기가 얼굴을 감쌌어. 신발을 대충 벗고 바로 창문을 열어젖혔어. 그러고는 물에 젖은 듯한 묵직한 몸을 바닥에 털썩 떨어뜨렸어.

"아…"

누워 있는 내내 머리 위로 홀트의 말이 떠다녔어.

'2주 뒤에도 똑같으면 바로 퇴출이다…퇴출이다.'

당장 일어나서 운동을 해야겠다는 생각이 솟구쳤지만 몸이 도저히 일으켜지지 않아. 귀도 아리고, 종일 서서 연습만 했더니 발바닥이 터질 것 같아. 이대로 잠들면 안 되는데. 후끈한 기운 때문인지 정신이 몽롱해져. 흠, 그런데 쉽게 잠들 것 같진 않네. 밖에서 공연 하나가 시작됐거든.

"야 이 씨벌럼아! 여기가 네 땅이냐?"

"니미, 그럼 네 땅이냐? 국가 땅이지."

"국가 땅이고 나발이고, 왜 남의 집 앞에 오바이트를 하고 지랄이야!"

내가 지금 누워 있는 이곳은 매우 저렴한 동네의 저렴한 단칸방이야. 근처엔 온통 싸구려 술집이라서 저런 라이브는 돈 안 내고도 자주 들어.

"치우면 될 거 아냐, 이런 개좆만 한 새끼가."

"뭐? 개좆?"

안 되겠어, 창문을 닫자. 양파 실험 알지? 한 양파에는 계속 나쁜 말을 하고, 다른 양파에는 좋은 말을 해줬더니 전자는 더러운 싹이 나고, 후자는 새파란 싹이 쑥쑥 올라온 그 실험! 부정적인 말이 생물에게 얼마나 개좆 같은 영향을… 봐, 낙오자들의 언어가 벌써 뇌에 들어왔잖아!

탁.

나는 벌떡 일어나 잽싸게 창문을 닫았어.

'시크릿 토크, 시크릿 토크를 봐야 해.'

어서 신성한 수액을 맞아야 해. 너덜너덜해진 나를 일으켜 세울 수 있는 건 오직 시크릿 토크뿐이야. 어디 보자, 138번째 출연자··· 선글라스를 낀 치타의 얼굴이 보였어. 대박! 이번 주 출연자는 사장님이었잖아?

나는 창문 너머로 들려오는 소리를 외면하려 이어폰을 귀에 꽂았어. 그러자 유쾌하게 웃는 MC의 웃음소리가 들려왔어. 바로 그 옆에 선글라스를 낀 이분이 차콤, 우리 사장님이야. '윈드쳇', '썸힐', 그리고 내가 사랑했던 '킨 잭팟' 오빠들이 소속된 타임레스 소속사의 사장. 마흔을 훌쩍 넘긴 나이지만 그의 머릿속에서 나오는 퍼포먼스의 구상은 정말 트렌디하다고! 놀라운 건 소속 연예인 양성과 함께 본인도 활동을 쉬지 않는다는 거야. 차콤은 무시무시한 후각을 가진 치타인데, 그가 집중하기만 하면 9킬로미터 떨어진 곳에서도 어떤 재료를 요리하고 있는지 맞출 수 있어. 한번은 그 장면이 원격으로 생중계되기까지 했지. 특별히 냄새가 있을까 싶은 시금치 같은 것들까지도 죄다 맞춰버릴 정도야. 요즘은 10킬로미터에 도전하는 중이래. 아무튼 차콤 앞엔 늘 '괴물'이라는 칭호가 따라다녀. 저 큼지막한 선글라스와 날렵한 몸매도 차콤의 트레이드마크지. 어쩜, 피부도 아직 20대 같아. 늙지도 않는다니깐.

차콤 편 시크릿 토크는 차콤의 자택에서 진행되었어. MC들이 집안 내부의 독특한 인테리어에 대해 차콤에게 물었어. 그의 집 곳곳마다 시계들이 가득했거든. 디자인과 색깔이 다양한 시계들이 한쪽 벽을 가득 채우기도 하고 마치 책처럼 서재의 책장에 가득 꽂혀 있기도 했어. 책장에 시계가 꽂혀 있는 건 정말 처음 봐!

"저는 제가 아낀 무수히 많은 시간들이 지금의 저를 만들었다고 생각해요. 저는 쉬는 법을 잘 몰라요. 아예 잊어버렸죠, 그 맛에 길들여지지 않기 위해서. 어쨌든 쉬지 않고 훈련한 결과는 지금의 나를 만들어주었어요. 그것을 기념하고 싶어서 시계를 모으는 취미에 빠지게 됐죠."

차콤이 자신의 선글라스를 만지작거리며 MC들의 물음에 답했어. 이어서 차콤은 침실로 가 자신이 일어나자마자 하는 일을 알려줬어. 차콤의 기상 시간은 12년째 아침 7시야. 새벽 4시에 자도 이 기상 시간은 엄격히 지킨대.

나는 영상에 조금 더 집중하기 시작했어. 그는 매일 일어나자마자 61가지 동작의 스트레칭을 한다고 했어. 몸이 풀려야 정신도 풀리고 후각도 살아난다나? 그렇게 후각을 깨운 상태에서 냉장고 앞으로 가. 냉장고 안에는 여러 식재료들이 가득해. 모두 그가 기록을 경신할 때 사용됐던 식재료들이야. 호두, 아몬드, 피스타치오… 갖가지 견과류들도 많았는데 그는 요즘 견과류의 냄새를 종류별로 가려내는 훈련도 하고 있대. 전에는 심지어 7킬로미터 떨어진 곳에 있는 금과 구리를 냄새로 가려내는 퍼포먼스를 하기도 했어. "모든 냄새는 각각의 파장이 있어요, 전 그냥 느낄 뿐이죠." 퍼포먼스 뒤에 그가 했던 이 말은 지금도 두고두고 회자되고 있지. 아무튼 냉장고 속 식재료들은 먹기 위해 두었다기보다 후각 훈련에 쓰이는 도구라는 거야. 그는 매일 이 재료들의 냄새를 각각 맡으면서 그 특성을 파악하는데, 그렇게 하다 보면 다섯 시간은 훌쩍 가버린대. 게다가 식재료의 온도별 냄새 변화까지 체크한다니깐 정말 대단한 것 같아. 그는 이 훈련 시간을 뺏기지 않기 위해 하루 식사 시간을 총 20분으로 제한하고 이런 패턴의 생활을 무려 12년이나 반복해왔다고 해!

갑자기 귀가 강풍에 펄럭이는 깃발처럼 미친 듯 움직이기 시작했어. 차콤이 지독한 노력형 인간이라는 것은 알고 있었지만 이렇게 세세히 들여다보니까 소름이 끼쳤어. 뭐랄까, 더 치열하게 살아보고 싶은 마음이 샘솟아!

이후 토크쇼는 40분 정도 더 이어졌어. 내 귀는 미친 듯이 팔랑거렸지. 프로그램이 끝나갈 때쯤에도 마음이 진정되지 않았어. 진행자들은 마무리 멘트를 하며 차콤에게 마지막 말을 권했어. 차콤은 약간 머쓱한 듯 웃더니 카메라를 똑바로 응시하며 말했어.

"시간을 투자하세요. 대가는 배로 돌아올 겁니다."

그 말을 마지막으로 시크릿 토크 영상이 끝났어. 곧이어 라면 광고가 자동 재생되었지. 다른 날 같았으면 당장 마트로 달려갔을 거야. 하지만 오늘은 생각이 깊어져. 지금 라면을 먹는다면 치우기까지 걸리는 시간 40분. 아니지, 밥도 말아 먹을 테니 한 시간. 오늘의 라면으로 찐 살을 빼는 데 걸릴 시간 한 달. 아니, 트랜스지방은 평생은 걸려야 할 거야. 한 80년?

'퇴출이다.'

순간 섬뜩한 홀트의 얼굴도 함께 떠올랐어. 그래, 라면은 자살 행위야.

"이 개새끼들아, 작작해라!"

"동네 시끄러워죽겠네!"

"씨벌, 구경났어?"

라면 하나도 못 이기면 창밖의 저 낙오자들과 다를 게 뭐겠니. 씨벌, 이 닭자.

눈을 뜨자마자 방안의 더운 열기에 숨이 막혔어. 방이 좁아터져서 그런지 쪄 죽을 것 같아. 동네의 모든 열기를 흡수하는 밥통, 그 속의 밥알 같은 나는 언제쯤 대스타가….

"억!"

왜 시계가 10시를 가리키고 있는 거야? 난 분명히 새벽 5시에 일어날 예정이었잖아! 12시간을 잠으로 날리다니. 4시간 수면 도전 98일 만에 다시 원점으로 돌아가 버렸어!

다른 놈들은 이미 연습실에서 카메라 테스트를 위해 몸부림치고 있을 거야. 오늘은 카메라 테스트가 있는 날이야. 타임레스는 2주에 한 번씩 준비생들에게 테스트를 실시해. 각자 준비한 것들을 촬영해서 사장님에게 올리는 거지. 차콤은 그 영상으로 우리의 실력 향상과 가능성 등을 파악해. 발전이 없다고 느끼면 경고를 줘. 경고 세 번은 퇴출이야.

나는 정신없이 옷을 주워 입었어. 가방엔 버스 카드, 열쇠, 스마트폰 따위만 집어넣고 집을 튀어나왔지. 세수는 연습실 도착해서 하는 걸로….

나는 숨을 몰아쉬고 연습실 문 앞에서 스마트폰 타이머의 중지 버튼을 눌렀어.

'00:19:42.'

탁!

그리고 급하게 문을 열어젖혔어.

"뭐야?"

홀트의 눈빛이 화살처럼 날아와 박히자 몸이 그대로 얼어붙었지.

"그대로 문 닫고 나가."

홀트가 벌레를 쫓는 듯한 표정을 지으며 말했어. 물론 다른 아이들의 표정도 홀트와 크게 다를 바 없었지. 근데 문제는 그게 아냐.

"뭐지?"

큰 선글라스, 날렵한 몸매… 차콤이라니! 차콤이 지금 우리 연습실에 있어!

"영상으로 보신 적 있으시죠? 운 좋게 오렌지 프로젝트 오디션에서 준비생으로 발탁되었는데, 보시다시피 가망성이 전혀 없는 녀석입니다. 비주얼로 보나 재능으로 보나…"

오렌지 프로젝트. 타임레스에서 숨은 인재를 찾는다는 목적으로 전 지역을 돌면서 했던 오디션 프로젝트야. 전국의 시는 말할 것도 없고 군 단위까지 실시했던 오디션이지. 우리 엄마가 지금도 떡볶이를 뒤집고 있는 케초군에서 나는 오디션을 봤고, 그래서 지금 이렇게 혼자 여기까지 온 거고. 생각해보면 그때가 열일곱 내 인생에 있어 최고 전성기였던 것 같아. 무시당하던 뚱땡이가 관심의 대상으로 급부상했던…. 오디션에 합격했단 말에 눈길조차 주지 않던 애들이 말을 걸어오고, 메시지를 보내오고…. 잊지 못할 경험이었어. 세상에서 가장 맛있는 게 있다면 단연코 '관심'이 아닐까?

"솔직히 저런 녀석들은 타임레스에 시간 낭비만 불러올 뿐이죠."

홀트가 앞에서 대놓고 말했어. 나중에 알고 보니 그 프로젝트는 단순히 타임레스의 위상을 높이기 위한, 프로젝트를 위한 프로젝트였다고 해. 그러니 어쩌면 그 프로젝트로 뽑은 아이들을 키울 의도는 처음부터 없었는지도 몰라. 진행 과정에서 특출나게 뛰어난 애가 나와줬으면 또 모르겠는데 그런 애들도 딱히 없었다는 게 심사진의 평이었대. 그래도 어쨌든 계약은 계약이니까, 선발된 아이들은 계약대로 5년간 타임레스에서 트레이닝 받을 기회를 얻었고 그 몇 안 되는 숫자 중에 내가 있는 거야. 그러니 홀트에게 나 같은 녀석들이 얼마나 눈엣가시겠어. 딱 봐도 상품가치가 미심쩍잖아. 게다가 오늘 같은 날 눈곱도 안 뗀 초췌한 모습으로 이렇게 늦게 들어오다니.

"그냥 뭐."

"네? 오늘 같은 날 저렇게 늦게…"

"떨어질 녀석이면 언젠간 알아서 처리돼. 거기, 번호표 붙이고 뒤에 서."

맙소사! 아멘, 나무아미타불!

나는 고개를 한 번 숙이고는 번호표가 놓여 있는 책상으로 재빨리 갔어.

8번이라고 적힌 큰 종이의 스티커 부분 이형지를 떼고 가슴팍에 붙였지. 근데 뭔가 좀 이상해. 카메라 테스트인데 왜 차콤이 직접….

"모두 '라이즈(RISE)10' 알지?"

라이즈10은 LOS 방송국의 간판 프로그램으로 가장 잔인한 서바이벌 오디션 프로그램으로 유명해. 그만큼 사람들의 관심도 역시 뜨거워. 이유는 진행 방식이 다른 오디션 프로와 약간 다르기 때문이야. 잠깐 설명해 줄게. 일단 이 프로그램은 1라운드부터 단 열 명의 출연자만 등장시키고, 그들을 세 개의 조로 묶어 각 조에 한 명씩만 2라운드로 올려 보내. 순식간에 톱3이 정해지는 거지. 2회에서 모든 게 끝나. 모든 것은 시청자 투표로 정해져. 심사위원들은 그 무대에 대한 평만 할 뿐이야. 시청자는 답답하게 질질 끌지 않고 승자가 신속하게 결정된다는 것에 만족해하고, 그러다

보니 출연자들도 순식간에 스타덤에 오를 수 있는 게 특징이야.

"내보낼 준비생을 찾고 있다. 예상 인원은 두 명. 하지만 사장님 마음에 드는 준비생이 없으면 아무도 안 뽑을 수도 있고. 카메라테스트는 이것으로 대체한다. 1번 시작."

홀트의 딱딱한 설명이 끝났어. 1번 코뿔소 태리는 허둥지둥 당황하는 모습을 보였지. 그리고 뒤늦게야 뿔에 추를 올리려고 할 때….

"다음."

차콤이 지나갔어.

"다음."

그 다음인 기린 차미도 얼마 움직이지 않았을 때 지나쳐버렸어. 나도 모르게 자꾸 차콤의 입모양을 보게 됐어. 눈앞에 차콤의 입술이 슬로모션처럼 읽혀져.

"ㄷ ㅏ ㅇ_ㅁ."

턱이 아래로 내려왔다 올라가면 '다음'이야. '다음' 아닌 다른 결과가 있긴 할까? 차콤이 벌써 6번 앞에 섰어.

6번 헨이 뒤로 돌더니 차콤 앞에 다짜고짜 꼬리를 디밀었어. 화려한 수탉의 꼬리가 살짝 흔들렸지.

"푸핫, 푸하하!"

차콤이 갑자기 미친 것처럼 웃어젖혔어. 그리고 이렇게 말했지.

"좋아."

똑똑한 자식! 어차피 짧은 시간으론 실력을 다 보여줄 수 없다

166

고 판단한 거야. 비주얼도 하나의 능력이니 그냥 냅다 들이민 거지. 저 자식 꼬리색이 이미 SNS에서는 유명하거든. 현존하는 수탉에서 볼 수 없는 와인색 꼬리. 그 덕분에 아직 준비생인데도 팬사이트가 몇 개씩이나 만들어질 정도라고.

"좋아"라는 말이 떨어지기 무섭게 홀트가 차트에 뭔가를 체크했어. 7번 침팬지 모모가 와들와들 떠는 게 느껴졌어. 바로 옆 사람이 합격했을 때의 기분이란…. 늦게 온 게 오히려 다행으로 여겨졌어.

'짝!'

모모의 거대한 박수 소리에도 차콤은 무덤덤하게 지나갔지. 벌써 내 순서가 와버렸어.

"아…."

1초도 안 되는 순간에 많은 생각이 오갔어. 그리고 헨처럼 내 비주얼이라 생각되는 곳을 수줍게 들이밀었어. 동시에 차콤의 입 모양을 살폈지. 차콤의 턱이 내려오지 않아! '다음'은 확실히 아냐!

"그만."


"쪽팔려."

나를 보고 한쪽 입꼬리를 올리던 홀트가 떠올랐어. 모두가 어이없어하던 조금 전 분위기도. 대부분 혐오스러운 장면이라도 본 듯했지.

"뭐 대단한 귀라도 된다고. 미쳤어, 미쳤어."

"그만." 소리나 들으려고 그렇게 한 건 아니었는데.

"병신."

안 돼, 부정적인 자기 암시는 자기를 실제 그러한 사람으로 만들 뿐이야.

"몰라 그딴 거!"

내 안에 있는 이성적인 라라에게 외쳤어. 왠지 이 녀석을 더 망가뜨리고 싶었어.

"난 병신같이 생긴 데다 재능도 없고 아주 투명한 동물일 뿐이야! 나한테 무슨 미래가 있겠어?"

흐어어, 원인을 알 수 없는 곳에서 울음이 터져 나왔어. 그렇게 계속 걸었어. 스마트폰 타이머도 켜지 않고 말이야.

'주저앉는 것은 우리에게 어떤 도움도 주지 못한다.'

어디에서 읽었는지 모를 글귀가 머릿속을 헤집었어.

"울지도 못해? 마음대로 울지도 못하냐고!"

또 한 번 내 안의 누군가에게 소리쳤어. 거리에 동물들은 그러거나 말거나 비만 코끼리 소녀 따위에게는 별 관심이 없어.

계속 땅만 본 것 같은데 쓰레기 같은 동네에 벌써 도착했어. 해가 떨어지지 않은 늦은 오후인데도 거리에 비틀거리는 동물들이 보였어. 집 앞에 거의 다다랐을 때, 길바닥에서 멋진 작품 하나를 건졌지. 누군가가 시원하게 쏟아낸 오렌지색 토사물. 그래, 이게 내 현주소야.

대문을 여니 마당에서 꾸벅꾸벅 졸고 있는 부엉이 케니 할머니가 보였어. 이 월셋집의 주인 되시는 분이지. 뭔가 읽고 있으셨던 것 같아.

'비둘기 아몬, 10킬로미터 상공에서 공중 3회전 성공.'

난 기사를 좀 더 자세히 보기 위해 할머니 쪽으로 가까이 갔어.

'비둘기의 몸으로 독수리를 능가하는 높이까지 날아올라 전국을 놀라게 했던 아몬이 지난 15일 공중에서 세 바퀴를 도는 신화를 썼다. 이제는 세계가 주목하는 아몬, 19세의 여성으로 믿기지 않는 기록을….'

"엉! 누구요?"

졸고 있던 케니가 갑자기 눈을 동그랗게 떴어.

"할머니, 저예요."

"난다. 난다… 프….'

케니가 다시 눈을 감고 알 수 없는 말을 했어.

"할머니, 들어가서 주무세요. 밤엔 추워요."

"엉! 라라 왔니? 오냐 오냐.'

케니가 신문을 쥐고 방으로 걸어갔어. 그러더니 갑자기 날개를 푸드덕대며 왼쪽으로 한 번 오른쪽으로 한 번 뒤뚱거렸지.

"젊었을 때 좀 더 날아볼걸, 하암….'

케니의 말에 묘한 두려움이 머릿속을 갈랐어. 그리고 되새겼지, 난 저렇게 되지 않겠다고 말이야.

방으로 들어오자마자 가방을 던지고 책상 앞에 앉았어. 물에 축 젖어 있던 몸에 누군가가 불을 댕긴 기분이었어. 예전에 한 비둘기가 독수리가 나는 높이에 도전했다는 말을 들은 적은 있어. 그땐 개그맨이 한 농담인 줄 알았는데.

나는 동영상 커뮤니티 사이트에 '아몬'을 검색했어. 그러고는 조회 수 3,963,220가 찍힌 '감동의 아몬 스핀' 영상을 클릭했어.

영상 속에 한 비둘기가 다른 비둘기들과 공원 벤치에 앉아 있었어. 그러더니 갑자기 날갯짓을 시작했지. 굉장히 날렵해 보이는 몸이었어. 아마 높이 날기 위해서 체중 조절은 불가피했을 거야. 몇 초 뒤에 그 작은 몸은 서서히 뜨기 시작했어.

공원 가로등 높이만큼 떴을 때 아몬이라는 아이의 표정에 미세한 흔들림이 느껴졌어. 눈을 여러 번 깜빡거리고 부리를 앙다물었지. 얼굴이 터질 것 같기도 했어. 나도 모르게 같이 얼굴에 힘을 줬어.

아몬이 가로등 높이를 벗어나더니 순간 위로 확 솟구쳤어. 그때부터는 한계란 없는 듯이 날아올랐어. 카메라도 그녀를 따라잡기 힘들 정도였지. 시간이 지날수록 아몬은 별처럼 작아졌어. 별은 그대로 시원하게 직진하더니 순간 토네이도라도 만난 것처럼 세 바퀴를 휙 돌았어. 혹여나 실패할까 졸였던 가슴에 힘을 뺐어. 조금 전 그녀가 3회전에 성공했다는 기사를 잊어버릴 정도로 몰입한 거야.

머리에 불덩이가 떨어진 것 같았어. 나보다 한 살밖에 많지 않은, 나와 같은 세대를 살고 있는 한 소녀가 엄청난 일을 해냈어! 5분도 안 되는 영상 속에서 아몬이 어떻게 살아왔는지가 느껴졌어. 귀가 미친 듯 퍼덕거렸지. 스크롤바를 내리며 영상 밑에 달린 네티즌의 댓글을 읽기 시작했어.

'벌써 열 번 넘게 보러 온 영상, 아마 이런 비둘기는 다신 없을 것이다.'

'어린 소녀지만 진심으로 존경스럽다⋯.'

'너무 아름다워서 눈물이 흐르네요. 아몬과 동시대를 사는 것도 제겐 행운입니다.'

모두 나와 같은 마음이었어. 하지만 조금 다른 게 있었어. 나 또한 이들처럼 흥분했지만 그 끝은 좀 텁텁한 것 같았어. 난 내 감정의 뒤를 들여다봤어.

300만의 시선을 받는 아몬.

300만의 시선 중 하나인 라라.

감동이라고 여겼던 감정이 이제는 다른 느낌으로 솟아올라 나를 휘감았어.

극혐.

지금 이 순간 내가 나 자신을 평가하는 두 글자의 감정.

나는 이 영상을 '비공개' 설정으로 내 SNS에 가져다 놨어.

🌑　🌑　　　🌑

'나는 나를 두고 볼 수 없다. 나는 화가 난다. 나는 달라진다.'

'걔도 할 수 있고, 쟤도 할 수 있는데 나라고 못 하겠어? 걔도

할 수 있고….'

4시간 수면과 새벽 명상을 부활시켰어. 이번엔 반드시 체질로 만들고 말 거야.

'어제 너를 욕했던 건 미안해, 라라. 이젠 정말 생산적인 에너지만 줄게.'

내가 우스워 보여? 그러지 말고 너도 따라 해봐.

"나도 아몬이 될 수 있다."

오늘 아침은 굶었어. 공복 상태에서 하는 운동은 더 많은 지방을 태워주니깐. 지금까지 달린 시간은 '00:17:56.'

"헉, 헉."

목에서 피 맛이 올라오는 것 같았어. 헉헉거리는 나를 어르신들이 흘낏거렸어. 지금 내가 밟고 있는 팟처 근린공원은 주로 할머니 할아버지들의 쉼터야. 초여름의 아침 바람을 가르며 유유자적하게 걷는 할머니들이 나를 희한하게 쳐다봤지.

"아, 한 바퀴만 더. 한 바퀴만… 헉헉."

실은 한 바퀴가 아니야. 이대로 학교까지 뛰어갈 계획이거든.


"결국 또 헨이야?"

학교 수업을 마치자마자 달려온 연습실에서 대화가 들려왔어.

"우린 대체 언제 방송 타냐."

침팬지 모모와 코뿔소 태리의 목소리인 것 같았어. 문밖으로 흘러나오는 둘의 대화를 듣는 동안 마음이 갑갑해졌어. 어차피 예상한 결과였는데.

'이야, 너 기대했었니?'

나는 양심 없는 라라에게 물었어. 내가 기대라는 걸 하고 있었다니.

'네가 감히 라이즈10에? 이런 비주얼로? 이 실력으로?'

스스로를 몰아세우며 실망스러운 마음을 가다듬었어.

"너 걔가 먹는 프로폴리스가 얼마짜린 줄 알아?"

둘의 대화가 계속 이어졌어.

"프로폴리스?"

"왜 있잖아, 헨이 목 관리하려고 매일 먹는 약. 그 쪼그만 병 하나에 20만 원이 넘는다는 거야. 해외에서 공수한 거라 무지 비싸대. 물론 걔네 집안 생각하면 우스운 돈이지만. 그리고 걔 꼬리색 있지, 그게 타고난 색이 아니라는 말도 있어. 전용 미용실에서 정기적으로 염색한다는… 상하지 않게 클리닉도 받고…"

"그래도 어쨌든 비주얼이 되니까 어필이 되잖아. 근데 걔는 뭐냐?"

"걔? 누구?"

"그, 그 옷 터질 것 같은 걔. 귀 내민…"

"아, 킥킥… 그 냄새나게 생긴 년, 아 웃겨."

둘은 이어 미친 듯 웃기 시작했어. 그래, 어제 그 광경은 누구라도 비웃을 수밖에 없다고 생각해. 근데 뒤에서 이러는 건 좀 아니잖아.

나는 무슨 오기에선지 잽싸게 연습실의 문을 열었어. 그리고 보란 듯이 소리 나게 문을 닫았지. 자지러질 듯 웃던 둘은 나를 보고 잠시 멈칫했어. 하지만 곧 다시 몸을 젖히고 배를 움켜쥐며 더 크게 웃기 시작했어.

"야."

나는 용기를 내어 그들에게 말했어. 모모가 내 쪽을 쳐다보더니 이번에는 눈물까지 닦으면서 더 크게 웃기 시작했지. 태리도 여전히 꺽꺽대며 웃기 바빴고. 왠지 그 행동에 더 오기가 일었어. 나도 언제까지 당하기만 하면서 살긴 싫으니까.

"뒤에서 그러면 좋냐?"

늘 생각으로만 시뮬레이션했던 행동을 현실화시키고 말았어. 나도 이런 말을 할 수 있다니. 그래, 나도 할 말은 하고….

짝!

그때였어. 순식간에 뭔가가 내 얼굴을 달구고 지나갔어. 볼이 커다란 사포에 갈린 것처럼 홧홧했지.

"웃어준다고 친한 거 아닌데."

나는 내 얼굴을 후려친 손을 확인했어. 세상에서 가장 큰 박수 소리에 도전한다고 했었지? 모모 말이야. 그 손에 맞았나 봐, 내가. 나는 순간 눈을 깜빡이며 몸의 휘청거림을 느꼈어. 2톤 가까운 무게의 내가 뺨 한 대로 이렇게 휘청거리다니.

"어어…."

무슨 말을 더 해야 하는데, 화라도 내야 하는데 입이 움직여지질 않아. 얼굴 근육들이 순간 마비된 것만 같아. 그래, 세상에서 가장 큰 박수 소리에 도전할 만해 정말….

짝! 짝!

내가 선명한 생각이나 행동 따위를 하지 못하고 휘청거리는 동안 손바닥이 연속 날아들며 눈앞에서 불꽃이 튀었어. 사실 이게 무슨 상황인지도 잘 모르겠어. 내가 왜 맞아야 하는지도. 그냥 너무 아파. 열이 올라.

"진짜 이년 여기 왜 있냐, 킥."

태리는 이 상황이 우스운 듯 스마트폰으로 영상을 촬영하기 시작했어. 나는 코를 들어 스마트폰을 치우려 했지만 어지러워 헛스윙만 해댔지. 한낮에 별이 보일 것 같은 기분 때문에 몸을 제대로 가눌 수가 없어. 그러니까 그게 또 너무 재밌는 장면인가 봐. 둘 다 발작하듯 계속 웃기만 해.

다시 날아온 모모의 손바닥을 따라 내 얼굴이 돌아갔어. 창문으로 시선이 옮겨졌지. 순간 아무도 날 보지 않길 바랐어. 이런 모습을 누가 보고 있다면 너무 부끄럽잖아. 아니, 아니야. 지금은 그런 건 필요 없어. 너무 아파. 얼굴이 불타는 것 같아. 차라리 보고서 좀 도와줘. 제발 날 좀!

'아….'

하지만 창밖으로 보이는 풍경은 너무 아름다웠어. 나와는 우주만큼 먼 거리가 있어 보였지. 복도로 이어진 건너편 연습실의 모습, 안에서 흔들리는 와인색의 꼬리, 프로폴리스 앰플 그리고 그

것을 자신의 목구멍 속으로 우아하게 떨어뜨리며 나를 바라보는 헨의 눈빛. 난 그 풍경을 보고 확실히 깨달았어. 이곳에서 도움을 바란 건 큰 오류였다고.

●　●　●　●

팟처 근린공원의 밤공기는 축축했어. '00:20:34.'라고 쓰인 숫자를 확인하고 스마트폰 타이머의 중지 버튼을 눌렀어. 20분간 뛰었지만 진공상태인 바지 핏은 여전했지. 바람에 스칠 때마다 부은 얼굴이 화끈거렸어. 아마 내일이면 더 퉁퉁 부어오를 거야. 나는 스마트폰의 최근 통화기록을 뒤져 엄마의 번호를 찾았다가 그만뒀어. 그녀는 종일 떡볶이를 뒤집는 것만으로도 너무 고단할 테니까. 통화하다가 눈물이라도 쏟게 되면 엄마에겐 그게 더 고문일 수 있어.

나는 한곳을 응시하며 크게 숨을 골랐어. 작은 날벌레들이 가로등 밑에서 쉴 새 없이 움직이고 있었어. 가로등 안에는 거뭇거뭇한 점들이 들어 있어. 아마 저렇게 미친 듯 돌진하는 날벌레들 중 먼저 간 몇 놈들일 거야. 쟤들은 먼저 간 저 시체들이 안 보이는 걸까? 뭣 때문에 계속 들이대는 거야?

무생물.

문득 헨이 나를 보던 눈빛이 떠올랐어. 그 애한테 나는 벽이나 창문 정도로 보이는 것 같았거든. 휘청거리며 흔들리던 내 몸도

무의미하게 느껴졌지. 순간 철저히 무생물이 된 기분이었어. 어쩌면 난 아스팔트처럼 누군가의 발밑에 깔리기 위해 태어난, 아무 감흥 없이 밟고 지나가면 그만인, '소중함'이나 '특별함' 같은 단어와는 거리가 먼 그런 태생은 아닐까. 저 날벌레 수준도 되지 않는 존재가치를 가지고 태어난 건 아닐까.

제발… 아직 믿지 말자, 그따위 생각은. 내 존재가치는 내가 높일 거니까. 무한히 높인 뒤에 무한히 밟아줄 거야. 그날이 오면 모두 내 발아래에 두고 아스팔트처럼 밟아주고 말 거라고.

나는 집에 가려던 마음을 바꾸고 다시 뛰기 위해 스트레칭을 시작했어. '밟는다면 어떤 식으로 밟아줄까?' 이런 것들을 생각하면서. 그래, 힘이 나. 큰 힘이 밀려오고 있어.

"라라?"

허벅지 스트레칭을 끝냈을 때였어.

"악!"

갑작스레 누군가가 등에 손을 올리는 바람에 나는 대놓고 소리치고 말았지. 크나큰 코끼리의 괴성이 늦은 밤의 공원을 울렸어.

"키 2.1미터 몸무게 1,900킬로그램. 오렌지 프로젝트 출신. 어머니는 케초군에서 분식집을 하시는군. 1초에 귀를 세 번 정도 움직일 수 있는 능력이 있지만 미진한 실력과 비주얼로 데뷔 가능성은 거의 제로. 하지만 매일 4시간 수면을 원칙으로 성공에 대한 지대한 에너지와 열망을…."

"누, 누구시죠?"

내 앞에 나타난 이 남자를 살폈어. 한밤중에 모자와 마스크라니, 이건 전형적인 용의자 몽타주라고. 내가 하루 4시간 수면 원칙을 지키는 걸 안다면 내 스토커임이 분명해. 믿기진 않지만.

"시크릿 토크 애청자, 마지막으로는 차콤 편을 시청함. 흠— 바람직하군."

그의 말투는 뭔가를 보며 읽어내는 듯했지만 어떤 자료도 들고 있지 않았어. 대체 뭘 보며 말하는 거야?

"최근 시장에서 버스에 짐을 올리지 못하는 고양이에게 도움을 줌…. 이런 건 앞으로 고쳐나가면 되고."

이상해. 지금 이 사람은 섬뜩할 정도로 나에 대한 정보를 꿰고 있어. 그런데 왜 난… 감동받는 거야?

"누, 누구신데 저를. 무슨 일로 찾아오셨죠?"

"네가 나를 불렀잖아."

마스크 속에서 또렷한 목소리가 들려왔어. 어딘지 익숙한 목소리였지. 그가 자신의 손목에 채워진 보라색 시계를 보며 말했어.

"나는 파장에 민감해. 특히…."

'특히?'

"시간이나 성공에 관한 파장이라면."

그는 이렇게 말하며 선글라스를 썼어. 이어 마스크와 모자를 벗었지.

"지금 그 파장이 가장 강한 곳을 찾아 왔을 뿐이야, 라라."

"사, 사장님?"

178

나는 그대로 뒤로 넘어질 뻔했어. 아니, 귓속에서 종이 울리는 것 같기도 했지.

"적은 시간도 충분히 잘 쓸 수 있겠어. 이 정도 열망이라면."

차콤은 내 눈을 응시하며 말했지만 왠지 그 너머의 다른 것을 보고 있는 듯했어.

"네?"

"라이즈10, 한 번만 나가도 일단 눈도장은 찍지. 언젠가는 사람들에게 얼굴을 알려야 할 텐데 지금으로선 가망도 없고."

이런, 라이즈10이란 말에 심장이 미친 듯이 뛰기 시작했어.

"지금 왜 저한테 이런…."

"너의 파장을 읽어본 바를 알려줄까? 네가 이쪽에서 성공할 수 있는지, 없는지. 언젠가 뜰 수는 있는 건지…. 원할 것 같아서 말이야."

심장이 아예 밖으로 떨어져 나올 것 같았어. 즉시 '네'라고 대답할 참이었는데….

"없어. 잠깐 읽어본 바로는 40년이 흘러도 불가능해. 더 오랜 시간이 지나도 마찬가지겠지."

차콤의 말에 눈앞이 새까매지는 기분이 들었어. 정말일까? 만약 차콤의 말이 정말이라면….

"어떻게 확신하죠?"

"세상에는 여러 가지 파장이 있지. 냄새의 파장, 소리의 파장, 생각의 파장, 이성 간의 파장, 생명의 파장, 성공의 파장…. 사람들은 내가 냄새의 파장에만 민감한 줄 알지만 정작 내가 본격으로 다루고 주관할 수 있는 파장은 따로 있지. 아까도 말했지만 난 시간이나 성공에 관한 파장이라면 아주 예민해. 몇십 년간 시간이란 것을 모셔온 결과라고나 할까. 도달한다는 표현이 괜히 있는 건 아니거든."

"그럼 사장님이 저를 그 파장으로 점쳐봤을 때, 아무튼 성공할 수 없다는 건가요?"

대상을 알 수 없는 원망스러움이 치밀었어. '왜'라는 단어밖에 떠오르지 않아. 마치 온 우주가 내 성공을 막고 있는 듯한 기분이 들어.

"일단 정정 좀, 점쳤다는 표현이 거슬려서 말이야. 이건 예측이나 예상이 아니라 그냥 사실이 보이는 거라서."

혹시 지금 내 정신이 어떻게 된 게 아닐까? 오늘 머리 부근을 집중적으로 맞아서 충분히 그럴 수 있어. 그러니까…. 이런 일은 전혀 현실적이지 않은 거잖아? 내 미래를 누군가가 꿰뚫어 본다는 게 신빙성 있는 이야기냐고. 내가 재능 없어 보이니까 막 때려 맞춰 이야기하는 거 아냐?

근데 차콤이 나에 대해서 꿰뚫고 있었던 건 때려 맞췄다고 볼 순 없어. 정확히 내가 했던 행동들이었으니까. 차콤이 보는 내 미래도 사실이라면, 정말 그렇게 된다면? 성공 같은 건 몇십 년이 지나도 없다는 거잖아.

"음, 그런 표정 짓지 마. 꼭 네가 '이 분야에서 성공해야 한다면'

이니까."

"하지만 그 분야에 난 모든 걸 걸었어요."

나도 모르게 불퉁한 말투가 튀어나왔어. 마음 같아서는 제발 내게 이러지 말라고 외치고 싶어. 이게 대체 무슨 말이야? 이렇게 노력하는 내가 성공을 못 해? 그럼 누가 하는데?

순간 몸에서 혼이라도 빠져나간 것처럼 바닥에 털썩 주저앉고 말았어. 모든 힘이 순식간에 빠져나간 기분이야. 딱딱한 바닥에서 밤공기의 차가운 기운이 무릎을 타고 올라왔어.

"라라, 그래서 내가 널 찾아온 거야. 방법이 아예 없는 건 아니니까."

나는 무릎을 꿇은 채 그를 올려다봤어. 그래도 대안 같은 게 있다면, 단 하나의 방법이라도 있다면…. 나도 모르게 눈물이 핑 돌았어. 차콤은 선글라스를 낀 얼굴로 나를 차갑게 내려다봤지.

"어차피 버릴 40년이라는 건 이해됐지? 네가 이쪽에서 아무것도 이룰 수 없는 그 시간을 내게 넘겨. 그런다면 최대한 너를 도와주지. 데뷔의 문을 열어주고, 라이즈10도 출연시켜주겠어. 어느 정도의 변화도 줄 수 있어, 실력도 비주얼도."

"40년을? 그게 무슨 말이에요?"

사실 차콤의 말에 내 귀는 이미 펄럭이기 시작했지만 최대한 정신을 잡고 진지하게 물었어. 차콤은 자신의 손목시계를 가리켰어. 액정이 보라색으로 빛나는 전자시계였지.

"이 시계를 가져. 그리고 네 소지품 중 하나를 내게 주면 돼. 털

같은 신체의 일부도 상관없어. 아, 지금 그 시계도 괜찮군."

"하하, 그렇게 하면 제 40년이 사장님께 간다고요? 그럼 저는 몇 살까지 살 수 있나요?"

심각한 대화 속에서 어이없게도 웃음이 터졌어. 다른 때 같으면 믿지도 않을 이 허무맹랑한 대화에 심취한 나 자신이 우스워서 말이야.

"네 수명까지는 몰라. '성공과 시간에 대한 파장'에 예민할 뿐, 수명의 파장을 아는 자는 따로 있겠지."

생각이 복잡했어. 차콤의 말대로 한다면 나의 40년은 인생에서 사라지는 건가? 하지만 성공하지 못할 40년은 살아 있어도 살았다고 볼 수 없긴 해. 이미 사라진 거나 마찬가지지.

"20분 안에 결정해줘. 너한테 이미 많은 시간을 투자했어. 거절하면 난 다른 파장을 찾아서 가면 돼. 거래가 이뤄지지 않으면 넌 이 일은 잊어버릴 거고."

시계를 보니 정확히 11시 40분을 향해 가고 있었어. 오늘이 20분밖에 남지 않았어.

"한번… 차봐도 돼요?"

차콤은 흔쾌히 손목에서 시계를 풀었어. 그러자 액정에 감돌던 보라색 빛이 사라졌어. 나도 손목에 채워져 있던 시계를 풀어 공원 벤치 위에 놓았지.

"네가 이 시계를 계속 찰 거라면 유의할 점이 있어."

"뭔가요?"

"양심에 따른 행동, 이런 것들은 앞으로 네 생명을 위협하는 요소로 작용할 거야. 성공 외에는 어떤 것에도 관심을 둬선 안 돼. 너 자신의 성공만이 행동의 원동력이 되게 하는 거야. 때론 양심이나 자잘한 정 같은 게 뇌 속에 일기만 해도 위험할 수 있으니 조심해. 그놈은 그런 촌스러운 감정을 매우 싫어한다고. 남은 생명의 시간이 더 단축될 수 있어."

내 손목에 채워진 시계의 액정은 옅은 하늘색 빛이 났어. 나는 차콤의 말을 제대로 이해할 수 없었어. 단지 내 손목을 휘감은 이 시계가 너무 신비스러워 보일 뿐이었지. 내 손목에 채워진 뒤부터 액정은 옅은 하늘색으로 빛나고 있었어.

'일단 성공을 얻은 뒤에 생명 파장을 아는 자를 또 부르면 되지 않을까? 《챌린지》 챕터9. 간절함과 끌어당김의 법칙―꿈꾸라, 그것은 결국 당신에게 다가올 것이다' 이 책에서 나온 대로 지금도 이루어진 거니까!

내가 이렇게 생각하는 동안 시계에 붉은 색감이 섞이기 시작했어. 액정은 자줏빛을 띠었지. 난 이미 성공 외에는 목적을 두지 않아. 귀는 점점 속력을 내 펄럭이기 시작했어. 그러는 동안 습한 바람이 차콤과 나 사이를 한번 훑고 지나갔어.

"액정을 봐. 너는 이미 마음을 정했어. 이제 그 시계는 네 삶의 남은 시간 동안 거기에 있을 거야."

액정을 보니 조금 전의 자주색보다 훨씬 어두운 보라색으로 변해 있었어. 그의 말대로 정말이지 시계는 풀어지지 않았어. 마치 내 몸의 일부처럼 굴었지. 시계의 숫자가 자정을 알리고 있었어. 차콤은 벤치 위에 놓인 내 시계를 자기 손에 쥐었어. 그의 손 밖으로 내 시계의 낡은 살구색 끈이 조금 삐져나왔지. 그가 그것을 자신의 주머니에 넣었을 때야 비로소 두려운 마음이 들었어.

"이거… 진짜예요?"

그런 적 있어? 거울에 비친 대상이 정말 내가 맞는지 심각하게 의심스러웠던 적. 벌겋게 부어올랐던 뺨은 다시 멀쩡해져 있고, 오히려 왠지 더 갸름해진 것 같은 느낌까지… 분명 내 얼굴인데, 좀 낯설어.

머리를 흔들어봤어. 거울 속 머리도 흔들려. 코랑 귀를 마구 흔들어봤어. 역시 흔들려.

'어느 정도의 변화도 줄 수 있어, 실력도 비주얼도.'

순간 어제 차콤이 했던 말이 머리를 스치고 지나갔어. 나는 바로 손목을 살폈어. 이럴 수가, 있어! 시계가 있다고! 꿈이 아니었다니. 정신 나간 환상 같은 게 아니었다니!

어제 나의 진지한 물음에 차콤은 대답할 필요도 없다는 듯 싱겁게 웃기만 했어. 그 후 집으로 걸어오는 동안 나는 아무런 생각도 할 수 없었어. 첫째는 너무 피곤했고, 둘째는 계속 뭔가에 홀린 듯한 기분이 들어서 그냥 무작정 걷기만 했거든. 사실 어떻게 집까지 찾아왔는지 기억도 제대로 나지 않아. 차콤의 표정과 그가 했던 말들, 어제의 모든 일이 마치 오래전 일처럼 아득하게 느껴져.

나는 거울 속 내 모습을 조금 더 자세히 들여다봤어. 뭐랄까, 이목구비는 그대론데 이미지가 전체적으로 부드러워진 것 같아. 최고의 성형은 다이어트란 말이 이제야 실감 나! 불필요한 살이 사라져 얼굴선이 매끈해지고 몸은 너무 마르지 않게 딱 좋을 만큼 줄어들어 있어. 운동으로 살을 뺀 듯한 느낌! 이놈이 요물은 요물인가 봐. 뭐긴 뭐야? 이 귀한 시계 말이지.

지잉─.

진동 소리에 스마트폰을 보니 낯선 번호가 떠 있었어. 이상한 설렘으로 냉큼 통화버튼을 눌렀지.

"전화 받으신 분 성함이 라라 씨 맞으신가요?"

"네, 누구세요?"

"저희는 라이즈10 섭외팀입니다. 라라 씨 SNS에 있는 연습 영상을 보고⋯."

"네? 누구라고요?"

"LOS의 라이즈10 섭외팀이라고요. 라라 씨 SNS에⋯."

"네?"

"지금 통화하기 힘든가요? 바쁘시면 다음에⋯."

"아뇨, 뭐든 할게요!"

"다름이 아니라 저희가 라라 씨 영상을 보고 충분히 화제를 끌

수 있는 출연자라고 생각해서 말이에요."

나는 왼쪽 손목에 채워진 시계를 내려다봤어.

'혹시, 너 때문이니?'

정말 이게 다 이 시계가 가져다준 행운이란 말이야? 그렇다면 어제 차콤 앞에서 고민했던 시간이 너무 아까워지는데?

"'팔랑귀 소녀'라는 콘셉트로 라이즈10에 출연해주실 수 있나요?"

이거 꿈은 아니지? 나는 공원 한가운데서 드라마 속 주인공들이 하듯이 마구 볼을 때려봤어.

짝!

아파. 그러니까, 아주 환상적이야!

<br>

    &#9679;  &#9775;  &#9679;    &#9679;

<br>

"굳이 저런다지."

일주일쯤 흘렀을까, 나는 아이들이 내 몸의 변화를 받아들일 수 있는 최소한의 기간을 가진 뒤 다시 연습실에 발을 디뎠어. 아이들은 처음엔 내 달라진 모습을 조금 호기심 있게 쳐다봤지만 결국 다시 예의 그 눈빛으로 돌아갔지. '경멸, 조롱' 이런 단어들이 어울리는 그런 눈빛 말이야.

"누가 관종 아니랄까봐."

태리가 내 어깨를 치고 지나가며 말했어. 대체 무슨 말이 하고 싶은 거지?

"아무리 관심이 좋아도 타임레스 망신시기려고 작정한 것도 아니고."

기린 차미가 말했어. 나는 이들이 무슨 말을 하는 건지 이해하기 위해 조금 더 집중했어. '타임레스의 망신…' 바로 그거야, 라이즈10. 내가 출연 제의를 받은 게 그새 퍼진 거지. 아이들 말에 의하면 나는 그 프로에 나가서 나뿐만 아니라 그 아이들이 속해 있는 소속사 전체에 먹칠할 예정이야. 그들에게는 자기 하고 싶은 대로 하다 동료에게—동료라고 칭하는 게 적절한지는 모르겠지만—피해를 주는 몰상식한 라라로 비칠 뿐이지. 헨은 말없이 그들이 하는 말을 가만 듣고 있었어.

"망신이 될지 뭐가 될지 너희가 어떻게 알아?"

그때였어, 꼭 내가 하고 싶었던 말을 누군가 대신 뱉어냈어. 크나큰 발, 커다란 몸에 빗겨지지 않은 정신없는 털, 매일 훌라후프를 돌리면서도 줄지 않는 허리둘레….

"지금 변호질함? 끼리끼리 잘 맞네."

모모가 비아냥거리며 말했어. 지금 날 변호해준 이 아이는 나와 같은 오렌지 프로젝트 출신의 '코아'라고 해. 훌라후프 스무 개 돌리기에 도전하고 있는 곰이기도 하고. 사실 우리 사이에 특별한 교류가 있는 건 아니었는데—존재감이 나 못지않게 투명한 아이라서—그래서 더 놀란 거야. 괜히 뭉클한 마음도 생기고 말이야.

아이들은 눈으로 우리 쪽을 흘기면서 같은 공간에 있는 것도 싫은지 밖으로 나가버렸어. 헨도 개인 연습실에 가려는 듯 자리를 떴지. 공교롭게도 거울 속엔 코아와 내 모습만 나란히 남았어.

"연습은 잘되어가?"

코아가 물었어. 그러면서 뭔가를 건넸지. 비타민 음료야. 나는 음료를 건네는 코아의 눈을 바라보았어. 너무 오랜만에 느껴보는 따뜻한 눈빛에 내 귀가 팔랑이기 시작했어.

"고마… 아악!"

나는 그렇게 음료를 받아들다 주저앉았어. 갑자기 손목에서 찌릿한 통증이 느껴졌거든. 시계를 보니 액정이 미친 듯이 깜빡이고 있어.

'그놈은 그런 촌스러운 감정을 매우 싫어한다고.'

그제야 차콤이 했던 말이 떠올랐어. 나는 계속 찌릿거리는 손목을 잡고 이 사태를 어떻게 수습할지 생각했어.

"왜, 왜 그래? 괜찮아?"

코아가 당황하며 물었어.

"시계, 이 시계 좀 풀어줘!"

나는 혼자 시계를 풀어내려다 코아에게 도움을 청했어. 물론 차콤의 말대로라면 시계는 평생 내 손목에 있어야 하는 게 맞지만 지금 이 자극은 너무 당황스러워서 말이지.

"시계? 어디?"

이럴 수가, 코아의 말에 새로운 사실을 깨달았어.

'내 눈에만 보이는 거였어?'

내가 충격에 빠져 있는 동안, 코아는 날 어떻게 도와줘야 할지 몰라 계속 발만 굴렀어.

[계산을 잘하시오]

그때 깜빡이던 시계 액정에 문구 하나가 떴어. 그래, 내가 따뜻한 감정에 울컥한 건 사실이야. 라라, 계산해보자. 이걸 받으면 언젠가 나도 뭔가 줘야 할 때가 올 거야. 그리고 친해지면, 이 아이가 말을 걸었을 때 대답해줘야 하고, 나도 이 아이에게 말을 걸어야 하고. 말 한마디 하는 데 10초씩이라고 치면⋯ 난 잠시 코아의 효용가치를 가늠해봤어. 분명한 사실은, 이 아이는 실력이 바닥을 치는 건 물론이고, 타임레스에서 퇴출 직전이나 마찬가지라는 거야.

"미안한데, 이거 가지고 좀 나가줄래?"

코아는 당황한 듯한 얼굴로 내가 건넨 음료를 받아들고 연습실 밖으로 모습을 감췄어.

●　●　●　　　●

"성공을 향한 목적성이 없는 행동은 모두 무의미하며⋯ 초침처럼 사는 방법만이⋯"

최근 새벽 명상에 조금 다른 변화를 줬어. 전과는 좀 다른 방향으로 세뇌 훈련을 해. 정말 불가피한 훈련이지. 며칠 전엔 건물을 나오다 뒤에서 따라 나오는 사람을 위해 문을 잠깐 잡아줬는데 그것 때문에 얼마나 짜릿한 체험을 했는지…. 게다가 그 장소가 은행이었다는 점에서 민망함은 덤으로 얻었지. 지점장이 119까지 부를 기세였으니까. 아무튼 이 예민한 시계 덕분에 지금 하고 있는 훈련은 이제 내 삶에서 필수 요소가 돼버렸어. 그리고 오늘은 정말 중요한 날이거든, 일생일대의 기회라고도 할 수 있는…!

'1:00:17'

집에서 LOS 방송국까지는 정확히 1시간이 걸렸어. 후덥지근한 날씨로 얼굴에 올라온 소금기를 닦고 방송국 로비로 성큼 발을 내디뎠지. 로비 곳곳마다 라이즈10의 예선 포스터가 붙어 있고, 예선 장소를 안내하는 화살표가 바닥에 일정한 간격을 두고 붙어 있었어.

'네, 실은 바로 방송에 출연할 열 명 안에 들어갈 수 있는 건 아니고…'

어제 섭외팀과 통화를 해 본 후에야 알게 된 사실이었지. 공중파 방송국에서 어쩜 사람을 이렇게 낚을 수가 있니? 그러니까 내게 걸려온 출연 제의 전화는 예선을 보러 와줄 수 있느냐는 제의였다, 이 말이야. 난 분명 '방송에 출연해줄 수 있느냐' 이렇게 들었는데? 너도 그랬지?

하지만 예선 역시 아무나 볼 수 있는 것은 아니다. 오직 섭외팀에서 치밀하게 선출해서 연락이 닿은 사람들만 볼 수 있다. 추가로 덧붙은 이 변명조의 말들이 날 더 화나게 했지만 그렇다고 때려치울 순 없잖아. 어쨌든 내가 선택받았다는데.

예선이 진행되는 홀 안으로 들어가자 이미 와 있는 몇몇 동물들이 보였어. 여기저기서 몸을 풀고 있었지. 나도 좀 더 미리 와서 몸을 풀어놓을 걸 그랬나봐. 나처럼 제시간에 딱 맞춰 온 애들은 리허설도 못 해본다고 하는 거 있지?

예선의 진행자는 나투가 아닌 그보다 좀 급이 떨어지는 친초라는 MC였어. 캥거루인 그는 말할 필요가 없을 땐 마이크를 배주머니에 넣어놓곤 했지. 참가자들은 모두 기이한 재능을 가지고 있었어. 심사위원이 즉석에서 내미는 책을 100쪽 이상 외워버린다든지, 테이프로 온몸을 친친 동여맨 채 입 하나로 모든 일을 할 수 있는 펠리컨─물론 테이프를 어떻게 뜯어낼지, 아프지 않을지 궁금했지만─ 공기를 미친 듯이 들여 마셔 배를 40인치까지 불릴 수 있는 토끼… 그들을 보면서 귀를 흔드는 것 정도는 별것도 아닌 재주라는 게 깨달아졌어.

"네, 다음 참가자는… 아! 이미 SNS에서 유명한 친구네요."

객석에 있던 동물들이 진행자가 이름을 말하기도 전에 다 같이 한 호흡으로 그 이름을 연호했어.

"내 거 하자 우리 헨! 내 거 하자 우리 헨!"

자신의 순서를 기다리며 긴장했던 아이들도 이 함성 속에 자기 목소리를 섞었지. 그들의 구호에 오소소 소름이 돋았어.

'저 자식의 실체를 알면 저런 말은 못 할 텐데.'

헨은 나의 이런 생각을 비웃기라도 하듯 꿀이 뚝뚝 떨어지는 눈빛을 장착하고선 팬들을 향해 손을 흔들었어. 마치 한 명 한 명 아이 콘택트라도 하려는 듯 홀의 사방을 둘러보며 미소를 지었지. 팬 서비스 정신은 높이 살 필요가 있네.

이어 헨의 목소리가 부드럽게 홀 안을 메우기 시작했어. 매일 개인연습실에서 연습하는 자식이라 그 소리를 들어볼 기회가 거의 없었는데….

헨은 편안하고도 평온해 보였어. 숨 쉬듯 소리를 뱉어냈어. 그러다 몇 옥타브인지 측정할 수조차 없는 음역대에 진입하더니 거기서 또 미끄러지듯 하나의 옥타브를 뛰어넘었어. 홀 안의 모든 사람들이 헨의 소리에 홀린 듯해. 심사위원들은 심사가 무의미하다는 듯 펜을 내려놓았어. 고개를 절레절레 흔드는 심사위원도 보여. 왜 그동안 평론가들이 헨의 소리를 듣고 소름이 돋는다고 했는지 조금은 알 것 같아.

"하아…"

헨이 마지막까지 호흡을 끊지 않고 고음을 낸 뒤 예선 시간인 60초가 끝나자 짧게 숨을 뱉어냈어. 그 순간 박수 소리가 천장을 뚫고 나갈 것처럼 울려 퍼지기 시작했지. 여기저기서 눈물을 글썽이는 여자애들도 보이고 말이야. 남자애들도 미친 듯이 자신의 손바닥을 맞부딪치고 있었어. 흠, 모두가 반할 목소리인 건 인정하기로.

헨의 순서가 끝나자 한 사슴 스태프가 꼬리를 흔들며 나를 찾아왔어. 나는 무전기를 들고 무언가 긴급히 말하며 앞장서는 스태프 뒤를 따라 걸어갔어. 스태프는 나를 무대 뒤에 딸린 대기실로 안내했어. 나는 그곳에서 화면을 통해 내 앞 참가자를 보면서 마음을 가다듬었어. 그는 코뿔소였는데, 아마 무대에 세팅된 수십 개의 초를 자신의 콧김으로 한 번에 끄려 했던 것 같아. 그런데 준비해온 초가 한두 개씩 쓰러지면서 그걸 세우고 다시 초에 불을 붙이느라 정신이 없었지, 그사이에 긴장해버렸는지 우물쭈물 하다가 시간 내에 어떤 행동도 하지 못한 채 그냥 내려오고 말았어. 내 무대는 기구가 필요 없다는 점에서 괜히 감사한 마음이 들었어.

"네, 아쉽지만 바로 다음 참가자 이어가도록 하겠습니다. '팔랑 귀 소녀'라는 닉네임으로 참가 신청해주셨네요. 17번 참가자 팔랑 귀 소녀 나와주세요!"

무대로 연결된 세 칸의 계단이 왜 그렇게 높고 길게 느껴지던 지, 태연한 척하려 했지만 다리가 후들거려 죽는 줄 알았어.

"흐읍."

나는 테이프가 조금 발라진 무대 중앙에 서서 숨을 깊게 들이 마셨지. 그러자 미리 접수해놓은 MR(music recorded: 녹음된 반주) 이 홀 안으로 흘러나왔어. 나는 이 순간만큼은 몸의 모든 신경을 귀에만 집중했어. 그리고 나를 설레게 했던 모든 말들을 떠올리 기 시작했어.

'학생, 얼굴이 참 성공할 상이네그려. 대대로 덕이 있는 집안이 구면.'

길에서 마주쳤던 이상한 개구리 할머니의 말도 떠올려보고….

'다만 윗대에 얽히고설킨 것을 풀어줘야 하는데….'

이 할머니는 이제 그만.

'시간을 투자하세요. 대가는 배로 돌아올 겁니다.'

생각을 전환해 시크릿 토크에서 차콤이 했던 말을 떠올렸어. 그러자 팔랑이는 귀에 속력이 붙는 게 느껴졌어.

푸르르르르-.

여기저기서 조금씩 놀라는 소리가 들려와. 이 기세를 몰아서 조금만 더! 강한 자극을 줄 수 있는 말이 필요해.

'냄새나게 생긴 년.'

'타임레스 망신이지.'

연습실에서 들었던 말들을 닥치는 대로 떠올렸어. 그러자 귀가 더 빠르게 움직이기 시작했어. 그래, 난 기어이 너희를 내려다보고 말테니까.

푸르르르르르르르르-.

10년 넘게 투명인간 취급하다가 오렌지 프로젝트에 붙자마자 다가오던 애들….

'이런 게 이치야.'

뼈저리게 느꼈던 것들을 다시 상기시켰어. 그러자 귀가 완전히 제멋대로 펄럭이기 시작했어. 도무지 통제할 수 없는 속력으로 움직이고 있어.

"허!"

바로 앞에서 나를 지켜보던 사람들이 기겁하듯 감탄사를 내뱉었어. 모두 웅성거리는 것 같아. 뭔가 내 몸이 잘못돼버린 깃 같은 기분이야. 희한하게도 바닥의 감촉이 전혀 느껴지지 않아.

"이게 어떻게 된 거죠?"

터질 것 같은 얼굴로 계속 귀를 펄럭이는 동안 박수 소리가 홀을 가득 채우기 시작했어. 그러니까 지금 이 상황은 진행자의 말에 의하면….

"동물 역사상 날아오른 코끼리는 이전에도 이후에도 없을 거예요!"

난 마지막으로 온몸을 바르르 떨며 펄럭이는 귀에 힘을 가했어. 여기저기서 환호성이 들려오기 시작해. 간간이 찢어질 듯한 휘파람 소리도 울려 퍼졌지.

너, 이런 걸 보고 전문용어로 뭐라고 하는 줄 알아?

'드림쓰 컴 트루!'

◉　◉　◦　　　◉

다음 날, 포털사이트마다 라이즈10 예선에 관련된 기사들이 도배됐어. 하지만 헨과 나에 관한 구체적인 언급은 되지 않았지. '오는 11일 라이즈10 본선에 진출한 열 명의 참가자들이 치열한 경쟁을 펼칠 예정이다'라고만 되어 있어. 아마 스포일러를 방지하기 위함일 거야. 사실 SNS상에는 이미 나와 헨, 그리고 다른 녀석들에 대한 생생한 설명이 마구 올라오고 있었어. 그래서 어젠 어떻게 됐냐고? 뭘 묻고 그래, 전에도 후에도 없을 날아오른 코끼리가 열 명 안에 선출되지 않을 리 없잖아? 난 어제 내 안의 놀라운 능력을 발견했어. 단순히 귀만 흔드는 코끼리가 아니었다고! 이제 누구든 내 발아래라는 거야.

●　◎　●　　　　●

새벽부터 긴장된 마음을 진정시킬 수 없었어. 돌격 직전의 군사처럼 남다른 각오로 새벽 냉수 목욕과 명상을 마쳤어. 지금은 팟처 근린공원에서 운동을 마치고 돌아온 상태야. 다른 동물들이 볼 수 없도록 숨어 귀도 열심히 펄럭이고 왔다고.

'03:23:56.'

타이머의 중지 버튼을 터치하고 비 오듯 흐르는 땀을 닦았어. 미친 듯이 배가 고파왔어. 그대로 밥통을 열고 수저로 밥을 떴어. 잊지 않고 또 타이머의 시작 버튼을 눌렀지. 냉장고의 몇 가지 안 되는 반찬 통을 대충 꺼내서 수저로 마구 퍼먹었어. 역시 훈련 후에 먹는 밥은 달콤해.

'00:09:32.'

이제 그만. 10분 이상은 안 돼. 하루 총 식사 시간은 30분이면 충분해. 《챌린지》 78쪽 '시간을 다스리는 자가 모든 것을 다스린다.'

책상에 앉아 내 SNS로 퍼 담았던 아몬의 영상들을 하나씩 살펴봤어. 그중 퍼오기만 하고 아직 보지 못한 인터뷰 영상을 클릭했어.

"자신만의 연습 철칙이 있나요?"

사회자인 비버 나투가 물었어.

"그날의 컨디션에 상관없이 무조건 3시간 연습을 기본으로 해요."

물음에 답하는 아몬의 모습은 충격적이었어. 열아홉 살 어린 소녀의 모습이 아니었거든, 저 나이에 풍파란 풍파는 다 겪은 것 같은 어른의 표정을 갖고 있다니.

"그렇게 연습해도 괜찮은가요? 분명 무리가 올 텐데요."

"연습 전후에 하는 스트레칭을 생명과 같이 여깁니다. 그럼에도 무리가 있긴 하죠. 날개에 물집이 잡히고, 물집이 터지면 짓무르고…."

"듣기만 해도 괴롭네요."

나투가 얼굴을 찡그렸어.

"간절하다면 괴로움도 달콤해요. 오히려 괴로운 게 더 편할 때도 있어요."

"딸이 이렇게까지 하는 걸 보면 아버님께서 마음이 아프기도 하실 것 같은데요, 가끔 만류하진 않으시는지…."

"오히려 좋아하세요. 어머니 없이 강하게 자란 저를 뿌듯해하시는 것 같아요."

'난 아빠 없이 자랐는데.'

화면 속 아몬의 얼굴이 갑자기 내 얼굴로 바뀌어 보였어. 나는 여유로운 미소를 지으며 나투의 말에 대답하기 시작했지.

"그동안 가장 힘들었던 점이라면 어떤 것이 있었나요?"

"자는 시간을 최대한 아끼고 싶어서 하루 4시간 수면을 시도했는데, 체질로 만들기까지가 너무 힘들었어요."

"그렇다면 아직도…."

"네. 3년째 여전히 하루 4시간 수면, 8시간 연습 원칙을 지키고 있어요."

나투는 믿을 수 없는 표정을 지었어.

"그렇게까지 할 수 있는 원동력은 어디서 온 거죠?"

"시간을 다스리는 자가 세상을 다스린다는 말에 감동을 받았었거든요."

지잉-.

15분을 알리는 스마트폰의 알람이 나를 현실로 데려왔어. 상상은 달콤했지만 현실은 초라했지. 나는 벽지에 핀 곰팡이를 바라보았어. 미디어를 보는 건 하루 15분을 넘기면 안 돼, 언제까지 보기만 하는 사람이 되지 않으려면.

나는 곧바로 요가를 하기 위해 마음을 가다듬고 방바닥에 매트를 폈어.

"라이즈10 본선 8일 전…."

근력을 키워주는 요가 동작을 시작했어. 휴, 그런데 왜 이렇게 노곤하지? 식후라 그런가.

"으…."

엄청난 중력이 몸을 짓누르고 있는 것 같아.

"헉!"

시계가 2시를 알리고 있었어. 마무리 동작을 하다가 잠깐 쉬려고 했는데 그대로 4시간이 흘러버렸어. 오늘은 더 이상 먹지 않을 거야. 식사 시간이라도 줄여야지.

지잉— 지잉—.

'쿠모 아저씨'

쿠모 아저씨가 무슨 일이시지? 쿠모 오춘은 내가 살다 온 케초 군에 사는 분이야. 늘 나만 보면 너도 곧 신문에 실릴 거라면서 힘인지 부담인지 모를 것들을 주고는 하셨지. 엄마 분식집 맞은편에서 군에 배포되는 신문 관리 일을 하시거든.

"여보세요?"

"라라, 지금 내가 하는 말 놀라지 말고 들어라."

"만우절인가요? 또 무슨 장난을 치려고 그러세요."

정말이지 별의별 장난을 다 치는 분이라니까.

"오늘 케초 분식에…."

덜컹—.

나는 아무 생각 없이 버스의 흔들림을 느꼈어.

'엄마는요?'

'순식간에 불길에 휩싸였어… 병원으로 응급 이송 중에 그만….'

쿠모 아저씨의 말을 듣는 순간 심장이 덜컥 내려앉는 것 같았어. 사실 그런 내 감정을 인지하기도 전에 눈물부터 왈칵 쏟아졌는데 즉시 닦아낼 수밖에 없었어. 이 시계에게 그런 촌스러운 감정은 용납되지 않으니까.

'이럴 때는 좀 넘어가 주면 안 돼?'

괜한 반발심이 일었어. 그러자 시계의 액정이 미친 듯 깜빡였어. 흉측한 이 물건을 몸에서 떼어내려 해봤지만 손목만 아플 뿐 마치 피부인 양 떨어지려 하지 않았어. 계속해서 깜빡일 뿐이었지.

'젠장, 알겠다고! 아무 생각도 안 하면 되잖아!'

하지만 이런 상황에서 누가 냉정할 수 있겠어. 시계는 계속해서 충격을 가했어. 나는 그 고통으로 엄마에 대해서는 정말 생각을 할 수가 없게 됐어. 아픈 곳에 먼저 신경이 쓰이게 돼 있으니까.

한참 지났을까, 내가 겨우 냉정을 찾았을 때 시계도 결국 자신의 일을 멈추었어. 나는 창에 비치는 하늘을 올려다봤어. 하늘 아래 내 것이라고 생각되는 것은 나밖에 없는 것 같았어. 이제 내게 관련된 것은 나뿐이야.

나는 괜히 스마트폰 타이머의 버튼을 터치했다 껐어. 그리고 또 눌렀다 끄고, 또 눌렀다 껐어. 그렇게 멍하니 있다 보니 마음이 다시 약해졌어, 엄마와 했던 모든 것들이 계속 떠올라. 그러자 시계의 액정이 또 깜빡이기 시작했어. 그런데 이상해. 이번엔 손목에 오는 충격과 함께 알 수 없는 숫자가 뜨기 시작했어.

[683967].

숫자는 얼마 뒤 마구 어지럽게 변하더니 조금 줄어든 수로 다시 나타났어.

[683001].

"뭐야, 기분 나쁘게."

나는 손목의 통증으로 인해 미간을 잔뜩 찌푸리고 액정을 노려봤어.

[계산을 잘하시오]

문구도 어김없이 함께 나타났어. 나는 문구를 보며 크게 심호흡을 했어. 아무 생각도 하지 않는 게 어렵다면 차라리 다른 생각을 해야 해.

"시간을 다스리는 자, 세상을 다스린다."

한 달 전, 그동안 살았던 고시텔에서 지금의 집으로 이사할 때 엄마가 올라왔던 일을 떠올렸어. 혼자 했으면 이틀은 걸렸을 짐 정리가 하루 만에 끝났지. 짐 옮기는 것도 금방 끝났었는데. 이제 한 번 이사당 기본 12시간은 더 들어갈 거야.

엄마를 통해 반찬을 얻는 것도 이제는 불가능해. 혼자서 반찬을 해 먹는다면 두 가지 반찬 만드는 데 1시간은 걸릴 거야. 그냥 사 먹을까? 돈, 돈이 문제야. 정부에서 보조금이 나온다고? 그래봐야 방세만큼도 안 줄 텐데. 그러니 아르바이트를 안 할 수 없어. 한 달에 90만 원쯤 받았던 것도 이제 내가 벌어야 해. 그럼 적어도 두 군데서 일해야 하고, 1시간당 최저시급이 6,000원꼴이니까 90만 원을 벌려면 한 달에 150시간을 들여야 하고, 그럼 적어도 하루에 5시간은 일해야 해.

"젠장!"

아르바이트에 내 발을 묶고 떠나면 어떡해? 당신 때문에 얼마나 많은 자본과 시간이 없어지게 된 줄 알아? 고혈압에 당뇨, 갑상샘암 보유자. 보험 하나 제대로 들어놓은 것 없이 다 태워먹고 가셨네.

숨을 가다듬었어. 그제야 시계의 액정이 원래 상태로 돌아왔어. 그래, 이럴 때일수록 정신 관리를 잘 해야 해.


장례는 케초읍 사람들의 도움으로 한성병원 부설 장례식장에서 치러졌어. 외가 친척 몇 명만 빈소를 다녀갔지. 그건 당연한 거야. 우리 아빠는 오래전 케초 해수욕장에 놀러 왔던 한 청년일 뿐이니까.

나는 졸음을 참고 빈소 앞에 앉아 멍하니 스마트폰의 타이머를 바라봤어.

'05:42:33.'

'내가 당신으로 인해 날려 먹고 있는 시간들이에요.'

나는 향을 하나 더 꽂았어.

엄마가 없어진 것의 장점이 한 가지 있었어. 더 감동적인 스토리가 될 수 있다는 거야. 원래 열악한 환경에서 성공한 동물일수록 더 빛을 받으니까. 그 점에서는 훌륭한 서사가 깔린 거라고 생각됐어. 나중에 '팔랑귀 라라'에 관련된 다큐멘터리 영상이라도 만들어진다면 부모가 없었다는 게 큰 감동 요소가 될 테고, 만약 내가 수상 같은 걸 하게 된다면….

'하늘에 계신 어머니께 이 상을 바칩니다.'

이렇게 말하고 눈물 좀 흘려주면 감동적이지 않겠어?

시골에서 책 하나를 챙겨왔어. 《챌린지》 내가 그동안 줄줄 외웠던 바로 그 책! 책에서 오래된 냄새가 풀풀 풍겼지. 하지만 이 책이야말로 가져다줄 자극이 클 거란 생각이 들었어. 처음으로 심장을 두근거리게 했던 첫사랑과도 같은 책, 자기계발서의 고전과도 같은 책이니까. 나는 그을리다 만 페이지를 조심스럽게 넘겼어.

'넌 네 엄마의 유일한 희망이야. 훌륭한 인물이 되길!'-잭 삼촌

"처음엔 이런 의도였나…."

벌써 촬영일이 이틀 앞으로 다가왔어. 연습실은 변한 게 없었

어. 싸늘하게 나를 대하는 준비생들의 공기도. 하지만 그런 것 따위는 별로 신경 쓰이지 않아. 오기만 더 가져다줄 뿐이지.

'내겐 라이즈10뿐이야.'

나는 흐르는 땀을 더 이상 참을 수 없어 문을 열고 연습실을 나왔어. 복도를 따라 죽 걸었어. 열도 식히고 세수도 좀 해야겠어.

쏴아ㅡ.

화장실 세면대에 물을 틀고 그대로 머리를 처박았어. 사실 반복되는 연습에 구토할 지경이야.

"푸하ㅡ."

얼굴을 몇 번 헹궈내고 거울을 봤어. 약간 수척해진 듯한 모습이 마음에 들었어. 열심히 산다는 증거니까.

'이게, 뭐지?'

거울 앞 선반에 약병 같은 게 있어.

"프로폴리스 골드 플러스100…!"

이게 왜 여기 있는 거지? 이건 어쩌면 세상이 내게 주는 기회?

내가 손을 뻗고 있었어. 처음 해보는 도둑질에 몸이 후들후들 떨려왔어.

'이건 좀 아닌 것 같은데.'

그 생각을 하자마자 손목이 바로 찌릿했어. 역시나 액정은 깜빡거렸고 알 수 없는 그 숫자들도 동시에 나타났지. 어느새 또 달라진 모습으로 말이야.

[171892].

171892? 며칠 전까지만 해도 60만 대였는데, 왜 이렇게 줄어 있지? 뭘 어떻게 하라는 거야? 훔치지 말라는 거야?

[151892].

순식간에 2만이나 떨어졌잖아? 나는 즉시 프로폴리스 약병을 손에 쥐었어. 그러자 숫자도 액정의 깜박임도 모두 사라졌어. 아무 일 없었다는 듯 시계는 현재 시각을 알리고 있었지.

'내가 저 물건을 가지려고 훔치는 건 아니잖아?'

난 그냥 모두 공평한 조건이길 바랄 뿐이야. 해외에서 공수해 온다고 하니, 가지고 있는 게 저 한 병뿐이었다면 이틀 동안은 이걸 먹을 수 없다는 건데… 설마 저 한 병만 있겠어?

나는 약병을 후드티에 달린 주머니에 넣었어. 그러고는 볼록한 후드티의 주머니를 자연스럽게 보이려 두 손을 주머니 속으로 쑤셔 넣었어.

집에 도착하자마자 약병을 열어봤어. 그리고 그놈이 하듯이 목에 똑똑 떨어뜨렸어.

"웩!"

효능이 좋은 건 맛이 없다는 게 문제야. 나는 별 고민 없이 바로 창문을 열어 병을 집어던졌어. 경쾌한 소리와 함께 병이 산산조각이 났어. 누구 또한 저렇게 되기를.

지잉-.

내 간절한 기도에 응답이라도 하듯 스마트폰이 울렸어.

[너지?]

모르는 번호야. 하지만 누구인지는 단번에 알 수 있었어.

[누구세요?]

그렇다고 아는 척을 할 순 없지.

[프로폴리스, 너 맞지? 생각보다 치졸하네.]

네가 나라면 맞다고 할 수 있겠니?

[누구시냐고요.]

[연기 잘한다. 라이즈10에서 보자.]

●  ●  ●  ●

'여기가 우리 방인가?'

나는 태어나 처음 가져본 숙소라는 곳에 짐을 내려놓았어. 본선 진출자들은 오늘부터 모두 LOS 방송국 바로 옆에 위치한 이 건물 안에서 대기하게 돼. 내일이 바로 본선 날이거든.

여기 네 명의 여자들이 묵게 된 방 안의 공기는 정말이지 끔찍했어. 서로 단 한 마디도 하지 않았지. 애들은 짐을 풀고 바로 각자의 연습을 위해 지하 연습실로 내려가는 것 같았어. 나도 그들을 따라 문을 나섰어.

연습실에선 남녀 구분 없이 모두 거울 앞을 차지하고 연습이 한창이었어. 구석에서 이어폰만 듣고 있는 녀석도 있었지. 아주 거만하게 앉아서 말이야. 그래, 예상했겠지만 와인색 꼬리를 흔들며 허밍이나 하고 있는 우리의 헨이지. 저렇게 여유로운 걸 보면 집에 쌓아둔 약병이 100개쯤 되었나 보지? 젠장, 그렇다면 대체 어떻게 해야 해? 어떻게 해야 한 명이라도 경쟁자를 제칠 수 있지?

일단은 연습에 집중하기로 했어. 어김없이 내게 자극이 되는 것들을 생각하면서.

'나도 아몬이 될 수 있어.'

푸르르르르르–.

지난번 예선 이후 SNS를 떠도는 내 사진을 봤을 땐, 한 1미터쯤 떠오른 듯하던데…. 오늘은 좀 더 높이 해보는 거야!

'모두 내 아래가 되게 해야 해.'

나는 이런 생각들로 서서히 떠올랐어. 그리고 얼굴이 터질 것 같은 지경에 이르렀을 때쯤, 내 발아래를 지나가는 한 동물이 보였어. 배를 미끄러뜨리면서 짧은 발로 엉금엉금 기어가는 악어 녀석.

'얜 뭐 하는 앨까?'

예선 때 분명 봤을 텐데 왜 기억에 없지?

'이 자식도 경쟁자인 건 분명해.'

재미있는 생각이 들었어. 내가 지금 실수로 이대로 공중에서 떨어진다면, 힘을 풀고 그대로 내려와 버린다면, 그래서 저 주둥이를 뭉개버린다면 어떻게 될까?

'너무 나가는 거 아냐? 쟤도 라이즈10에 목숨 걸고 나온 앤데.'

"으앗!"

순간 손목에 찌릿한 전류와 충격이 가해졌어. 더 생각하고 말고 할 것도 없이 난 그대로 떨어지고 말았지. 그것도 계획대로 미끌한 악어의 주둥이에! 혹시 하늘이 날 돕는 걸까? 아, 시계가 돕는 거야.

"커헉."

내 밑을 지나가던 악어는 비명 한번 제대로 지르지 못하고 눈을 질끔 감았어. 나는 잽싸게 나 또한 큰 충격을 받은 척 바닥을 굴렀지. 충격은 충격이잖아. 악어 주둥이 위로 떨어진 건 생전 처음인데.

시계는 더 이상 내 손목에 고통을 가하지 않았어. 하지만 이번에도 알 수 없는 숫자가 남아 있었어.

[141892].

마지막으로 본 숫자가 얼마였더라? 나는 일단 141892라는 숫자를 계속해서 입으로 되뇌었어. 악어의 입에서 시뻘건 피가 철철 흐르고 있었지. 아마 자기 이가 입천장을 찌른 게 아닐까 싶어. 으, 솔직히 이건 정말 동물로서 할 짓은 아닌 것 같아.

"억!"

손목이 또 찌릿거리기 시작했어. 도대체 무슨 생각을 할 수가 없네! 그래, 알았어. 난 매우 훌륭한 일을 한 거야! 됐어?

[141488].

액정에 뜬 숫자는 또 줄어 있었어. 확실히. 400단위나 떨어졌다니. 진짜 독하게 마음먹지 않고는 못 배겨나겠어. 근데 대체 뭐지? 숫자는 왜 자꾸 보여주는 거야? 내가 시계에 정신이 팔려 있는 동안 어느새 연습실 안으로 건물의 경비 원숭이들이 들어와 악어를 들것에 실어 날랐어. 너무 소름 끼치는 건, 이런 소동 속에서도 당황한 동물이 하나도 없다는 거야. 마치 아무 일도 일어나지 않은 것처럼. 그 모습에 나도 모르게 팔에 소름이 일었어.

"하."

갑자기 숨이 턱 막혀오는 것 같아. 이길 수 있을까? 이런 애들을?

●　◐　◦　　　　●

낯설어. 눈앞에 벌어진 이 상황이 너무 낯설어서 미치도록 좋아! 나라는 동물이 여기까지 오다니!

《챌린지》 55쪽 '운명은 갈고닦아온 자의 것이 된다.'

오늘 누가 더 날카롭게 삶을 갈아왔는지 판가름 나는 날이 될 거야.

"후…."

나는 숨을 가다듬었어. 아까부터 상아가 자꾸 떨려왔어. 제발, 긴장하지 마. 나에겐 비장의 카드가 있잖아.

무대는 수많은 거울 조각들로 둘러싸인 형식의 무대 장치가 되어 있었어. 어둑한 무대 위로 얇은 핀조명들이 선을 가르며 거울들을 비췄지. 수많은 거울에 비칠 내 모습을 상상해봤어. 이제 더 이상 나는 내가 아니야.

감독이 신호를 보내자 신시사이저에서 트렌디한 오프닝 음악이 흘러나왔어. 웅장한 소리에 순간적으로 살짝 몸이 움츠러들었어.

"지상 최대의 실력자를 가리는 라이즈10! 지금, 시작합니다!"

시작을 알리는 나투의 멘트와 함께 객석을 메운 관객들이 미친 듯이 환호하기 시작했어. 화면에는 참가자들의 얼굴이 번갈아 가며 비춰졌어.

"라이즈10의 첫 번째 순서. 믹스 X 매치(Mix X Match)! 순서입니다. 모두 무대 중앙의 화면을 바라봐 주세요."

화면에 A, B, C가 써진 파란색 카드 세 장이 떴어. 그리고 나투가 말하는 동안 우리에게는 스위치가 하나씩 쥐어졌어.

"카드를 섞어주세요!"

투루르르르르르르르-.

나투의 말에 카드가 빠르게 바뀌는 영상이 나타났어.

"참가자 1번, 카드를 선택해주세요!"

맨 오른쪽에 서 있는 다람쥐가 돌아가는 카드를 몇 초간 바라보다 스위치를 꾹 눌렀어.

"B! B조로 선정되었습니다. 저쪽에 가서 앉아주세요."

어휴, 이걸 1번부터 10번까지 다 한단 말이야? 편집된 거 볼 땐 참 편했는데.

"참가자 2번, 카드를 선택해주세요!"

헨이야. 그는 나투의 말에 한 발 앞으로 나왔어. 카드가 돌아가는 사이 헨이 눈을 감았어. 입술을 작게 들썩이며 혼잣말을 하고는 스위치를 꾹 눌렀어.

'B!'

"또 B가 나왔군요. 혹시 기계에 이상이 있는 건 아니죠? 한 번 더 B가 나오면 점검 좀 해 봐야겠습니다."

나투의 우스갯소리에 헨의 눈이 살짝 휘어졌어. 그 눈웃음에 이곳저곳에서 악을 지르는 소리가 들려왔어. 스타일링을 받은 헨의 꼬리는 오늘따라 더 빛을 발했지. 비주얼도 실력이라는 사실, 부인할 수가 없다. 정말.

헨에 이어 버튼을 누르는 출연자들을 보면서 이런저런 생각을 하는 사이에 벌써 내 차례가 되었어.

투르르르르르르르르르–.

긴장감 속에 카드 돌아가는 소리가 촬영장을 메웠어.

어떤 조가 되든 상관없어. 설사 저 자식이랑 같은 조가 된다 해도….

나는 심호흡을 한 번 하고 버튼을 눌렀어.

"…!"

"네! A조에 이어 B조 인원이 다 찼습니다. 나머지 8, 9, 10 참가자들은 자동 C조로 편성됩니다."

A : 3, 4, 5, 6

B : 1, 2, 7

C : 8, 9, 10

화면에 조 편성표와 함께 우리의 프로필 사진이 떴어. 난 B조 중 가장 뒤 번호라서 일곱 번째 순서를 부여받았어. 일곱 번째라니, 행운의 여신이 내 손을 들어줄 것만 같은 예감이야!

첫 번째 순서는 '하킬'이라는 이름을 가진 악어야. 이런, 어제 그 애잖아? 기어이 출전하다니, 정말이지 믿을 수 없어. 그래, 여기 있는 누군들 라이즈10에 인생을 걸지 않은 동물은 없을 테니까.

하킬이 발을 털며 몸을 풀었어. 머리부터 꼬리 끝까지 온몸이 근육으로 감싸진 것 같은 모습이었어. 스태프들이 재빨리 무대 위로 높은 철봉 하나를 설치했어. 정말 어마어마한 높이야. 철봉 밑으로는 안전을 위해 매트가 놓였어.

시작 버튼과 함께 무대에 설치된 불꽃이 솟아올랐어. 하킬은 꼬리에 연결된 드럼통을 끌고 철봉의 한쪽 기둥을 오르기 시작했어. 엄청난 속도였지. 관객들은 반쯤 넋이 나간 것 같았어. 기둥의 맨 꼭대기까지 올라간 하킬이 철봉의 기둥 사이를 가로지른 쇠막대 위를 기었어. 그러더니 갑자기 몸을 떨어뜨렸어.

"놀랍습니다!"

떨어짐과 동시에 하킬이 쇠막대를 문 거야. 그는 오직 이빨에 자기 몸과 드럼통을 의지했어. 저게 가능하단 말이야? 주둥이는 어제 작살난 거 아니었어?

"여러분, 모두 함께 카운트를 외쳐볼까요?"

나투가 관객들의 참여를 이끌었어. 그러자 객석은 하나의 함성으로 들썩였어.

"10! 9! 8! 7! 6!"

그때 객석 이곳저곳에서 갑자기 비명이 터져 나왔어. 이어 나투의 격양된 목소리가 무대를 울렸어.

"아, 이게 무슨 일이죠!"

스태프들이 들것을 들고 나타났어. 그들은 하킬에게 연결된 드럼통을 제거하고 그를 들것에 실었어. 어제에 이어 두 번이나 실려 나가는 신세라니. 무대 위 매트에는 하킬의 이와 약간의 핏자국이 남았어. 여러 스태프가 튀어나와 분주히 무대를 정리했어.

하킬의 이가 무게를 이기지 못하고 튕겨 나가버린 거야. 나는 순간적으로 심장이 미친 듯이 뛰기 시작했어. 결과적으로 봤을 때 거의 모든 원인이 내게 있는 거잖아. 나는 매트 위로 고꾸라지던 하킬의 울퉁불퉁한 몸이 떠올랐어. 조금 짠하더라고.

[14451].

이번에는 손목에 아무 충격 없이 숫자만 뜨기 시작했어. 이제만 단위밖에 되지 않잖아? 어제까지만 해도 10만 단위였는데.

'그놈은 그런 촌스러운 감정을 매우 싫어한다고. 남은 생명 시간이 더 단축될 수도 있어.'

순간 차콤이 했던 말이 뇌리를 스치고 지나갔어. 설마, 이게 뭐 남은 생명 시간이라도 돼?

나도 모르게 소름이 돋았어. 고개를 저었지. 그렇게 비명횡사할 일은 절대 없을 거라고 말이야. 그래도 일단 생명 파장을 주관

하는 자부터 찾아봐야 할까? 근데 내겐 그럴 여유가 없어. 훈련할 시간만으로도 하루가 부족한데.

"네, 안타깝지만 최선을 다한 하킬에게 박수를 보내주시기 바랍니다!"

진행자의 멘트에 관객은 미적지근한 박수를 보냈어.

"실수가 있었을지라도, 오늘 밤 라이즈10 사이트의 투표란에는 하킬의 이름 또한 올라가게 됩니다. 많은 분의 참여 부탁드립니다."

객석에서 옆 동물의 귀에 대고 뭔가를 속닥이는 동물들이 여럿 보였어. 아마 그래 봤자 1라운드에서 떨어질 거란 말을 하는 게 아닐까.

"이번 주도 라이즈10은 뜨겁습니다. 목숨을 건 실력자들의 승부, 다음 참가자를 만나볼까요?"

내 순서가 앞으로 다가올수록 코가 바짝바짝 말라갔어. 침도 잘 삼켜지지 않았지. B조의 1번, 다람쥐 '라노'의 순서가 시작됐어. 아무리 다람쥐라지만 라노는 정말 작은 체구였어. 그리고 살짝 치켜 올라가서 똑똑해 보이는 눈을 가지고 있었지.

라노의 무대에는 어마하게 길고 굵직한 통나무가 네 개 놓여졌어. 그리고 화면에 '60'이라는 숫자가 떴어.

'설마.'

시작 신호를 알리는 나투의 멘트와 함께 60이라는 숫자가 조금씩 내려오기 시작했어. 59, 58, 57…. 카운트가 떨어지기 무섭게 그는 통나무 앞에 머리를 대고 속을 뚫어 들어가기 시작했지. 주어진 시간은 고작 60초, 60초 안에 네 개의 통나무를 다 뚫으려면 한 통나무당 15초 안에 끝내야 해.

라노의 속도는 엄청났어. 10초도 안 돼 한 통나무의 속이 텅비고 말았거든. 오직 헨만을 의식하고 있던 내 머릿속에 누가 돌을 던진 것 같은 기분이었어. 한 조당 2라운드 진출을 할 수 있는 참가자는 단 한 명….

"라노! 라노! 라노!"

무시무시한 속도로 나무를 뚫어가는 통에 시간이 많이 남아버렸어. 관객들은 이미 라노의 이름을 외치기 시작했어.

"말도 안 돼."

옆에 서 있던 다른 참가자가 멍하니 읊조렸어. 예상치 못한 복병이라니, 등 뒤로 땀이 한 방울 흘렀어.

"15세 맞아요?"

"말이 안 나오네요!"

"뚫고 나가는 스피드와 힘이 도저히 열다섯 소년이라곤 믿겨지지 않아요!"

심사위원들은 모두 흥분을 감추지 못했어.

'그래 봤자 나한텐 안 돼.'

애써 감정을 컨트롤 했어. 벌써 약해지면 안 되니까.

그다음 순서는 헨이야. 헨은 어울리지 않게 초조한 표정을 지어 보였지만 연습한 대로 훌륭한 고음을 향해 달려갔지. 객석의

한 공간에는 헨을 상징하는 와인색 풍선과 봉을 흔드는 소녀 팬의 무리로 가득 채워졌어. 그들은 대개 두 손을 모으기도 하고, 미친 듯 풍선을 흔들면서 잔뜩 긴장한 표정으로 무대를 올려다보고 있었지.

"이!"

그때였어. 헨의 소리가 전투기 평균 소음인 110데시벨을 넘어 240데시벨을 기록하고 있을 때 의외의 소리가 무대를 갈랐어. 뭔가 쇠끼리 부딪친 듯한 그 소리는 헨에게서 나온 게 확실했어. 헨은 차분히 숨을 고르더니 다시 자연스럽게 이어나가려 했어. 하지만 카운트는 그대로 모두 끝나고 말았지. 여기저기서 안타까운 탄성이 쏟아져 나왔어. 팬들은 한마음으로 "괜찮아"라는 구호를 외치기도 했지. 나도 모르게 픽 웃음이 터졌어. 풍선을 흔들며 세상이 무너진 듯한 표정을 짓고 있는 게 조금 우스웠거든. 이해는 해. 실수하지 않기로 유명한 애였으니까. 흠… 설마 그 약병 하나 훔친 게 이렇게 효력을 나타내는 걸까?

'혹시 이것도 네가 돕는 거니?'

난 시계를 바라보며 가만히 생각했어.

관객들은 아쉽지만 끝까지 최선을 다한 헨을 향해 박수를 보냈어. 하지만 그들의 호응과 박수에서 느낄 수 있었지, 이미 헨은 내 경쟁 상대가 아니라는 걸 말이야.

드디어 내 차례가 왔어. 6년을 투자한 무대가 눈앞에 있어. 그런데 희한해. 이렇게 화려한 순간에 왜 초라한 것들이 생각나는 걸까? 초라한 동네, 초라한 내 집, 초라한 학교에서의 내 존재, 나를 둘러싼 비루하기 짝이 없는 모든 것들.

'마법처럼 사라지게 될 거야.'

나는 간절함의 법칙을 한 번 더 곱씹었어. 《챌린지》는 진리니까.

화면에 있는 내 번호와 프로필 사진에 파란 불이 들어왔어. 나는 나를 위해 준비된 무대로 올라가 관객들을 내려다보다 천천히 눈을 감았어.

"흡!"

숨을 마시고 귀에 힘을 줬어. 그리고 17년이라는 기간 동안 내게 자극을 줬던 모든 것들을 닥치는 대로 생각하기 시작했어. 희망을 주었던 성공학책들의 글귀들, 시크릿 토크의 수많은 출연자들, 그리고 나를 오물 보듯 했던 놈들까지도….

푸르르르르르르르-.

준비된 음악과 함께 나는 땅에서 서서히 발을 뗐어. 귀에 모든 것을 맡긴 채 몸을 끌어올렸어. 발이 조금 떴을 뿐인데도 귀가 떨어져 나갈 것 같았어.

'버텨!'

이미 군중들의 입은 떡 벌어져 있었어. 어떻게 이런 일이 있을 수가 있냐는 표정이었지. 쉬지 않고 팔랑거려야 하는 귀 때문에 얼굴이 부들부들 떨려왔어. 얼굴에 있는 모든 핏줄이 터져나갈 것 같은 기분이 들었어. 하지만 여기서 멈출 순 없어.

'조금만 더.'

지금 이 몸을 끌어 올릴수록 삶의 차원도 올라갈 거야! 다시 나를 둘러싼 초라한 것들을 떠올리며 힘을 줬어. 벽지에 가득 핀 곰팡이나 동네에 가득한 토사물들 따위, 그 모든 것들….

내가 서서히 올라갈수록 관객들이 하나둘 씩 자리에서 일어나기 시작했어. 눈물을 흘리는 동물들도 보였어. 앉아 있는 동물이 없는 것 같아. 공연장이 떠나갈 듯한 박수 소리가 울렸어.

"믿을 수 없는 일이 일어났습니다."

"이게 무슨 일이죠?"

"그녀는 제2의 아몬이에요!"

전문용어, 이제 알지?

'드림쓰 컴 트루!'


촬영이 끝나고 대형 마트에 들러 단백질 셰이크를 구매했어. 한고비 넘었다고 마음을 놓으면 안 돼. 더 혹독한 체중 관리는 필수야.

길을 걷는 동안 스마트폰을 켤까 말까 손이 간지러웠어. 어차피 아직 네티즌 투표는 시작되지도 않았지만. 투표는 오늘 밤 9시부터 12시까지 3시간 동안 진행돼. 뭐 결과는 뻔하지.

"아, 미치겠다."

스마트폰을 주머니에서 빼 들었어. 대중의 반응이 궁금해서 참을 수가 없어. 검색창에 '라이즈10'을 찍었어.

'라이즈10, 목숨 건 신예들의 경쟁.'

'라이즈10, 안타까운 실수 장면.'

'라이즈10으로 읽어보는 대중의 관심사.'

여러 기사의 제목이 눈에 보였지만 급한 마음에 바로 맨 위에 뜬 기사의 제목을 터치했어. 기사는 읽지도 않고 '1,359'가 표시된 댓글을 클릭했지. 생방송이 끝난 지 2시간이 채 지나지 않았는데 1,000개가 넘는 댓글이라니! 나는 가장 많은 추천 수를 받은 댓글들을 살폈어.

ID dbfl78***: 개인적으로 라라 무대도 좋았지만 라노에게 2라운드를 주고 싶다. 대형 소속사 애들은 어차피 앞으로 기회도 많고.

ID yongg***: 밑바닥에서 시작하는 라노. 같은 남자가 봐도 존나 멋있다.

ID dis332***: 라노는 왠지 외모도 호감.

ID hansom***: 헨이랑 라라는 타임레스 버프 겁나 많을 것 같음.

"뭐 이런, 말도 안 돼!"

나는 스마트폰을 집어 던졌어. 기기가 부서짐과 동시에 미끄러져 도로의 하수구 철망 사이로 들어가고 말았어. 하지만 지금 그런 걸 신경 쓸 때가 아니야.

"택시!"

무작정 택시를 잡아탔어. 이대론 안 돼. 가만히 있을 순 없어.

"타임레스로 가주세요."

내가 타임레스 소속이라서 버프가 있다니? 무슨 헛소리야?

가서 연습을 더 하든지, 새로운 기술을 만들든지, 아님 소속사를 때려치우든지!

엘리베이터를 타고 곧장 연습실로 올라갔어. 연습실 문을 열려고 뛰어가는데 발에 시계 하나가 채었어. 와인색의 시계, 어디서 많이 본 색감인데….

"왜 복도에 이딴 게 있어?"

나는 시계를 멀리 차버리고 급하게 연습실 문을 열어젖혔어. 그런데 이상한 풍경이 눈에 들어왔어.

"여기, 시계가 이렇게 많았나?"

색깔과 모양이 각기 다른 시계들이 바닥에 널브러져 있었어. 누가 놓고 간 건지, 새로 인테리어 공사라도 할 예정인지….

나는 시계들을 한쪽 구석으로 밀었어. 시계 표면이 바닥과 마찰하며 듣기 싫은 소리가 났어.

끼, 끼익–.

꼭 누가 비명이라도 지르는 것 같아.

"이거… 뭐야?"

순간 무언가 짓누르는 기운이 내 몸을 감쌌어. 다리는 바윗덩이처럼 무거워진 기분이었지. 시계를 밀어내던 발이 바닥에 들러붙은 것 같은 느낌이 들었어. 아니면 뭔가가 밑에서 나를 끌어당기는 듯한.

나는 손목 위에서 미친 듯이 깜빡이는 시계의 액정을 가만히 바라봤어.

[10···9···8].

숫자들이 카운트하듯 1초씩 줄어들고 있어. 잠깐, 그럼 이제껏 그 숫자들이 초 단위였다는 거야?

"왜 이래?"

숨이 막혀왔어. 연습실 안의 공기가 사라지고 있는 것 같아. 다리에 느껴지는 압력은 점점 더 세졌어. 발을 땅에서 뗄 수가 없어. 그대로 빨려 들어갈 것만 같아. 팔을 휘저어 봐도 다리가 움직여지지 않아.

푸르르르르르르–.

'살아야 해!'

나는 발을 떼기 위해 두 귀를 펄럭였어. 하지만 그럴수록 굳어지는 느낌이 몸 아래부터 더 강하게 나를 옭아매는 것 같았어.

"안…!"

이어 상체와 얼굴이 동그랗게 말리기 시작했어. 나는 더 이상 어떤 소리도 낼 수 없었어. 코가 굳는 게 느껴졌어. 아니 없어지는 건가? 점점 굳어지더니 작고 뾰족한 바늘 하나로 변해버리고 말았어.

푸르르르….

눈은 이미 하나의 눈금이 되었고 마지막까지 떨리던 귀도 점점 얇게 변하기 시작했어. 그러고는 굳어져 버렸지, 뾰족한 두 개의 바늘로.

나는 이제 더 이상 볼 수도 만질 수도 없었어.

툭. 툭. 툭. 툭.

나는 바닥에 있는 다른 시계들과 함께 누워 같은 소리를 냈어. 그리고 같은 방향으로 움직일 수밖에 없었지. 이제 난 초침으로 숨을 쉬어.

저기, 미안한데 뭣 좀 물어봐도 될까?

지금, 몇 분 지났어?

나는 시계들과 함께 모두 근사한 서재의 책장 위로 옮겨졌어. 책처럼 옆으로 돌려진 채 흐트러짐 없이 정렬된 라인으로 하나하나 꽂히기 시작했지. 어쩌면 이 시계들도 처음부터 시계는 아니었을 거라는 생각이 들었어. 바로 내 앞에 꽂힌 이 와인색 시계 때문에라도 그런 생각을 떨칠 수 없어. 차콤은 우리를 쓰다듬으며 만족스러운 표정을 지었어. 그리고 주머니에서 포스트잇을 하나 빼 들더니 책장 앞에 가만히 서서 뭔가를 계속 끄적였어. 그는 그 것을 테이블에 놓더니 주머니에서 또 다른 무언가를 빼냈어. 아주 작은 리모컨이야. 그 리모컨을 들고 창가 쪽으로 가더니 밖을 향해 버튼을 한 번 눌렀어. 마치 창밖에 텔레비전이라도 있는 듯… 뭔가 말하는 것처럼 입을 움직이기도 했는데 무슨 말인지는 듣지 못했어.

그가 다시 거실 안쪽으로 걸어오더니 거실에 있는 텔레비전을 향해 또 한 번 리모컨을 눌렀지. 텔레비전은 켜지지도, 어떤 반응을 일으키지도 않았어. 차콤의 입만 계속 뭔가 읊조려댈 뿐이었어. 무슨 말을 하는 거지? 나는 자의로 몸을 틀 수 없어서 그의 입 모양을 확인하기가 어려웠어.

이번엔 그가 조금 전 포스트잇을 올려둔 테이블 가까이 왔어. 이제야 그의 얼굴을 제대로 볼 수 있게 됐어! 그는 테이블 위 자신의 노트북을 향해 한 번 더 리모컨의 버튼을 눌렀어.

"…ㅣ…"

그는 이번에도 무언가 말하고 있었지.

'뭐, 뭐라고 하는 거야 대체?'

차콤이 한 번 더 입술을 달싹였어.

'지움.'

안간힘을 써 관찰한 바로는 아마 이 단어가 맞는 것 같아.

무엇을 지운다고 하는 걸까, 우리가 이렇게 살아서 지켜보고 있는데!

그는 마지막으로 테이블 위 포스트잇을 집어 들었어. 그러고는 다시 우리가 놓인 곳으로 가까이 다가와서 책장의 첫 칸에 꽂힌 시계부터 하나하나 포스트잇을 붙였어. 잠시 오디오가 놓인 쪽으로 가더니 스위치를 눌렀지. 잔잔하고 고요한 선율의 오케스트라 협주가 차콤의 집 안에 퍼지기 시작했어. 책장에는 어느새 형형색색의 포스트잇이 시계에 붙어 나열되고 있었어. 드디어 포스트잇이 내 바로 앞 시계에까지 붙여졌어. 나는 그 포스트잇에 써진 글귀를 빠르게 확인했어.

[24일 퍼포먼스 작업 후 쉴 수 있는 시간, 또는 수면 시간 추가 시 사용]

글귀를 본 순간 모든 시간의 흐름이 정지된 것처럼 느껴졌어.

'횡령.'

머릿속에 떠오른 한 단어가 나를 어지럽혔어. 이제껏 횡령이라는 말은 재산이나 돈 따위에만 붙이는 줄 알았는데…. 그게 아니라는 걸 눈앞에서 확인한 것 같아. 몸이 꼭 이대로 녹아내릴 것만 같아. 충격에 정신을 차리기가 어려워!

이어 차콤의 빠른 손이 내 몸에도 포스트잇을 하나 붙이고 지나갔어. 이런, 이 각도에서는 도무지 뭐라고 쓴 건지 볼 수가 없어. 어쩌면 영원히 볼 수 없을지도 몰라.

오케스트라 협주가 조금씩 웅장한 분위기를 내며 곡의 절정을 향해 달려갔어. 여러 개의 포스트잇은 작은 공기의 흐름에도 연약하게 흔들렸어. 마지못해 춤을 추듯이, 시계추처럼 떠밀려 움직이고 있어.

혹시 넌 보여?

난 이제 어떤 시간으로 사용되는 거니?

# 브람스-612

김연희

# 1

    그들은 내 말을 믿지 않을 것이다. 어차피 나도 그들을 믿지 않는다. 지인은 문득 노트에 이런 문장을 적으려다가 그만두었다. 그러고는 노트 표지에 그려진 작은 강아지를 손가락 끝으로 어루만지듯 문질렀다. 둘러볼수록 지루한 곳이다. 카페의 긴 테이블들을 여러 개 이어 붙여 임시로 만든 단체 좌석에는 스무 살이 채 되어 보이지 않는 스무 명 남짓의 젊은 여자애들이 서로서로 수다를 떨고 있다. 듣지 않으려고 해도, 관심 없는 화젯거리들이 시끄럽게 몸속을 파고든다. 지인도 일단은 그들과 같은 모임의 회원 자격으로 여기 나와 있기는 하지만, 가장 외진 구석에 자리를 잡고 마치 다수에게 적개심을 품은 외톨이처럼 고개를 푹 숙인 채 입을 다물고 있다.

사실 그들 역시 서로가 초면이다. 그녀들은 '이계인(異界人)'이라는 온라인 동호회의 회원들이고 자신이 지구인이라는 사실을 굳이 부정하는 사람들이다. 하지만 이것은 어디까지나 하나의 역할 놀이일 뿐이다. 그녀들은 각자가 상상할 수 있는 한계 안에서만 서툴게 외계인을 연기한다. '역할 놀이'라는 '놀이'도 때로는 삶을 덜 외롭게 하는 '역할'을 한다고 말할 수 있겠지만, 본질적으로 그것은 '역할'이기 이전에 결국 '놀이'다. '이계인'의 회원들은 놀기 위해서 이곳에 왔다. 만일 이 자리에 진짜 외계인이 나타난다면, 그 외계인은 여기 여자들의 놀이를 위한 장난감 취급을 받게 되고 말 것이다.

그러니 숨어야겠다. 지인은 노트에 이 한 줄을 적었다가 지워버렸다. 자기들끼리의 수다에 어느 정도 익숙해진 여자들이 서서히 지인을 주목하기 시작하는 것을 느꼈기 때문이다. 마침 카페에는 록밴드 '브람스'의 신곡인 〈대가리 무곡〉이 검열되지 않은 노랫말과 함께 정신없이 흘러나온다. 지인은 약간의 현기증을 느꼈다. 사실 그 자리에서 그녀는 외양만으로도 충분히 주목의 대상이 될 만한 존재였다. 10대 중후반 어린애들이 그럴듯한 장난을 하기 위해 모인 자리에 군이 나와서 아무 말도 없이 자리만 지키고 있는 30대 후반의 여자를 두고 아이들은 언제든 수군거릴 준비가 되어 있는 듯했다.

"설마 여기 딸 찾으러 온 건 아니죠?"

결국 아이들 중 하나가 지인에게 말을 붙여왔다. 건방지다고 느낄 수 있는 말인데도 지인은 그 아이가 전혀 밉게 느껴지지 않았다. 이제 갓 고등학생이 되었을 것 같은 얼굴, 앉은키를 고려했을 때 훤칠하게 큰 키를 짐작할 수 있는 아이였다. 표정에는 적대감이나 무례함보다는, 채 다듬어지지 않은 장난기와 호기심이 빽빽하게 들어서 있다. 그 표정을 보고 나서야 비로소 지인은 쓰고 있던 보라색 모자를 벗고 곱실거리는 머리카락을 가다듬기 시작했다.

"넌 원래 그렇게 뭐든지 즐거워?"

지인의 말에서는 원래부터 어쩔 수 없는 까칠함이 묻어나왔다. 그녀는 나이 차이가 난다고 해서 함부로 말끝을 내리는 성격의 사람이 아니지만, 일단 한번 그러고 나니 발끝에서부터 시원한 해방감 같은 것이 느껴졌다.

"어차피 우리는 모두 즐겁기 위해서 지구에 온 것이 아닌가요?"

핀잔에 가까운 지인의 말 정도는 아무렇지도 않다는 것처럼 여자애는 한마디를 할 때마다 생글거렸다. 자기의 모든 터무니없는 말들이야말로 자신을 가장 행복하게 해준다는 듯이, 한순간 한순간이 못 견디도록 행복하다는 듯이, 또는 그렇게 행복한 사람을 언제나 연기해야만 한다는 듯이. 지인은 이 자칭 외계인의 그런 점 역시 싫지 않았다.

"그것 참 어린애 같은 발상이네."

"즐거운 걸 좋아한다고 해서 꼭 어린애 같은 건 아니죠."

"그거 말고. '우리는 모두'라는 그 말이 너무 어린애처럼 느껴져."

지인은 이렇게 담담히 쏘아붙이고는, 여태 건드리지도 않았던 아이스커피를 한 모금 마셨다. 얼음이 녹아버린 커피가 밋밋해서 오히려 편했다.


## 2

"언니, 저기 구멍가게에서 고양이 키우는 거 알아요?"

여자애가 그렇게 물었다. 그날 모임에서 처음 만난 이후로 둘은 매일 만났다. 뜻밖에도 서로가 꽤나 가까운 곳에 살고 있기 때문이기도 했고, 지인이 일하는 곳을 알게 된 여자애가 학교의 야간 자율학습을 마치고는 날마다 매장 앞에서 지인의 퇴근을 기다렸기 때문이다. 둘 다 쉬는 휴일에는 아예 이렇게 점심때부터 만나서 같이 있을 때가 잦았다. 둘의 나이 차는 스무 살이 넘는다. 그래도 여자애는 항상 지인을 언니라고 불렀다.

"알지. 내 제일 친한 친구야. 집 나가 어디로 가버린 줄 알았는데, 아니었더라고."

"진짜로? 근데 걔 이름이 브람스래요. 재밌지 않아요?"

지인은 놀랐다. 구멍가게에서 키우는 고양이의 본명이 무엇인지는 지인도 모르지만, '브람스'라는 또 하나의 이름에 대해서는 지인보다 잘 아는 사람이 없을 것이기 때문이었다. 더구나 그 이름을 이 여자애가 어디서든 주워들었을 가능성은 전혀 없다고 봐야 했다. 그는, 그러니까 명진은 이미 떠나고 없기 때문이다. 그런데도 이 소녀는 '브람스'를 알고 있다.

"그 이름 어디서 들었어?"

"누가 알려줬더라? 근데 되게 웃겨요. 브람스? 교포도 아니고."

묻는 말에 제대로 된 대답은 않고 얘가 왜 농담을 하나 싶어 지인은 여자애의 얼굴을 쳐다봤지만, 그 얼굴에는 평상시 상태를 넘어서는 정도의 장난기는 묻어 있지 않았다.

"그거 내가 지어준 이름이야. 원래 이름이 뭔지는 몰라."

"언니랑 친해요?"

"내가 지금까지 걔한테 먹인 참치 캔이 몇 개인지 모르겠다. 네가 브람스를 아는 줄은 몰랐네."

몸을 돌려 구멍가게 쪽으로 천천히 걸어 들어가며 지인이 말했다. 못 본 지 2주일도 넘었을 것이다. 오랜만에 브람스를 보고 싶어졌다. 가게 안으로 들어가 참치 캔을 하나 집어 들고, 조금 망설이다가 냉장고에서 아이스크림도 하나 꺼냈다. 여자애는 가게에 들어올 생각은 않고 밖에서 얌전히 기다리고 있었다. 지인은 여자애 입에 하드를 물려주고 구멍가게 측면의 철문을 지나 조그만 골목으로 걸어 들어갔다.

어디 갔는지 오늘은 보이지 않았지만 브람스는 대개 여기서 놀 때가 많았기에, 지인은 그동안 이 장소에서 숱하게 보아왔던 브람스의 수백 수천 가지 모습들이 겹친 영상처럼 눈앞에 한꺼번에 나타나는 것을 느꼈다. 그러고는 몹시 불쾌해졌다. 이런 식으로 생각이나 기억들을 시신경의 표면으로 끌고 와서 한참을 바라보고 떠올리고 상상하는 것은 명진의 방법이었다. 급히 떠났기 때문일까. 빚에 쫓겨 야반도주하는 사람처럼, 그는 생각보다 많은 것들을 그녀 안에 남겨두고 사라졌다. 이렇게 생각하느라 지인은 잠시 브람스도 잊어버렸다.


3

기다리고 기다리면 결국은 돌아오는 것이 있다. 그것이 브람스다. 지인은 노트를 꺼내 그렇게 적었다. 쓰고 나니 좀 유치함의 과잉처럼 보이기도 하고, 별생각 없이 하루하루 살아가는 짐승한테 너무 일방적으로 의미를 부여하는 것 아닌가 하는 생각도 잠깐 들었지만, 개의치 않기로 했다. 어쨌든 공식적으로 브람스는 이 세상에 유일하게 남은 지인의 동족이기 때문이다. 그녀도 안다. 이런 생각과 상상, 또 이런 핑계와 도피들은 지금 내 옆에서 고양이를 구경해대고 있는 저 어린애에게나 어울릴 일이다. 세상에, 외계인이라니…. 그러나 내가 나와 어울리지 않는 일을 해서는 안 된다고, 이제 와서 누가 그렇게 단언할 수 있겠는가. 내가 지금껏 내게 어울리지도 않고 허락되어서도 안 될 숱한 발길질들을 모질

게 당하던 그때는 아무도 나를 위로해주지 않았다. 지인은 그렇게 생각했다.

"그런데 정말 브람스 이름은 누구한테 들은 거야?"

"그러니까 정말로 기억이 안 난다니까요."

대답하면서도 여자애는 브람스에게서 눈을 떼지 않았다. 여자애는 브람스가 캔 속의 참치를 다 먹어치운 것을 확인하고는, 구멍가게에서 가져온 종이컵을 손으로 찢어 만든 그릇에 생수를 조금 담아주었다.

"얘랑 친해지기가 정말 어려워요."

브람스가 찢긴 종이컵 속의 물을 핥기 시작하는 것을 본 뒤에야 여자애는 지인 쪽으로 시선을 돌렸다.

"맞아. 처음에는 내 근처에도 안 오더라고."

"그래도 오늘은 언니랑 있으니까 얌전하네요. 어떻게 친해진 거예요?"

지인은 어울리지 않는 짓을 한 번 더 하기로 했다.

"동병상련이지. 브람스랑 나는 같은 별 출신이니까."

"무슨 상년이라고요?"

"…너 공부 못하지?"

여자애는 그 말에는 그저 씩 웃더니 다시 브람스 쪽을 내려다본다. 키가 큰 아이다. 못해도 170센티미터는 될 것이다. 이 아이에게 지인과 브람스는 똑같이 조그만 생명체일지도 모른다. 적어도 내려다봐야 한다는 점에서는 분명 비슷한 존재들일 것이다.

'나는 왜 작을까?'라는 생각을 지인은 어릴 때부터 줄곧 해왔다. 그녀가 느끼기에, 자신과 이 아이의 체구는 마치 외계인과 지구인의 피부색만큼이나 서로 이질적이다. 외계인은 생물학적으로나 심정적으로나, 인류보다는 고양이에 더 가까운 것이 아닐까. 그러나 이 말은 굳이 노트에 적지 않겠다고, 지인은 생각했다.


# 4

타지(他地)에서 또 아침을 맞는다. 타지는 타는 곳, 즉 마음이 타는 곳, 그러니까 마음이 찢기고 썩고 버려지는 곳이다. 틀어놓은 낡은 텔레비전에서는 초등학생 소녀 유괴살인 사건에 관한 뉴스가 흘러나오고 있다. 그리고 이 타지에는 미움과 폭력과 속임수밖에 없다. 지인은 그렇게 생각한다. 그녀는 최저임금만을 받고 일한다. 그녀가 기억하는, 그녀가 원래 살던 세계는 이렇지 않았다.

최저임금? 그것은 곧 '여기까지는 착취해도 좋다'고 허용하는 기준선을 의미한다. 그것은 보호가 아니라 사기다. 애초에 그 기준선이 누구를 위한 것인지를 보려면, 그 법과 제도가 누구의 눈치를 더 살피고 있는지를 확인하면 된다. 최저임금을 정한 인간들은 '최저임금으로 인간답게 산다는 것이 얼마나 불가능한가'를 보기보다는 '최저임금을 조금이라도 늘리면 기업들과 사업가들께

서 얼마나 손해를 보시는가'를 살피고 있다. 이 생각을 뒷받침하는 근거는 다른 데 있지 않다. 최저임금의 액수 자체가 그 증거다. 법을 만들거나 집행하고 그 혜택을 받는 사람들 중 그 누구도 그 '충분한' 최저임금만을 받고 살지는 않는다.

어젯밤에 지인은 잠이 오지 않아 새벽 내내 이런 생각들을 하고 있었다. 날이 밝는 것이 느껴지자 결국 자는 것을 포기하고 노트에 간밤의 생각들을 정리해서 적었다. 외계에서 잘 살아남기 위해서 메모하는 습관을 들여야겠다고 생각한 것이 바로 어제다. 지인이 지구에서 처음 산 이 노트의 표지에는 하얗고 작은 강아지 한 마리가 귀엽게 그려져 있다. 몇 달 전 이름을 지어주었던 고양이 브람스처럼 이 강아지에게도 이름을 지어주고 싶다는 생각이 들었다.

"정말로 강아지를 키워볼까?"

작고 약하고 귀여운 것들을 좋아하는 것은 지인의 천성이기도 하지만 후천적으로 마련된 성품이기도 했다. 그녀 자신이 매우 작은 사람이라는 것을, 그래서 앞으로도 계속 작은 사람으로 살아가야 한다는 것을 자각한 순간부터 그녀는 작은 동물들을 자주 품어주기 시작했다. 지구에는 각자의 덩치를 기준으로 결정되는 어떤 계급이 엄존한다는 것이 지구에서 살면서 지인이 깨달은 유일한 법칙이었다. 지인과 브람스는 그런 의미에서 완벽한 외계인이다.

지인은 출근 준비를 마쳤다. 지인은 어쨌든 다른 세계의 사람이라고 스스로 깨닫는 사람이다. 그녀는 외계인 티를 내지 않기 위해 가장 비근하고 힘없고 가난한 사람의 모습으로 위장하기로 했다. 기왕에 위장하기로 했으니 제대로 해보자. 모든 것은 쉽지 않다. 외계인으로서의 삶을 자각하기 이전의 기억들이 문을 두드리려고 할 때마다 지인은 만원 지하철에서 담담히, 그러나 반복적으로 중얼거려야만 한다. 나는 외계인이다. 살기로 했으니 조금만 더 살아보자.

5

지인은 할인마트에서 일하는 판매사원이다. 그것은 일종의 결심이고 의식(儀式)이었다. 그곳에서 일하기 시작한 지 1년쯤 되었다. 그전의 일은 잘 기억나지 않는다. 내가 아니었을 시기의 일을 내가 모조리 기억하는 것은 무리하고 무례한 참견이 아닐까. 내 생활을 온전히 지키기 위해서는 타인의 생활에 관심을 두어서는 안 된다. 내가 아닌 모든 것들과 모든 곳들은 전부 타인이다. 심지어 그것이 이전의 나라고 할지라도. 이런 생각을 하며 그녀는 자기 구역의 상품들을 진열하기 시작했다. 진열대 너머로 어느 모자(母子)의 말소리가 들린다.

"엄마, 저기 저 자동차는 진짜로 움직이는 자동차야?"

"아냐. 저건 저금통이야."

"저금통이 뭐야?"

"우리 대일이도 동전 알지? 동전은 동그란 돈인데, 그런 돈을 넣어두는 거야."

"그럼 저건 자동차가 아니네?"

"그래, 그냥 저금통이야."

"저금통은 뭐고 그냥 저금통은 또 뭐야?"

"아니, 대일아… 그러니까 저건 그냥 저금통이라고."

"그럼 그냥 저금통은 저금통이랑은 다른 거야?"

말소리를 듣다가 지인은 모처럼 웃었다. 진열대 건너를 내다보니 엄마 손을 꼭 잡은 예닐곱 살 남자애가 보였다. 지인은 어린아이들도 좋아한다. 그러나 그녀가 어린아이들을 사랑하는 마음에는 다른 작고 약한 것들을 좋아하는 마음과는 다른 무언가가 있다고 그녀 스스로도 느껴왔다. 인간의 아이들을 볼 때마다 지인은 예전에 소설에서 봤던 내용들을 회상할 때처럼 막힘없이 떠오르는 어떤 이야기들을 생각한다. 이를테면….

이를테면 이렇다. 원래 지인은 아이들을 두고 나와 혼자 살고 있는 엄마라는 것. 아마도 이혼해서 아이들과 헤어지게 되었을 것이다. 그녀가 스스로 평범한 지구인이라고 생각하며 살아갔던 그 시절, 그러니까 그때의 지인은 스물셋 어린 나이에 결혼했고, 아이를 셋이나 낳았고, 아이를 가질 때마다 시누이라는 여자가 구박했다는 것이다. 그런 설정이다.

"너 그거 낳을 거야? 감당이 안 될 텐데? 지우고 그냥 가주면 안 되겠니?"

아무리 상상 속에서라지만 이 '시누이'라는 배역의 여자는 지나
치게 중의적이고 상징적인 말만 하고 있다, 지인은 그렇게 생각했
다. 간다니, 가기는 어디로 가라는 말인가. 이승을 떠나라는 말일
수도, 너의 고향인 외계의 별로 돌아가라는 말로 들릴 수도 있는
그런 말 아닌가. 여기까지 생각이 뻗을 때쯤이면 지인의 머릿속에
는 악독한 시누이, 악랄한 시어머니, 폭력적이고 이기적인 남편,
그리고 가련한 세 아이들이 제각기 바쁘게 뛰어다닌다. 물론 어차
피 머릿속에서 자기도 모르게 만들어낸 가상의 이야기일 뿐이겠
지만 말이다.


6


지인의 신체는 인간의 중노동에는 그다지 적합하지 않을지도
모른다. 지구의 중력에 균열이 있는 것일지도 모르지, 그녀는 그
렇게 생각했다. 손님이라는 인간들은 언제나 상상을 초월하는 방
법으로 지인을 괴롭힌다. 인간에 대한 호감의 축적물을 쌓아놓은
마음속 창고가 있고, 난폭한 손님을 만날 때마다 창고 안의 축적
물이 반으로 줄어드는 그런 기분이다. 핵무기를 만들 때 쓰는 우
라늄 235의 반감기(半減期)가 7억 380만 년이라고 했던가. 그래 봐
야 외계인에게는 실소가 나올 만큼 짧은 시간이라는 것은 상식이

다. 그러나 지금 지인의 기분으로는, 인간을 대하는 인내심의 반감기가 15초도 안 될 것만 같다.

그래서 지인에게는 인간 친구가 없다. 근무 시간에 만나는 만큼으로도 이미 창고가 비어 마음이 가난해질 판이다. 앞으로 언제까지 인간들 틈에서 살아야 할지 알 수 없는 상황에서 굳이 다가올 상처들을 앞당겨서 당하고 싶지는 않다고 그녀는 생각해왔다. 지인에게 이곳의 친구는 동네 구멍가게에서 한 병 사서 안고 들어오는 소주와 그 구멍가게의 고양이 브람스뿐이었다. 지인은 소주를 '주스'라고 불렀다. 다만 이건 어디까지나 지구인과 외계인 간의 언어 차이일 뿐이다.

지인은 브람스를 처음 만났을 때를 지금도 생생히 기억한다. 주스를 하나 사서 방으로 돌아가려고 하는데 늘 무심히 지나치던 골목길 입구에 고양이 한 마리가 보였다. 지인은 그 고양이를 보자마자 '브람스'라는 단어를 떠올렸고, 그 말을 떠올리자마자 그 고양이의 이름으로 붙여주었다. 왜 보자마자 브람스라는 말이 떠올랐는지, 왜 만나자마자 이름부터 붙여주었는지는 아무래도 좋았다. 이유는 나중에 얼마든지 만들어낼 수 있고, 얼마든지 기억해낼 수도 있다. 만난 지 몇 초 만에 이름을 붙여준 이상한 관계인 셈이다. 하지만 이 또한 상식에 속한다. 그 몇 초가 외계인에게는 한숨이 나올 만큼 긴 시간이라는 것을.

그래서 지인은 한눈에 알아보았다. 브람스는 자기 나름대로 적합한 모습과 생활을 발견하고 개척해 지구에서 살아남은 외계인 동족이다. 지인은 한 외계인이 이 난폭하고 졸렬한 땅에서 살아남기 위해 얼마나 고단했을지를 충분히 알고 있으며, 그 고단함에 대해 충분한 경의를 표한다. 그러나 아무리 존경을 느낀다고 해도, 그리고 또 아무리 가까운 동족이라고 해도 곧장 친해지라는 법은 없다. 매일 참치 캔 하나씩을 선물로 갖다 바쳤지만 브람스는 도망치거나 숨어버릴 때가 많았다. 아직 작은 소녀였던 시절, 그러니까 이 지구에 오기 전에, 마음에 드는 친구와 친하게 지내기 위해 졸졸 따라다니던 추억이 떠오를 수밖에 없는 상황이다.

처음 만났을 때의 생생함에 비해서, 처음 친구가 되었을 때의 기억은 도무지 흐릿하다. 흐릿한 부분은 언제나 상상으로 채우는 수밖에 없다. 그래, 아마 그날 역시 주스 한 병을 사서 들어가는 길에 브람스에게 들러 참치 캔 하나를 주려는 참이었다. 자세히 기억은 나지 않지만, 그날 지인에게는 슬픈 일이 있었던 모양이다. 굳이 상상을 해보자면, 아마도 절반은 포기하고 지냈던 아이들이 전남편 몰래 엄마에게 연락을 해온 그런 날이 아니었을까. 이미 집으로 들어가는 길부터 눈물을 뿌리고 있던 그날, 브람스는 평상시와는 달리 참치 캔은 쳐다보지도 않은 채 지인의 앞으로 다가왔다. 마치 '나처럼, 너도 지구에서 살아가기 힘들지?'라고 말이라도 붙이는 듯한 인상이었고, 그래서 지인은 브람스가 외계인 동료라고 완전히 믿게 되었다는 식의 사연을 상상해보는 것이다. 어디까지나 상상으로만.

7

　겨우 새벽 4시다. 명진은 흐느끼고 있다. 흐느끼는 것은 그의 가장 중요한 일상이다. 그는 한 평짜리 고시원 전등불 아래 엎드려 소설책을 읽고 있다. 아돌포 비오이 카사레스가 쓴 그다지 길지 않은 소설이다. 어제는 무슨 무명작가의 동화 같은 스토리 모음집을 읽고도 울었다. 그것은 100년 전에 참나무와 그 참나무에 붙어살던 겨우살이가 서로 사랑했지만, 어느 날 폭풍우에 시달리다가 서로를 애타게 부르며 죽어버렸고, 결국 100년 뒤에 둘 다 사람으로 환생해 다시 사랑에 빠지게 된다는 이야기였다.

　삽화가 곁들어진 장면들이 아름답고 감정적으로 애절할 수는 있어도 명진이 평상시에 결코 높이 평가하는 부류의 이야기는 아니었을 것이지만, 그래도 그는 흐느꼈다. 벌써 몇 년째 몇십 번을 읽은 이야기인지 모른다. 그는 무슨 이야기를 읽든, 그 이야기 속의 장면들을 자기의 한 평짜리 방으로 끌어내는 습관이 있었다. 참나무가 겨우살이의 마지막 말을 유언처럼 귀 기울여 들을 때, 그리고 그 유언을 듣는 것이 참나무가 마지막으로 한 일이 되었을 때, 그 사건들은 모두 명진의 방에서 일어난다. 명진은 참나무 밑동에 등을 기대고 비를 남김없이 다 맞으면서 그 연인을 추모하고 또 축복한다.

　때로는 이야기에 명진이 개입하기도 한다. 참나무와 겨우살이의 동화를 여러 번 읽었을 때, 명진이 더 참지 못하고 우산 하나를 집어 들어 참나무 위로 기어오른 적이 있다. 참나무 꼭대기에서 바라본 지상의 풍경은 살벌했다. 여기저기 내리치는 벼락의 꿈틀거림이 언제든지 명진에게도 닥칠 수 있는 일처럼 여겨졌고, 연약한 작은 우산은 비바람을 이기지 못하고 뒤집히기 직전이었다. 그래도 명진은 작은 우산 하나를 그 나무 연인에게 받쳐줄 수 있어서 행복하다고 스스로를 위로했다. 여기에 적합한 결말은 끝내 셋 다 죽는 것이었겠지만, 명진은 그쯤에서 결말을 내지 않고 책장을 덮었다. 거기서 자기가 죽는다면 이 세상은 정말로 완결되어버릴 것이다.


8


명진은 명문대에서 문학을 전공했지만 서른 살인 지금은 특별한 직업도 없이 부모님의 용돈으로 먹고산다. 한때는 글을 쓰고 싶었던 적도 있었다. 그러나 무엇을 만들어내는 일은 그의 마음을 거스르고 깨뜨리는 일이라는 것을 명진은 너무나 자주 느껴왔다. 이제는 집 밖으로 멀리 나가는 일도 없다. 어릴 때의 생활 습성도 지금과 그다지 다르지 않았다. 10대 시절은 물론이고 20대에 들어선 뒤에도 한동안 흔한 연애 한번 못 했다. 워낙 많이 읽었고, 그것들을 생생히 느끼는 습관이 있다 보니, 운명 같은 상대를 만나 사랑에 빠지고 연애하는 일에도 강한 호기심과 동경을 갖고 살았던 것은 사실이다. 그렇지만 강한 호기심은 오히려 더 강한 신중함과 머뭇거림으로 전환되기가 쉽다. 그 호기심과 동경하는 마음 자체에 더 애착이 생기기 때문이다.

명진은 대학에 들어간 후에도 몇 년의 시간을 기다리고 나서야 첫 연애를 겪었다. 책과 예술을 좋아하고 멀리 나가는 일이 적었을 뿐, 친한 친구들은 많은 편이었다. 뜻이 맞는 사람들과 적당한 술자리에서 술을 마시며 시답잖은 농담들을 떠드는 정도의 일은 오히려 그가 꽤 좋아하는 것이었다. 연애에 대한 동경을 갖고 있다 보니, 정말 마음에 드는 여자가 아니라면 누구라도 연애 상대로 생각하지 않게 되었고, 덕분에 남녀를 가리지 않고 누구든 친하게 지냈다. 자연스럽게 첫 연애 상대 역시 가벼운 술자리에서 만났다.

"선배, 저 재미있는 옛날이야기 해주세요."

민주가 술이 올라 붉어진 얼굴을 하고 명진에게 졸랐었다. 민주는 명진보다 세 살 어렸다. 돋보이게 예쁘지는 않았지만 의외로 따르는 남자들이 항상 있어서, 학과에서 적잖은 연애를 겪은 아이였다. 민주는 명진에게 흥미를 느꼈고, 그를 이야기꾼이라고 부르면서 자꾸 말을 걸었다. 명진은 "무슨 이야기를 듣고 싶어?"라는 식의 말도 생략하고 곧바로 책에서 읽은 짧은 이야기를 하나 들려주었다.

어떤 세 사람이 인간의 삶이 시작되는 정확한 순간이 언제인가에 관한 논쟁을 시작했다. 가톨릭교도는 정자와 난자가 수정된 그 순간부터라고 주장했다. 개신교도는 태아가 세상에 처음 나오는 순간부터라고 반박했다. 그러자 가만히 있던 유대교도가 입을 열어 이렇게 대답했다. 아이들이 떠나가고 개가 죽으면 그때부터 비로소 삶이 시작되는 거야. 그 전에는 결코 아니야.

이야기를 들려준 뒤 그는 민주에게 나직한 말투로 질문을 던졌다. "네 삶은 언제부터 시작된 거라고 생각해?" 시답잖지만 얼른 대답할 수 없는 이런 질문이었을 것이다. 민주는 명진에게서 분명히 시답잖은, 그러나 보기에 따라서는 귀염성이 섞였다고 봐줄 수도 있는 어떤 신선한 공기를 감지했다.

그렇게 시작된 명진의 첫 연애는 아무래도 미숙했다. 민주는 명진과 연애를 시작하기 전부터 이미 그에게 기대하는 역할을 만들어놓고 있었다. 그리고 그 역할 이외에는 어떤 것도 명진에게 요구하려고 하지 않았다. 자신의 지적 욕구를 채워주거나, 다른 남자들이 줄 수 없는 어떤 신선한 분위기를 느끼게 해주는 것. 명진은 일주일에 두어 번 민주를 만나 술을 마셨다. 민주는 명진에게 어린 여자애들의 애교 섞인 말투를 들려주고, 명진은 민주에게 책 속의 이야기들을 들려주었다. 그러다가 둘 다 술에 취하면 방에 들어가 섹스를 하고 잠드는 것이 당시 굳게 정해져 있던 그들의 데이트 순서였다.

일주일에 그 두어 번을 제외하면 민주는 거의 날마다 다른 남자들과 잠을 잤다. 그러다가 명진이 생각나면 명진을 찾아왔을 뿐, 그 외에는 명진이 민주를 부르는 일도 민주가 명진을 찾는 일도 없었다. 서로 간에 아무런 사과도 더 새로울 것도 없었다. 주위에서 명진을 한심하게 여기며 수군거릴 정도로, 명진은 둘의 관계를 위한 더 이상의 어떤 노력도 하려고 하지 않았다. 아마도 그것이 이 잘못된 첫 연애를 지속하기 위한 그의 가장 적합한 선택이었겠지만, 결국 이마저도 오래가지는 못했다. 명진이 생각하기에도 당연한 결과였다.

9

돌이켜보면 명진에게 민주는 '첫 연애'의 상대였다는 것 외의 의미로 남을 수 있는 사람이 아니었다. 누가 먼저 이별을 말했다고 할 것도 없이 민주와 헤어진 직후에 명진은 예전보다 더욱더 자기 방에 틀어박혔다. 시시한 술자리도 모두 버렸다. 다른 관심사는 전부 끊고, 이전에 읽었던 참나무와 겨우살이 이야기에만 골몰했다. 자신이 정말로 사랑해왔다고 믿었던 민주의 이미지, 그녀의 손을 잡고 나무들 앞의 풍경, 천둥번개가 요란하게 치고 있는 그 절망적인 장면 속에 함께 서 있으려고 시도했다. 사랑하는 여자와 함께 우산을 들고 나무 연인의 마지막 순간을 지켜볼 수 있었다면 명진의 마음에 어떤 변화가 생겼을까. 사랑을 잃은 남자에게도 변화는 가능할까. 알 수 없는 일이다. 명진이 참나무 앞에서 우산을 펼치려고 할 때마다 항상 민주의 모습이 사라지고 말았기 때문이다. 일주일 정도 지났을 때 명진은 사랑을 포기했다. 그의 눈앞에는, 어떤 세계가 정말 가치 있고 어떤 존재가 진실인지 확신할 수 없을 만큼 생생한 망각이 있고, 또 그만큼이나 명백한 어떤 혼란이 있다.

나는 사랑을 포기하기로 결심한다. 이런 결심을 하는 것은 민주 때문도 민주주의 때문도 아니다. 나는 어릴 때 《어린 왕자》를 처음 읽었을 때의 충격을 기억한다. 어린 왕자가 사랑하는 장미는 현실이었을까. 그 장미가 정말로 현실에 있는 것이었다면, 어린 왕자는 왜 죽음을 타고 다른 세계로 돌아가야만 했을까. 나는 이 세상에서의 사랑을 부정할 것이다. 사랑은 내 방, 내 공간, 모든 반감기도 멎어버리는 절대적인 상상의 공간, 오로지 이곳에만 있다. 내 사랑은 종국에는 이곳으로 돌아올 것이다. 그러므로 나는 사랑을 포기하기로 결심한다.

명진은 이렇게 다짐했다. 그리고 그날부터 명진에게는 새벽마다 흐느끼는 버릇이 생겼다. 그것은 어쩔 수 없는 일상이었다.


10


일상을 어쩔 수 없다는 말은, 무슨 짓을 하더라도 결국에는 일상으로 돌아와야 한다는 말과도 동의어다. 멈춰 있던 명진의 생활은 예전과 크게 다르지 않은 형태로 다시 돌아가기 시작했다. 여전히 책을 매일 읽었고, 술자리에 나가서 농담을 하고 떠들기 시작했으며, 부담스러운 여행이나 과도한 인간관계는 여전히 피했다. 다만 새벽이 되면 흐느꼈다. 농담과 음담패설과 비아냥댐과 빈정거림은 사양하지 않았지만, 옛날이야기만큼은 이제 결코 하지 않았다. 대신이라기에는 뭐하지만, 그는 산책을 했다.

"넌 이름이 뭐야? 응?"

이렇게 물어도 대답이 돌아올 리가 없다. 상대가 고양이였기 때문이다. 산책치고는 조금 멀리 나왔고, 그래서 당연히 처음 와보는 동네가 명진은 은근히 마음에 들었다. 방에만 있다가 나온 그의 체력으로는 조금 괴로울 정도로 가파른 오르막은 내키지 않았지만, 가난과 고단함을 날마다 지붕에 이고 사는 것처럼 보이는 수수한 경치와 정취가 싫지 않았던 것이다. 동물에는 별로 흥미가 없는 그였지만, 풍경에 취했다는 느낌으로 자연스럽게 다가가 고양이에게 말을 걸었다. 몸에 군살이 없고 체구가 작은 갈색의 고양이였다.

그날부터 명진은 거의 날마다 그 동네로 산책을 나갔고, 구멍가게 옆 골목길에서 고양이를 잠깐 구경한 뒤 돌아갔다. 만져보거나 너무 가까이 다가가지는 않았다. 그 때문인지 고양이도 명진을 그다지 경계하거나 달아나려고 하지 않았다. 이 정도의 거리를 선호하는 것이 고양이의 습성이라면, 이 정도의 거리를 유지하는 것이야말로 고양이와 친구가 되는 가장 옳은 방법이 아닐까. 명진은 그렇게 생각했다. 다만 특별히 이름을 알아내려고 하거나 지어주지는 않았다. 깊은 상상은 어떤 면에서는 간밤의 꿈들과 비슷한 것이라서, 누군가의 이름을 알게 되거나 불러주는 그 변화만으로도 갑작스럽게 불명과 불능이 찾아오게 되어버릴 테니까. 그처럼 깊어서, 명진은 갑자기 내리는 비가 자신을 적시는 것도 몰랐다.


## 11

휴일이다. 지인은 오후 4시쯤 집에서 나와 동네 구멍가게에 들렀다. 오늘도 주스 한 병과 참치 캔 하나를 사 들고 곧바로 브람스의 자리를 향한다. 지인은 지구인 사이에서 버티는 일에 이미 지칠 대로 지쳐 있었다. 지인이 타인에게 받는 위로의 전부를 브람스가 담당한다고 할 정도로 그녀는 사소한 위로조차도 좀처럼 받지 못하는 삶을 살고 있었다. 브람스가 그녀의 삶을 지탱해주는 마지막 끈이라기보다는, 그녀 스스로가 삶을 지탱해나가기 위해 마련한 마지막 끈이 브람스라고 하는 편이 더 옳을 것이다. 그런데 브람스가 사라졌다.

정말로 브람스가 없어졌다. 사실 브람스가 보이지 않던 당일에는 그저 아쉬워했다. 둘째 날에는 염려하는 와중에도 그러려니 했고, 셋째 날부터는 심하게 걱정했다. 브람스를 찾기 위해 지인은 세상 그 누구 못지않게 지쳐 있다고 장담할 수 있을 심신을 이끌고 동네 전체를 샅샅이 뒤졌다. 흉흉하고 각박한 세상이다. 고양이를 대상으로 한 범죄도 아침 뉴스에서 적잖이 보고 들어왔다. 연속해서 이어지는 오르막과 내리막 탓에 숨이 차고 몸이 쑤셨지만 그렇다고 브람스를 찾는 일을 멈출 수 없었다.

두 시간가량 지나 날이 어둑해지기 시작하자 지인의 마음은 더욱 급해졌다. 급한 마음이 그녀의 감각을 더 예민하게 만든 걸까. 그토록 타인에게 무심하던 지인의 눈에, 아까부터 몇 번씩이나 한 남자의 모습이 들어왔다. 그녀가 보기에 그 남자 역시 이 근방을 중심으로 뭔가를 찾고 있음이 분명했다.

"저기, 혹시 골목 옆 구멍가게에서 키우는 갈색 고양이를 찾으시나요?"

지인은 용기를 내서 남자에게 물었다. 왜 그 남자가 브람스를 찾고 있다고 확신했는지는 지인 자신도 모를 일이지만, 어쨌든 그녀의 짐작은 옳았다.

"아, 그 가게 주인이신가요?"

"아뇨, 제가 고양이를 키우는 건 아니고… 사실 그 고양이가 제 유일한 친구거든요. 제가 '브람스'라고 이름도 지어줄 정도로요."

"브람스요? 왜 브람스라고 이름을 지으신 건가요?"

그런 의도로 말했을 리가 없다는 것을 알면서도 지인에게는 남자의 말이 꼭 '네 고양이도 아닌데 왜 마음대로 그런 이름을 붙여주고 난리야?'라는 빈정거림으로 들렸다. 그래서 남자의 인상부터 별로 좋게 느껴지지 않았다. 더구나 브람스의 이름을 지어줄 당시에 왜 그 이름이 떠올랐는지, 그 이유는 지인도 정확히 알지 못했기 때문에 상대방에게는 적당한 대답을 들려줄 수밖에 없었다.

"브람스의 자장가 때문이에요. 어린 왕자가 좋아할 것 같은 곡이잖아요."

'어린 왕자'라는 말을 들은 남자는 조금 놀란 듯 한참을 멍하니 있다가 이윽고 살짝 웃었다. 그 남자, 명진은 한동안 어린 왕자에 대한 자기의 생각들을 돌이켜보았다. 그에게 '어린 왕자'란 현실에서의 사랑의 완성에 대한 가능성을 부정하는 유력한 증거였다. 세상에서 씨앗을 뿌린 사랑을 완성하겠답시고 천상으로 혼자 올라가버린, 말하자면 예수그리스도의 다른 형태, 원본보다도 더 어설프고 더욱 냉혈한 모방품이었다.

그러나 이렇게 생각해보자. 왜 나는 여태껏 나 자신도 또 하나의 어린 왕자가 될 법한 사람임을 생각하지 못했을까. 나 역시 밖에서 사랑을, 그러니까 희극이든 비극이든 간에 그 사랑을 겪은 뒤에는 내 작은 방으로 다시 돌아와 가만히 깃들 것이다. 그 방에는 천상을 방불케 하는 나의 세계가 있다. 나는 그 세계의 가장 완벽한 일부분이다. 세상에는 정말로 사랑이 없을지 모른다. 그러나 나는 사랑을 할 것이다. 이곳에서의 사랑은, 우스꽝스럽게 비유하자면 마치 음원 스트리밍 사이트의 1분 미리듣기 같은 것이 아닐까. 1분이 지나면 나는 어린 왕자처럼 죽은 듯이 돌아갈 것이다. 나는 이미 이 여자를 사랑하게 되어버렸다.

명진은 이렇게 생각하고 있었다. 그것은 진심이었다.


12


"저도 브람스를 찾고 있어요. 그 아이의 이름은 이제 처음 안 거지만…."

이 말을 끝으로 명진은 입을 다물었다. 그 침묵이 10분 가까이 깨질 줄을 몰랐다. 지인은 브람스를 찾아야 한다는 생각에 그저 마음이 급할 뿐이었다. 명진이 무슨 생각을 하고 있는지, 어째서 갑자기 입을 다문 채 자기를 바라보고만 있는지, 혹시 화가 났다거나 아니면 자신을 비웃고 있는 것은 아닌지, 따위의 것들을 생각할 마음의 여유가 없었다. 그때 두 사람 사이에 타이밍 좋게 빗방울이 떨어지기 시작했다. 대단한 우연이고 대단한 타이밍이라고 두 사람은 동시에 생각했지만, 어째서 이 상황이 대단한지에 대해서는 또 생각하기를 멈추었다. 명진은 조금 능청을 떠는 말투로 먼저 말을 꺼냈다.

"아니, 이렇게 우연히 비가 내릴 수가 있나요?"

"아, 그렇군요. 이런 타이밍에 때마침 비가 내릴 수가 있군요."

그러나 자못 연극적인 그들의 감탄은 여기까지였다. 지인의 머릿속에는 그들이 아직 브람스를 찾지 못했다는 사실과, 브람스가 어디서 치명상을 입은 채로 비를 맞으며 죽어가고 있을지 모른다는 염려가 동시에 떠올랐다.

"저기요, 저 급해요. 브람스는 비 맞으면 안 돼요."

"아니, 그럼 저는 비를 맞아도 된다는 소린가요."

"부탁인데 농담은 제발 좀 친해진 다음에 해줘요."

지인은 자기 나름대로 분노와 다급함을 섞어 핀잔을 준 것이었지만, '일단 친해지고 나서 그딴 소리를 하라'는 지인의 그 말이 명진에게는 대단히 귀엽고 우습게 느껴졌다.

"그럼 이렇게 해요. 나도 비 많이 맞으면 안 되는 사람이니까, 둘이 따로 찾아보고 먼저 찾는 쪽이 상대방에게 연락을 주기로 하죠. 다시 말하지만, 나도 비 많이 맞으면 안 되는 그런 귀한 사람이거든요."

지인은 입술을 한번 꽉 깨물고 나서 명진과 연락처를 교환했다. 또 한참을 비를 맞으며 찾아다녔지만 브람스는 아무 데서도 보이지 않았다. 빗발은 점점 거세졌고, 지인은 일단 비가 조금이라도 잦아들 때까지 기다릴 겸 편의점에 들어가 주스를 한 병 샀다. 편의점 문 앞에 서서 주스를 벌컥벌컥 들이켜자 브람스를 걱정하는 마음이 더욱 크게 밀려왔다.

나는 이렇게 비도 피하고 있고, 아무리 걱정 탓이라지만 결국은 팔자 좋게 취해가고 있다. 그런데 브람스는 어디서 떨고 있을까, 아직 살아 있기는 할까.

그런 생각에 주스를 한 병 더 사서 들이켠 것까지는 기억이 난다. 진한 소독약 냄새에 지인은 힘겹게 눈을 떴다. '응급실'이라고

벽에 적힌 작은 글씨가 가장 먼저 눈에 들어온다. 소독약 냄새에 심한 숙취가 겹쳐서 머리는 부서질 듯이 아팠고, 몸 여기저기에서 극심한 통증이 느껴졌다. 지인은 그제야 눈앞에 명진이 앉아 있다는 것을 깨달았다.


13


또 울었다. 명진은 아예 작정한 듯이 걸어가며 울고 있었다. 삶을 상상하는 것과 삶을 궁리하는 것은 전혀 다르다. 삶을 아무리 궁리한다고 해도 잘 살 수 있는 것은 아니다. 그래서 오늘은 어디로든 걸어가며 울었다. 잊을 수 있는 것은 당장이라도 잊을 수 있다. 그러나 잊을 수 없는 것은 아무래도 잊을 수가 없다. 지난 삶의 이름들을 잊어버리면 앞으로의 삶까지 지울 수 있을까.

모르는 번호로 전화가 한 통 왔다. 누구냐고 물을 만큼의 붙임성도, 누구인지 추측할 만큼의 적극성도 명진에게는 죄다 성가시게 여겨졌다. 물론 명진의 생활은 예전과 크게 다르지 않은 모습으로 되돌아왔다. 말했듯이 그는 이제 다시 매일 책을 읽었고, 말했듯이 이전에 하던 대로 술자리에서 떠들어댔으며, 또 말했듯이 부담스러운 여행이나 과도한 인간관계는 여전히 피했고, 그러나 새벽이 되면 여지없이 흐느꼈다.

그의 삶은 변했다. 예전과 다름없이 그는 농담과 음담패설과

비아냥댐과 빈정거림을 결코 사양하지 않았지만, 이제 옛날이야
기만큼은 절대로 하지 않았다. 적어도 이 지점에서 그는 변했다.
변했다는 것은 되돌아갈 수 없을 만큼 한 번은 망가졌다는 것이
다. 대신이라기에는 뭐하지만, 그는 산책을 했다. 고양이, 지금 명
진이 필요로 하는 것은, 최근에 친구가 된 바로 그 고양이뿐이었
다. 그리고 그때, 모르는 번호에게서 전화가 왔다. 변했기 때문에,
망가졌기 때문에, 명진은 전화를 받고도 아무런 응답도 하지 않
았다.

"명진이 맞지?"

전화기 속에서 한 남자의 소심한 목소리가 쭈뼛거렸다. 목소리
가 낯설었다. 낯선 것은 대개 잊어버린 것이다. 이미 잊어버린 것
은 어쩔 도리가 없다. 벌써 잊어버린 목소리는 이미 지나간 시간
만큼이나 되돌릴 수가 없는 것이다. 그래서 명진은 이렇게 말했
다.

"그래요, 형. 오랜만이네."


14


명진에게 전화를 건 사람은 대학 시절 그와 한동안 친하게 붙
어 다니던 선배 C였다. 별다른 일이 있어서 전화한 것은 아니고,
이번에 결혼하게 되었으니 가급적이면 참석해서 오랜만에 얼굴이

라도 보여주었으면 한다는 용건이었다. 둘은 꽤 친했다. 각자 대학을 졸업하고 자기 생활을 챙기게 되면서 연락이 뜸해지기는 했지만, 과거의 친분 덕택에 전화 통화는 과거의 추억에 관한 간단한 담화를 거친 후, 곧이어 주변 사람들의 근황에 이르렀다. 문득 C가 말했다.

"아 참, 민주는 그럭저럭 잘 살고 있더라."

"나한테 그 이야기를 왜 해?" 기막히다는 듯이 명진이 되물었다.

"그냥… 나는 그때 너희 참 잘 어울리는 것 같아서 보기 좋았거든. 네 목소리 오랜만에 들으니까 너희 둘 사이가 갑자기 생각난다. 혹시 나 때문에 방금 기분 나빴던 건 아니지? 사실 별말도 아닌데."

"아니에요. 그냥…. 형 식 올리기 전에 한번 연락할게요."

사실 C의 말대로 그다지 기분이 나쁘지도 않았지만, 이상하게도 명진은 전화를 끊고 싶다는 것 말고는 다른 생각이 들지 않았다. 대화를 끊자. 전화도 끊도록 하자. 전부 끊어버릴 것이다. 그렇게 통화종료 버튼을 누르려는 명진의 귀에 C의 말 한마디가 기어이 들어왔다. "그때 나도 민주 좋아했는데 넌 몰랐지…?" 아무것도 아닌 그 한마디 때문에 명진은 걸어가다가 말고 울었다. 울면서 걸었다.

울면서 걷다가 명진은 생각했다. 사랑을 할 것이다. 아름다울 것이다. 아름답지 못했던 모든 인간들과 결별할 것이다. 내 작은 방으로 돌아가려고 매일같이 터벅거리는 것은 이제 정말 질색이다. 세상에는 정말로 사랑이 없을지 모른다. 그러나 나는 사랑을 할 것이다. 그러므로 사랑은 분명히 있어야 한다. 나는 사랑을 할 것이고, 그 아름다운 것을 내 눈 속에 박아 넣을 것이다. 나는 나를 위해 너를 미화할 것이다. 나는 그런 너를 위해 이 세계를 온통 흐려놓을 것이다. 나는 아직 만난 적도 없는 한 여자를 이미 사랑하는 사람이다. 그러므로 우리는 곧 만날 것이다. 나를 위해 사랑을 만날 것이다. 명진은 이렇게 생각하고 있었다. 그것은 진심이었다.


15


"제가 왜 여기에 있나요? 브람스는 찾았어요?"

명진은 기가 막힌다는 듯이 지인을 한참 쳐다보다가 이윽고 말문을 열었다.

"보다시피 여긴 병원 응급실이고요. 지금 새벽 2시가 넘었어요. 그쪽 죽을 뻔했던 건데 지금 고양이부터 물어볼 마음이 들어요? 많이 아플 텐데…. 어디 특별히 불편한 데는 없어요?"

말투는 그다지 자상하지 않았지만, 명진의 말과 표정에서 의외로 그녀를 걱정하는 마음이 잔뜩 묻어나오는 것을 지인은 느낄 수가 있었다. 확실하지는 않지만, 취한 그녀가 넘어지든지 해서 다쳤을 것이고, 보호자도 가족도 없는 그녀 탓에 난감했던 병원 측에서 명진의 전화번호로 연락했을 것이다. 아니면 명진이 브람스를 찾았음을 알리기 위해 때마침 연락을 했거나.

"제가 많이 다쳤나요?"

"대체 술을 얼마나 마신 거예요? 앞니가 두 개나 부러져서 일단 응급처치를 하고 고정시켜놨는데 붙을지 안 붙을지는 내일 치과를 가서 진료를 받아봐야 확실히 알 것 같다고 하던데요. 부딪히기도 하고 넘어지기도 하는 바람에 머리 쪽도 타격이 있을지 모른다고 이것저것 검사하고 난리던데… 머리 안 아파요?"

지인은 손을 들어 자기 뒤통수 쪽의 아픈 부분은 문질러 보았다. 다행히 머리 쪽에 대단한 통증은 없었다. 잠시 뒤 간호사가 들어와서 검사한 결과 별 이상이 없다는 간략히 전해주었다. 간호사가 이제 퇴원해도 된다는 말을 남기고 사라지자 지인은 다시 명진에게 물었다.

"브람스는 찾았어요?"

"제가 꼭 찾을 테니까 치과 다녀와서 오늘은 일 좀 쉬어요. 직장이 어디예요? 병가 안 내주는 곳이면 지금 나한테 말해요. 가서 난동을 피우든지 할 테니까."

"농담으로 하는 말인 것 다 알아요."

명진은 퇴원하는 지인을 택시에 태우기 위해 부축한 채로 입구 쪽을 향해 천천히 걸었다. 새벽바람이 불었다. 지인은 밤새 자신이 깨어나기만 기다린 명진에게 제대로 감사 표시를 못했다는 것을 그제야 깨달았다.

"브람스는 무슨 일이 있어도 찾을 테니까 푹 쉬고 있어요."

"그렇지만 죄송해서…."

"제가 백수건달 양아치라서 시간이 워낙 많아요. 무서울 정도로 많은 게 시간이니까요. 찾으면 꼭 연락할게요."

"고맙습니다."

"아니, 고맙다는 소리를 의외로 이 대목에서 하시네? 제가 브람스 이름은 이번에 처음 알았지만, 그 애를 알게 된 건 제가 먼저일걸요? 저도 걱정하는 마음이 우러나서 찾는 거니까 너무 고마워하거나 미안해할 필요 없어요."

다른 별에서 지구로 온 외계인 동족의 안전이 달린 일이었다. 몸만 팔팔했다면 지인은 명진에게 큰절이라도 했을 것이다. 택시가 출발했고, 명진은 못다 끝낸 산책을 마저 마무리하려는 듯이 천천히 걷기 시작했다. 다시 한번 새벽바람이 불었다. 새벽 3시가 넘은 시간이었다.


16

새벽에 잠깐 자고 일어난 지인은 아침이 되자마자 점장에게 전화해 근무를 하루 쉬게 해달라고 통사정을 했다. 직원들에게 최대한 불이익을 주기 위해서만 성심성의를 다하기로 이름난 점장이었지만, 앞니가 두 대나 나갔다는 말에는 별다른 딴죽을 걸지 않고 하루 쉬도록 허락해주었다. 아마 하루 치 임금을 깎든지 정해진 휴일을 하루 제하든지 할 테지만.

다행히 고정된 앞니는 모두 원래 자리에 붙을 수 있다는 것이 치과의사의 소견이었다. 앞니가 부러졌다는 사실의 황당함이나, 부러진 자리에서 은은하게 지속적으로 느껴지는 통증이나, 그 밖에 당분간의 생활 속 불편함 같은 것들을 제대로 생각할 수가 없을 만큼 치료비에 대한 부담과 염려가 컸기에, 그것은 지인에게 근래 들어 가장 반가운 소식이었다. 마스크로 입을 가리고 치과를 빠져나오는데 명진이 입구에서 기다리고 있었다.

"오랜만이에요, 지인 씨."

"오랜만은 무슨, 여기는 어떻게 알고 기다리고 있었던 건데요?"

깜짝 놀랄 줄 알았던 지인이 놀라기보다는 불쾌해하는 모습을 보이자 명진은 당황하고 말았다.

"그게 아니라…. 지인 씨가 걱정을 워낙에 많이 했잖아요. 그래서 아침부터 브람스 찾아다니다가 그 녀석이 어디에 있는지 알아내고 집으로 돌아가는 길에, 지인 씨가 여기 치과에 들어가는 모습을 우연히 봤어요."

명진은 손가락 두 개를 펴서 브이(V) 자를 만들며 웃어 보였다. 지인은 무관심한 표정으로 덤덤하게 듣다가 잠시 후에야 그 말의 의미를 깨닫고 놀라서 큰 소리로 되물었다.

"브람스가 어디에 있는지 알아냈어요?

"그 녀석이 지인 씨 속 썩인 것 생각하면 멱살을 잡아서 데려오고 싶었지만, 어디부터 어디까지가 멱살인지를 몰라서 못 했죠. 그러지 말고 우리가 가볼래요?"

"지금요?"

"가보면 알 테지만, 그 녀석한테도 말없이 잠적할 수밖에 없는 이유가 있었어요. 자, 혼낼 것은 혼내고 용서해줄 것은 용서해주러 갑시다."


17


별다를 것도 없는 사정이었다. 브람스가 새끼 세 마리를 낳고 그것들을 품은 채 꽁꽁 숨어 있었던 것이다. 지인은 오는 길에 산 참치 캔을 들고 브람스에게 가까이 다가갔다. 한동안 지인을 보기만 하면 다가와 몸을 뒤집으며 장난을 치던 모습이 아니었다. 잔뜩 경계하는 기색이 역력했기에 지인은 참치 캔만 그 앞에 놔둔 채 조금 멀리서 지켜보기로 했다. 그 모습을 말없이 바라만 보던 명진이 그제야 조심스럽게 지인의 옆으로 와서 한마디 건넸다.

"앞니는 붙는대요?"

"네, 그래도 조심하지 않으면 큰일 난다던데요."

"키스는 절대 하면 안 되겠네."

명진의 농담에 지인은 어이없다는 듯이 질색하는 표정을 지었다.

"그런 표정 짓지 말아요. 내 나름대로 대단히 대담한 농담이었으니까. 그나저나 목숨보다 귀한 친구를 돌려줬는데 나한테는 뭐 상이라도 줄 것 없어요?"

지인은 뜻밖이라면 뜻밖일 명진의 요구에 조금 당황한 듯이 생각에 잠겼다.

"명진 씨, 나도 내 나름대로 대단히 대담한 농담 하나 할 테니까 받아줄래요?"

"아, 난 농담을 하기만 하는 편이라서 받는 건 서투른데."

"지금 바다에 가요, 우리."

명진은 뜻밖이라는 표정으로 지인을 한참 바라보았다. 지인이 말했다.

"제가 외계인이에요."

"뭐라고요?"

"내가 살던 곳에도 바다는 있었어요. 그래서 지금 나는 바다를 보고 싶어요."

명진은 아무래도 좋다는 듯이 웃었다.

"그래요? 그럼 우리 지금 어디로 갈까요?"

"음… 주문진. 지금 바로 가요."

"지금 당장…?"

"곤란해요? 백수건달 양아치라서 무서울 정도로 시간이 넘친다고 들었는데요."

두 사람 모두 주문진은 초행이었다. 그래도 지인이 이곳을 목적지로 얼른 정하는 모습을 보았기 때문에, 명진은 가급적 그녀가 가고 싶은 곳으로 가서 하고 싶은 일을 하게 해주자고 생각했다.

"지인 씨는 뭘 제일 하고 싶어요?"

"그쪽은요? 명진 씨가 말해 봐요."

"나요? 나는, 나는 어린 왕자 하고 싶어요."

명진의 동문서답에 "에이, 그게 무슨…"이라며 핀잔을 준 지인이었지만, 그 말은 어쩐지 지인의 가슴을 때렸다. 좋은 사람이 있다면 그를 새로운 외계인으로 받아들이고 싶은 기분이 들 정도로 바다는 아름다웠다. 강원도 바다에 부딪히는 햇빛은 유독 밝았다. 매끄러운 물결이 동화 속의 호화로운 드레스 자락처럼 펄럭이고 있었다. 물이 있는 곳까지 다가가자 수면 위로 지인과 명진의 모습이 비쳤다. 두 사람의 온몸에 깃들였던 색채가 모조리 뽑혀 나와 수면에 꽂히는 듯한 착시를 일으킬 만큼 찬란하게 사랑스러운 광경이었다.

18

"지인 씨가 원래 살던 곳에 온 느낌이 들어요?"

"예뻐요. 고향 행성에 옮겨놓고 싶을 만큼."

바다에서 올라온 바람이 지인의 귓가로 다가와 그녀의 곱실거리는 머리카락을 어루만지기 시작했다.

"내가 지금 부는 바람이라면 나도 당신 귀에서 놀 수 있을 텐데."

지인은 명진을 만난 이후 처음으로 쾌활하게 웃으며 대답했다.

"그러면 나는 내 귀가 되고 싶어질 것 같아요."

"정말로? 그나저나 지인 씨, 배고프지 않아요?"

"밥 생각은 없어요. 우리 낮부터 주스 마셔요."

"주스를 마시자고요?"

지인은 앞의 웃음보다도 더 크게 웃으면서 다시 대답했다.

"내가 말하는 주스를 지구인은 죄다 소주라고 부르던데."

지인이 어깨를 들썩이며 웃을 때마다, 바람이 밀어놓은 지인의 머리카락이 조금씩 제자리로 되돌아왔다. 명진의 눈에는 그 장면이 꼭, 지인의 바깥에 있는 모든 세계가 지인을 붙잡기 위해 머리카락을 건드리는 것처럼 보였다. 그래서 명진은 손을 내밀어 지인의 손을 꽉 잡았다.

간밤에 응급실에서 소란을 겪느라 잠이 모자라고 몸이 고단했던 두 사람이었다. 명진과 지인은 평소보다 훨씬 쉽게 취해버렸다. 취한 지인의 치아가 다시 다치지 않도록 명진은 조심스럽게 혀를 움직였다. 신선한 생선의 비린내가 입에서 입으로 조금씩 진하게 옮아오는 그 느낌이 온몸을 황홀하게 건드렸다. 아직 성기를 삽입하지 않았는데도 지인은 입술을 꽉 다물고 신음을 감추려고 숨을 헐떡였다.

"조심해요, 지인 씨. 치아 조심해요."

명진이 문득 흥분을 조금 가라앉히고 그녀의 치아를 걱정하려는 순간, 지인은 허리를 움직여 그의 몸을 삼켜버렸다. 명진의 등에 기다란 손톱자국이 났다. 그의 귀에 지인이 흐느끼는 소리가 들려왔다. 걱정스레 이유를 물어보려는 명진의 말을 듣지 않고 지인이 먼저 대답했다.

"좋아요. 나 지금 좋아서 그래요."

명진은 자신이 현실에서 가능한 것들 중 가장 완전한 행복에 거의 근접했다는 사실을 깨달았다. 무엇을 거리끼고 무엇을 포기해야 하는지에 대해서, 적어도 오늘 밤은 모든 것을 잊어버린 시간이 될 것임을 그는 깨달았다. 그의 몸 위에서 지인이 허리를 움직일 때마다 명진은 어린 왕자의 키가 눈에 보일 만큼 빠른 속도로 점점 자라나는 환영을 보았다. 그 역시 날이 밝을 때까지 흐느낄 수밖에 없는 그런 새벽이었다.


19


서울로 돌아가는 버스에서 명진은 가방을 열어 그 안에서 책 한 권을 꺼내 지인에게 건넸다.

"이게 뭐야?"

"제목이 우리랑 관련이 있어서. 오늘 이런 사이가 되고 나서 주게 될 거라고는 생각 못 했지만."

"책 이름이 《브람스를 좋아하세요…》라고? 제목이 재밌다."

"나 그거 100번은 아니라도 한 50번은 읽었을 거야. 같이 읽자."

"말도 안 돼. 책 한 권을 어떻게 50번씩 읽어?"

명진은 지인의 표정에 귀여운 불신이 가득 차 있는 것을 보며 웃었다.

"어렵지 않아. 다만, 죽어가는 나무 위에서 우산을 받쳐줄 수 있는 그런 성격이어야 해."

"그런 성격이 무슨 성격인지 난 잘 모르겠는데."

"단순한 성격이라기보다는 오히려 누군가를 읽고 누군가를 사랑하는 천성 같은 거지. 나는 너를 읽고, 사랑하고, 비바람도 막을 거야."

"내가 책이야? 나를 어떻게 읽는다는 거야?"

"같이 있을 거야. 그깟 우산으로는 어쩔 수 없는 재난이 몰아친다고 해도."

지인은 맥락 없는 명진의 말들이 마음에 와닿지는 않았지만 어쩐지 마음에 들었다. 보라색 모자를 벗어 손에 쥐고 명진 쪽을 바라보며 지인은 웃었다. 그러자 명진이 문득 생각난 듯이 그녀에게 질문을 던졌다.

네 삶은 언제부터 시작된 거라고 생각해?"

## 20

"그렇다면 내 삶은 지구가 멸망할 때부터 시작된 것이 아닐까요? 이얍!"

여자애가 실실 웃으면서 지인의 맨 마지막 말에 요란스러운 자기 의견을 덧붙였다. 지인은 문득 정신이 돌아온 듯 당황했다. 언제부터 이 아이에게 자기의 옛날이야기를 들려주고 있었는지 기억이 가물가물했다. 이야기를 막 시작했을 때의 기억은 얼핏 돌아오는 듯도 했지만, 그 뒤로 도무지 몇 시간이 지났는지 감이 잡히질 않았다. 당혹스러운 마음에 여자애를 빤히 쳐다보았지만, 이 아이는 아무런 악의도 없는 표정으로 지인을 내려다보며 환히 웃고 있을 뿐이었다.

"그래서 그 남자랑은 어떻게 되었어요?"

"얼마 못 가서 헤어졌어."

"어쩌다가?"

그래, 어쩌다가 그랬지? 지인은 이번에는 정말로 가물거리는 혼란을 느꼈다. 둘의 관계가 무엇 때문에 끝장났는지 전혀 기억나지 않는다. 다만 그 당시의 지인은 부끄러움을 무릅쓰고 스스로를 꽃에 비유하기 시작했었다. 자신의 아름다움에 관한 이야기가 아니라, 명진에게 적잖은 위로를 받으면서 서서히 지인이라는 마른 묘목의 끝에도 여린 꽃이 피어나기 시작했다는 감사와 행복의 표현이었다.

적어도 지인은 외롭지 않았다. 앞으로는 명진과 둘이서 브람스를 보러 가게 될 것이라는 처음 예상과는 달리, 그녀는 연애를 시작한 뒤 브람스를 거의 찾지 않았다. 갈수록 브람스를 생각하는 시간이 줄어갔다. 알게 모르게, 지인이 계속 소망해왔던 것은 어떤 짙은 동질감보다는 오히려 아주 낯선 타인이었는지도 모른다.

지인은 종종 명진의 방에 나란히 누워 꿈을 꿨다. 꿈속에서 브람스는 몇 번이나 지인을 떠났다. 다시는 브람스를 만날 수도 없고 찾을 수도 없을 거라고 지인은 생각했다. 브람스는 쥐를 잡지 않는다. 그것은 브람스가 고양이가 아니기 때문이다. 하지만 브람스는 사람을 가까이하지 않는다. 그리고 그것은 브람스가 스스로를 고양이로 여기려 하기 때문이다. 그런 사실들이야 아무래도 상관없다. 브람스는 떠났고, 그녀는 먼 타지에서 외계인 동족을 잃었다. 지인은 행복했다. 가끔씩 행복했다.


"고양이가 없던데."

지인의 머그잔에 '주스'를 따라주며 명진이 말했다. 이미 진작부터 잘 알고 있는 사실에 대해 지인은 큰 반응을 보이지 않았다. "그래?"라고 한 번 되묻고 나서 지인은 크게 한 모금을 마셨다. "새끼들 데리고 잠깐 어디 갔나 보다"라는 명진의 말이 그다지 귀에 들어오지 않는다. 브람스가 진짜로 사라졌다. "자기 별로 돌아갔나 봐" 같은 말을 해야 할 것 같은데 말이 잘 나오지 않았다. 단지 갓 태어난 브람스의 새끼들만이 눈에 선했다. 무슨 〈동물농장〉 같은 텔레비전 프로그램들의 안쓰러운 장면들만 자꾸 생각났다. 지인은 자리에서 일어났다. 그리고 더운밥과 식은 찌개를 한 그릇에 덜어 명진에게 먹였다. 명진은 부른 배를 쓰다듬으며 졸음이 온다고 말했다. 인간적이고, 인간적인 장면이었다.


21


한 명의 인간으로서, 지인은 예감했다. 나는 인간이고, 또 인간일 것이다. 아마도 인간이 되는 순간 나는 인간의 사랑을 잃어버릴 것이다. 그리고 오히려 그 순간에 작은 외계인 같던 브람스가 돌아올 것이다. 기다리고 기다리면 결국은 돌아오는 것이 있다. 그것이 브람스다. 그래, 언제 어디서든, 어떤 모습으로든.


22


"둘이 마지막 대화가 뭐였어요?"

여자애가 또 묻는다. 아무래도 저 아이는 내가 무엇을 잊어먹었는지를 본능적으로 느낀 뒤 그것만을 골라서 물어보려는 모양이다. 도저히 생각나지 않는다. 아니다. 조금씩 기억이 떠오르기 시작한다. 그는, 아니라고 내게 말했다. 자신은 아니라고.

"미안해. 나는 외계인이 아니야."

"알아. 나도 깨닫고 있었어."

명진은 한 번 더, 그러나 조금은 다른 내용으로 다시 말했다.

"미안해. 너도 외계인이 아니야."

"그것도 깨닫고 있었어."

지인은 묵묵히 대답했다. 명진은 쥐어짜듯이 말했다.

"나는 돌아가야 해. 돌아가서 우산을 씌워줘야 해. 그곳에 들어갈 때 손을 잡을 수 있도록, 네가 남길 말 한마디가 필요해. 나는 돌아가야 해. 참나무가 지금쯤은 아예 바오밥 나무만큼 컸을 테니까."

"넌 그저 평범하고 가치 없는 지구인이야."

"맞아, 난 지구인이야. 그리고 넌 인간이지."

지인은 눈물을 닦고 숨을 고른 뒤 명진을 노려보았다.

"비아냥거리는 거야?"

"아냐, 지인아. 나는 네 말을 믿어. 너는 인간이지만, 여전히 너는 외계인이고 나는 지구인이야. 그리고 네 기준에서는 내가 외계인이겠지."

지인은 더는 명진과 대화하고 싶지 않았다. 미련과 아쉬움이 많았다. 명진의 부탁을 들어주고 싶어서가 아니라, 그저 무슨 말이든 한마디를 더 붙여 남겨놓고 가고 싶었다. 지인은 울음을 삼키며, 할 수 있는 한 가장 담담한 말투로 물었다.

"넌, 이제 집에 가면 뭐 할 거야?"

명진이 뒤돌아서서 말했다.

"브람스를 생각할 거야."


23


또 울었다. 명진은 난생처음 죽을 작정을 한 사람처럼 울면서 걷고 있었다. 눈가에 맺힌 눈물 속으로 길거리의 풍경들이 빨려 들어오는 것처럼 어지러웠다. 서림동과 대학동을 지나 녹두거리를 걸었다. 화장실에 가고 싶은 생각이 약간 들기 시작했을 때쯤 C에게서 전화가 왔다. 여전히 "여보세요"라는 말 한 마디 않는 그에게 C는 일단 명진의 기분이 괜찮은지를 물었다.

"그때 네가 그렇게 전화 끊은 뒤에 메시지도 확인 안 해서 나 꽤 걱정했었어."

"그랬어요? 그때는 그랬는데 지금은 괜찮아요."

명진은 울음 섞인 자기 목소리를 딱히 감추려고 하지 않았다. C는 상당히 당황하는 것 같았다. 그는 황급히 말했다.

"야, 정말 미안하다. 내가 원래 깊게 생각 안 하고 나오는 대로 말하는 것 잘 알잖아? 나는 네가 그렇게 기분 나빠할지 몰랐어."

"정말 괜찮아요." 명진은 작은 목소리로 대답했다.

"그러지 말고, 지금 너 어디야? 내가 거기로 갈 테니까 그 근방에서 술이나 한잔 마시자."

명진은 전화를 끊지 않은 채로 주변을 둘러보았다. "화장실에 가고 싶은데." 그는 들릴 듯 말 듯한 목소리로 중얼거렸다. 명진은 되는 대로 눈앞에 있는 아무 가게에나 들어가면서 C가 큰 소리로 재차 묻는 것을 들었다.

"너 지금 정확히 어디야?"

"여기, S 문구점…." 자기 주변에 진열된 필기구들을 바라보며 명진은 힘없이 대답했다. C는 의외라는 듯이, 문구점에서 뭘 하고 있느냐고 물었다.

"소설 하나 써볼까 하고."

앙증맞은 강아지 그림이 그려진 노트의 표지를 어루만지며 명진은 다시 한번 말했다.

"나 소설 한번 써볼까 해요. 징그럽게 유치하지만 그래도 아름다운 놈으로… 하나 쓸 거야. 노트도 사고 소설도 쓰고, 그러니까 형이 이쪽으로 와요. 밥도 먹고, 고기도 먹고, 술도 마시고, 노래방도 가고 그러자."

명진은 정말로 기쁘다는 듯이 웃었다.


24


잠시 쪼그려 앉아 지인의 이야기를 듣던 여자애는 발이 저린 듯 벌떡 일어나 자기 다리를 살살 주물렀다. 마치 몸 여기저기를 가다듬는 고양이처럼. 그러고는 국민체조를 하듯이 몸을 몇 번 움직이더니 지인에게 뜻밖의 이야기를 했다.

"언니, 아까 언니가 골목으로 들어갈 때 구멍가게 아저씨랑 이야기했는데요. 브람스네 새끼들이 너무 커버려서 한 마리는 분양 보낼 곳을 벌써 정해놨고, 나머지 두 마리도 분양받을 사람이 필요하다고 하던데."

"그러면 브람스가 자기 새끼들을 못 만나잖아."

"키우는 아저씨도 사정이 있으니까 그렇겠죠."

"그래도 마음이 찢어질 텐데. 동족이라서 그런 점까지 나를 닮나 봐."

지인이 평소와는 조금 다른 넋두리를 혼잣말처럼 중얼거린다. 여자애는 그 말은 들었는지 못 들었는지, 마치 말괄량이가 금방이라도 달려나갈 듯한 자세를 취하면서 짐짓 투정을 부린다.

"그런데 언니는 어떻게 지금까지 내 이름 한번을 안 물어볼 수가 있어요? 나빴어요. 그 벌로 앞으로는 언니가 밤마다 나 데리러 와서 기다리세요."

"야, 그러는 너는 내 이름 아니? 너야 그냥 언니라고 하면 편하니까 그렇겠지만. 그나저나 너 이름이 뭔데?"

쳇, 하고 혀를 차는 소리를 내며 여자애가 대답했다.

"그냥 나도 브람스라고 불러요. 그래야 내가 편해요."

25

브람스의 새끼들을 분양 보낼 곳이 다 정해졌다는 말을 들었다. 그중에 한 곳은 지인의 집이다. 지인은 동물 좋아하고 성격 서글서글한 구멍가게 남자가 어련히 알아서 좋은 사람들에게 잘 보내겠지, 그렇게 생각하다가도 브람스가 안쓰럽게 느껴지는 기분만큼은 좀처럼 다스릴 수가 없었다. 그래서 결국 그녀도 새끼고양이 한 마리를 데려가기로 했다.

그녀처럼 브람스도 외계인이다. 그리고 브람스처럼 지인 역시 외계인이다. 동족이자 친구인 지인이 소중하게 품고 있는 믿음에 함께 참여할 권리가 브람스에게는 분명히 있었다. 기다리고 기다리면 언젠가는 돌아오는 그런 소중한 것이 있다. 나에게는 그것이 바로 브람스 너고, 또 브람스 너 아닌 어떤 소중한 것들이다. 그리고 너에게도, 기다리고 기다리면 기필코 돌아오는 것이, 적어도 하나 정도는 있어야만 할 테니까.

지인은 브람스의 새끼 한 마리를 데리고 가서 정성스럽게 키워 줄 것이다. 어려운 형편에서도 무엇인가를 돌볼 수 있는 종족은 이제 이 지구에는 지인과 브람스밖에 남지 않았다. 지인은 그렇게 노트에 적으려다가 잠시 미루기로 했다. 갑자기 주변이 소란스러워지기 시작했다.

"아저씨다! 아저씨 왔다!"

들으면 기분 좋아지는 그 특유의 목소리로, 여자애가 사람을 반기고 있었다. 브람스도 벌써 누가 왔는지를 알고 있다는 듯이 후다닥 달려 나왔다. 주위에 배경으로 깔렸던 구름이 치솟고 있었다. 먹구름이 비명을 질렀다. 비가 내리고, 세상의 모든 나무를 부러뜨릴 만큼의 큰 돌풍이 불었다. 브람스가 바람에 휩쓸리지 않도록 꽉 끌어안고서, 여자애는 비바람 가득한 그 풍경 가운데에서 신나게 뛰어놀았다. 그렇게 명진이 왔다. 지인은 망설임 없이 그를 끌어안았다.

"너한테 안겨 있으면 나는 졸음이 와." 명진이 그렇게 말했다. 어쩔 수 없이 가장 인간적이고, 또 인간적인 장면이었다.


26

그리고 명진이 있다. 그는 브람스와 꼭 닮은 어린 고양이 하나를 데리고 여전히 방에 틀어박혀 산다. 그는 꿈꾸는 사람이다. 명진은 상상하는 사람이다. 명진은 이번에 어디선가 데리고 온 고양이를 브람스라고 부르기로 한다. 방 안에 또다시 거친 비바람이 몰아친다. 나무 꼭대기에서는 참나무와 겨우살이가 수천 번 반복되어온 이별을 또다시 애절하게 재현하고 있다. 이것은 차라리 영원히 주저앉아 있을 한 편의 짧은 소설이다.

명진은 십자가에 못 박힌 선지자처럼 벽에 달라붙어 무엇인가를 기다리는 중이다. 그는 부활을 기다린다. 그는 꿈꾸는 사람이

자 상상하는 사람이고, 부활을 기다리기 위해서 죽음을 기다리는 사람이다. 그는 동굴 속에서 유작(遺作)을 완성하고 조용히 돌아온 늙은 예술가의 얼굴을 하고 있다. 바오밥 나무보다 커진 참나무 꼭대기에서는 어린 브람스가 우산을 들고 웃는다. 명진도 그 웃음을 마주 보며 웃는다. 웃는 얼굴로 노트를 덮으며 그는 말한다. 그래, 언제나.

"내가 사랑한 건 너였어. 브람스."

소설가 **해이수**

2017년 여름은 '제5회 교보문고 스토리공모전'으로 기억된다. 250편에 달하는 원고를 3인의 심사위원이 나누어 1차 예심을 보았다. 교보 측에서는 '매우 치밀한 심사 양식'을 디자인해서 심사위원들의 제출을 요구했기 때문에 작품을 얼렁뚱땅 읽고 옆으로 밀어내는 시도는 꿈도 꿀 수 없었다. 편수를 줄이고, 작품마다 코멘트를 달고, 크로스 체크를 하고, 강점을 파악하고, 점수를 매기고, 집계를 마친 후에야 상위 작품 30편을 추려내는 2차 예심이 끝났다.

본심에서는 이와 같은 과정을 다시 거쳐 30편을 10편으로 압축했다. 최종심에서는 본심 심사위원, 교보문고의 의견을 조율해 다섯 편을 선정했다. 구성의 완성도와 문장력, 대중성과 오락성, 소재와 주제의 참신성 등을 논의했으며, 출판을 기본으로 한 원소스멀티유즈(OSMU) 가능성 또한 간과하지 않았다.

우선 〈야광의 구두 수선 가게〉는 판타지적 요소가 강한 이야기로 몰입도가 높았다. 사실 단편 소설의 형태로 평가하기에는 애매함이 없지 않고 근자에 유행한 드라마의 영향력이 느껴졌다. 그러나 라이트 노벨을 연상케 하는 흥미로운 문체, 구두를 통해 범인을 찾아 나가는 미스터리 플롯, 꿈과 무의식을 매개로 상처와 대면하는 의식 등이 높게 평가되었다. 이후의 전개가 초반의 신선함을 유지한다면 영상화가 가능한 괜찮은 장편이 나오리라는 기대감도 크다.

〈브람스−612〉는 적잖은 시간 문장을 매만진 내공의 소유자라는 점에서 신뢰가 갔다. '스스로를 외계인이라 믿는 여자'라는 설정은 새로웠으나, 캐릭터의 구현 방식이 그다지 신선하지 않고 남녀의 사랑과 헤어짐도 임팩트가 다소 미약했다. 그럼에도 고양이 '브람스'를 중심으로 짠 구성과 서술 방식이 맛깔스럽고 세련되어서 발전 가능성이 기대된다는 의견에는 일치를 보았다. 주변부로 몰린 캐릭터들이 서로 여윈 등을 기대며 소통하는 장면들이 인상적이다.

〈팔랑귀의 시계〉는 우화적 성장소설로서 요즘 방송을 타는 경연 프로그램의 위험성을 일면 서늘하게 묘파해냈다. 다만 시간에 관련된 다수의 동화와 영화, 청소년 소설을 연상케 하는 기시감이 지적되었다. 그러나 이는 일면 대중성과 오락성을 두루 갖춘 미덕으로 해석되었고, '팔랑귀'라는 엉뚱한 설정과 재잘거리는 듯한 문체가 흥미로운 어필이 될 수 있다고 판단되었다. 자연스러운 동물 캐릭터의 구현과 이야기를 봉합하는 결말부가 이 글의 특장으로 꼽혔다.

〈임수 씨, 맛있습니까?〉는 문장의 능숙함과 더불어 소설적 완성도가 높았다. '어른들을 위한 너무 착한 동화'라는 아쉬움이 지적되었으나, 죽은 여자친구가 사슴이 되어 돌아오는 환상 장면이 매우 탁월하다는 점에서는 이견이 없었다. 남자 주인공의 비만이 될 수밖에 없는 여자친구의 죽음이 아주 극적이지는 않지만 최근 이슈가 되는 여성 성추행과 관련해 시사성을 확보하고 있다. 단편인 탓에 OSMU 전환 시 에피소드가 다소 부족하나 단막극이나 애니메이션, 웹툰 등은 가능하리라는 의견도 나왔다.

마지막으로, 〈님아, 저 우주를 건너지 마오〉는 단편 형식 안에서 짜임새를 제대로 갖춘 사이언스 픽션(SF)이라는 평가가 중론이었다. 익히 보아온 SF 스토리와 영화가 연상된다는 지적도 없지 않았으나, 이미 무수한 카피와 복제의 시대 속에서 살아가는 우리로서는 '원본과 복제에 관한 질문'을 흥미롭게 풀어낸 이 작품에 꽃을 던지지 않을 수가 없었다. 더욱이 매끄러운 진행과 긴장감을 유지하며 끝까지 읽히게 하는 전개력은 단연 돋보였다. 작가의 명민함과 균형 감각이 앞으로 쓸 작품에서 더욱 무르익으리라 기대한다.

소설가 이하

바야흐로 이야기의 시대다. 이제는 누구나 이야기를 즐기고, 이야기를 만든다. 소재는 더 다양해졌고, 상상력의 한계는 사라졌다. 단편 작품 수 또한 예상치를 훨씬 웃돌아서 심사위원들은 행복한 비명을 질러야 했다.

한 작품 한 작품 영화를 보듯, 애니메이션을 보듯 머릿속에 스크린을 틀어놓고 꼼꼼히, 그러나 재미있게 즐겼다. 때로는 팝콘을 녹여 먹듯 한 문장, 한 문장을 곱씹었고, 때로는 어떤 문장을 거듭 읽다가 끝내 눈물을 흘리기도 했다.

본심에서 논의된 작품 중 〈야광의 구두 수선 가게〉는 읽는 내내 잘 만들어진 애니메이션을 보는 기분이 들었다. 영원히 사는 야광족이자, 구두 수선공인 한빛과 비밀을 간직한 여인 고보라, 그리고 한빛 같은 이물을 관리하는 거구의 관리자 서낭이 펼쳐나가는 이야기를 읽다 보면 가슴이 따뜻해지고 치유가 되는 신기한 힘이 있었다.

〈임수 씨, 맛있습니까?〉도 마찬가지로 환상적인 설정이 빚어낸 따뜻함이 장점인 수작이었다. 자신의 발톱을 깎기 어려운 140킬로그램의 임수 씨에게 밤마다 누군가가 찾아와 발톱을 깎아주고 간다. 아침이면 자신의 발톱이 조금씩 깎여 있는 것을 보고 임수 씨는 의아해한다. 과연 누가 몰래 집에 다녀간 것일까? 왜 자신의 발톱을, 혹은 상처를 보듬는 것일까? 이 이야기는 무엇보다 단편 소설 그 자체로 읽는 즐거움이 컸다. 임수 씨가 밤중에 찾아온 그 누군가와 조우하는 장면에서는 잠시 소설을 내려놓고 창밖을 오래 바라보아야 했다.

〈님아, 저 우주를 건너지 마오〉는 복제인간을 소재로 한 SF소설이다. 무엇이 진짜이고, 무엇이 가짜인지. 또 본체는 누구이고, 복제인간은 누구인지. 얼핏 영화에서 본 듯한 모티브로 서사를 이끌어가지만, 단편 소설 본연의 미학을 잘 다져가면서 던지는 작가의 실존적인 물음들은 독자에게 재미와 의미를 동시에 안겨주기에 충분할 것으로 보았다.

〈팔랑귀의 시계〉는 자극적인 말을 들으면 귀가 팔랑거리는 수다쟁이 코끼리 라라가 서바이벌 오디션 프로그램에 나가면서 벌어지는 이야기다. 라라는 성공하기 위해 자신의 시간을 '시간 주관자'인 차콤에게 판다. 마치 미하엘 엔데의 〈모모〉를 연상케 하는 이 소설은, 스타가 되고자 하는 연습생들을 오디션 프로그램에 등장시키면서 '시간'이라는 소재를 현대적이면서 우화적으로 재해석하는 데 성공했다.

〈브람스-612〉는 읽는 내내 한 편의 달달한 힐링 로맨스 영화를 보는 기분이 들었다. 힘들고 외롭게 살아가는, 그래서 마침내 자신을 외계인으로 여기게 된 여자, 지인. 사랑에 실패하면서 완전한 사랑을 부정하게 된 남자, 명진. 두 사람은 '고양이 브람스를 통해 만나게 되고, 또 사랑에 빠진다. 하지만 이들 안에 내재한 상처는 전혀 생각지 못한 지점에서 둘 사이에 도돌이표를 찍는다. 어찌 보면 다소 평범한 남녀 간의 사랑 이야기 같지만, 그럼에도 읽는 동한 행복한 감정도, 아련한 감정도 느끼게 해준다. 브람스의 음악을 들으며 읽기를 추천한다.

이야기는 계속되어야 한다. 이들뿐 아니라, 지원한 모든 작가들 역시 머지않아 시상식장에서 다시 만날 것을 기대해본다.

# 교보문고 스토리공모전
단편 수상작품집 2018

초판  1쇄 발행 2018년 4월 27일
초판  2쇄 발행 2018년 5월 18일

**지은이** 이준영 조연 이지현 신두리 김연희
**발행인** 이한우
**총괄** 한상훈
**편집장** 김기운
**기획편집** 김혜영 정혜림 **디자인** 이선미 **마케팅** 신대섭

**발행처** 주식회사 교보문고
**등록** 제406-2008-000090호(2008년 12월 5일)
**주소** 경기도 파주시 문발로 249
**전화** 대표전화 1544-1900  **주문** 02)3156-3681  **팩스** 0502)987-5725

ISBN  979-11-5909-637-2  03810
책값은 표지에 있습니다.